내
이름은
술래

내
이름은
술래

김선재
장편소설

한겨레출판

차례

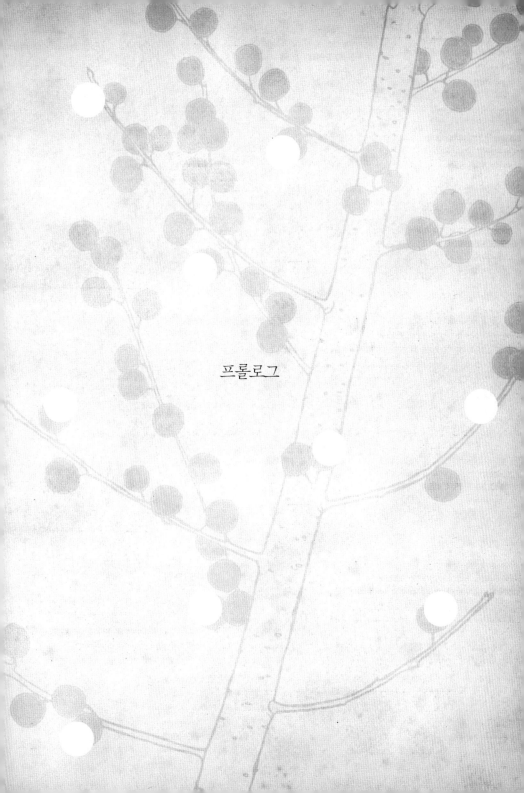

프롤로그

세상의 처음

나는 돌아왔다. 돌아오기까지 걸린 시간이 얼마나 되는지는 알 수 없다. 중요한 건 되돌아왔다는 사실이다. 신발은 어디서 잃어버렸을까. 발가락을 꼼지락거리며 생각한다. 많은 것을 길 위에서 잃어버렸다. 잃어버린 것이 뭔지도 떠오르지 않을 만큼 많은 시간이 지났을 것이다. 나는 터져 나오는 울음을 간신히 삼킨다. 아직은 울면 안 돼. 내안에서 내가 속삭인다. 그는 여전히 여기 살고 있을까. 나를 잊은 것은 아닐까. 뒤늦은 불안이 나를 망설이게 한다. 두려움과 희망이 교차한다. 내겐 여기가 이 세상의 처음이었고, 마지막이다. 용기를 내. 오후의 긴 햇살이 내 등을 어루만지며 말한다. 문에 매달린 빈 우유 주머니가 먼지를 뒤집어쓴 채 흔들리는 걸 보며 나는 조용히 그를 부른다.

떨리는 팔을 들어 문을 두드린다. 한 번, 두 번, 세 번.

문 안에서 인기척이 들린다. 누군가 자물쇠를 푸는 소리다. 그 소리는 땅속으로 뿌리를 내리는 식물의 움직임처럼 멀고 희미하다. 어디선가 바람이 다가온다. 더러운 손톱을 물어뜯는다. 내가 여기 서 있다는 사실이 믿어지지 않는다. 이제는 이 문 너머를 상상할 수 있을까. 상상해도, 괜찮을까. 상상과 그리움, 그게 나를 여기까지 끌고 왔으니까. 설령 그것이 슬프더라도, 혹은 슬퍼서 기쁘더라도……. 나는 살고 싶다. 이 문 너머의 세상에서 상상할 수도 없는 시간을, 살고 싶다. 대답하듯 문을 여는 그와 함께 나는, 살고 싶다. 지평선에서 빛이 터지는 순간을 바라보듯 나는 눈을 빠르게 깜박거린다. 문틈 사이로 그와 눈이 마주친다. 참았던 눈물이 흐르지만 웃는다. 그를 부른다. 세상에서 단 하나뿐인 그의 이름을. 마치 잠깐 놀이터를 돌아 나온 바람처럼 환하고 숨차게, 한 번, 두 번, 세 번.

아빠.
아빠.
아빠.

그가 와르르 무너진다. 한 세계가 한순간에 물속으로 가라앉듯 주저앉은 그와 눈이 마주친다. 생전 처음 꾸는 꿈을 바라보듯 초점을 맞추지 못하는 눈동자가 나를 바라본다. 나는 문 앞에 서서 더러운 발가락과 손가락을 꼼지락거리며 그가 나를 다시 불러주기를 기다린다. 그사이에 몇 개의 홑씨가 내 콧등을 간질이며 지나갔고, 지나가다 잠시 눈썹 위에 내려앉기도 했으며, 이따금 등 뒤에서 뭔가가 윙윙대는 소리가 들렸다. 그건 어쩌면 파리일 수도 있고 벌일 수도 있지만, 나는 그게 뭔지 정확히 알 수 없다. 슬프다. 잃는 건 잊는 것보다 슬픈 일이다. 그게 시간이 나에게 가르쳐준 사실이다. 잃어버리지 않고 여기까지 가져온 건 지금 나에게 손을 뻗는 아빠, 라는 이름뿐이다. 그가 나를 만진다. 이마에 닿는 그의 손이 축축하다. 축축하고 떨리는 그 손이 홑씨가 붙어 있는 내 눈썹과 볼을 지나 더러운 머리카락과 목과 어깨와 팔과 손을 만진다. 내 몸에서 바람이 분다. 바람이 새로 태어난다. 나는 가볍게 몸을 떤다. 몸을 떨며 그가 내 팔목을 잡고 손을 들어 올려 손가락을 헤아리는 걸 본다. 마치 갓 태어난 아이의 손가락을 세듯, 확인한 것을 다짐받겠다는 듯, 세다가 잊어버리고 처음부터 다시 세는 그의 어깨가 들썩거린다. 기뻐서, 혹은 믿을 수 없어서. 기쁘고 슬퍼서 아프다. 이제야 기쁘다고, 슬프다고, 아프다고 말할 수 있다. 돌아왔으니까.

그의 곁으로, 우리 집으로, 나는 돌아왔다. 그가 내 이름을 부른다. 다시 부르고 또 부른다. 나는 웃는다. 세상에 하나뿐인 이름이 세상에 하나뿐인 이름을 부른다.

술래야.

내 딸.

술래야.

세상의 마지막

나는 오래전에 죽었다. 심장이 완전히 멈춘 걸 확인한 사람이 한둘이 아니었다. 그것도 한 번이 아니라 두 번. 사람이라면 불가능한 일이지만, 사실이다. 처음 죽은 것은 뜨거운 계절의 축축한 정글에서였고, 두 번째 죽음은 지하철에서 내려 지상으로 올라가던 중에 일어났다. 나는 서른여덟 개의 계단을 굴러 바닥에 떨어졌다. 계단 하나를 구를 때마다 내 몸속에서 나를 지탱하고 있던 끈과 고리들이 끊어지는 소리가 들렸다. 그러나 나는 줄 끊어진 꼭두각시 인형처럼 수족을 덜그럭거리며 살아났다. 반 쪼가리 심장을 가지고 말이다. 그때부터 더 이상 죽음의 횟수를 세는 일이 무의미했다. 어쩌면 내가 죽은 건 두 번이 아니라 세 번일지도 모른다. 상관없다. 삶 자체가 일생을 통틀어 가장 큰 형벌이라는 사실을 알 만큼 나는, 나이를 먹었다. 오십 년, 육십 년, 칠십 년……. 이제 나는 내 나이를 알 수 없다. 일흔 살이 되던 해, 나는 나와 나이가 같은 벚나무를 베어버렸다. 내가 태어나던 날, 내가 사내인 것을 기뻐한 조부가 선산 가장자리에 심은 나무였다.

입구에서 바라본 산은 바야흐로 새 계절이었다. 두터운 외피 사이에서 진액을 흘리던 벚나무 밑에 한참 서 있었다. 어디선가 이른 은사시나무 꽃가루가 내 눈앞으로 어룽대며 날아왔다. 계곡을 지나는 물처럼 깨끗한 잎들이 사방에 흘러넘치는 봄이었다. 나는 아무것도 느낄 수 없었다. 슬프지도, 가슴이 두근거리지도 않았다. 다만 지루했다. 이미 오래전에 죽었지만 그럼에도 불구하고 아직 살아 있다는 사실이, 견딜 수 없이 느리게 흘러가는 시간이, 아주 가끔이지만 여전히 내가 여기 있다는 걸 상기시키는 내 늙은 몸뚱어리가, 지루하고 끔찍했다.

나는 막 미르를 묻고 하산하는 길이었다. 미르는 스물다섯 살인 늙은 그레이하운드 수컷으로 나의 마지막 가족이었다. 그게 미르를 굳이 선산까지 데리고 가 묻은 이유였다. 이십오 년이면 천수를 누리고도 남은 나이라고 했다. 그러니 아쉬울 것 없는 죽음이었다.

수의사는 고개를 저었지만, 미르는 사흘 밤낮 동안 혀를 빼물고 헐떡거리면서도 숨이 끊어지지 않았다. 안락사를 권유하는 수의사를 뿌리치고 나는 미르와 집으로 돌아왔다. 오랫동안 사용하지 않았던 공기총을 꺼내 총신과 총구를 청소했다. 담요에 싸인 미르는 사체처럼 조용했다. 시력을 잃은 지 오래되어 뿌옇게 백태가 낀 녀석의 눈동자가 마치 다 보고 있다는 듯 내 움직임을 이리저리 따라다닐 뿐이었다. 우리는 아주 짧은 순간 공기총을 사이에 두고 서로 바라보았다. 죽은 몸뚱이에서 빠져나온 영혼처럼 나와 미르의 시간이 투명한 공기 속으로 날아가는 걸 느꼈다. 증발된 시간이 어느 바다에서 비가 되어 내리길 바랐다. 절대 편해지지 않는 순간은 짧을수록 좋았다. 미르가 재촉하듯 힘없이 꼬리를 두어 번 흔들었다. 나는 총구를 녀석의 미간에 대고 방아쇠를 당겼다. 망설일 수 없는 순간이 지나고 나면 대부분 끔찍한 평화가 찾아온다.

그때도, 그랬다.

어디로 가야 할지 기억이 나지 않았다. 꽃그늘에 숨어 진액을 질질 흘리는 나무 외피에 잠시 손을 얹었다. 발정 난 몸을 어떻게 해야 할지 몰라 괴로워하며 아무 곳에나 생식기를 문질러대던 미르와 눈이 마주친 적이 있다. 축축하게 젖은 눈동자 속에는 살아서 슬픈 것들이 대개 그렇듯, 아무것도 없었다. 손바닥에서 끈적거리는 진액이 참을 수 없이 역하게 느껴졌던 건 아마 그 때문이었을 것이다. 우리는, 너무, 오래 살았다.

나는 작정하고 가지고 갔던 도끼를 들었다. 도끼에 외피가 찍힐 때마다 나무는 꽃잎을 우수수 떨어뜨렸다. 순식간에 주위의 흙바닥이 온통 꽃잎으로 덮였다. 신발 등에도 흰 꽃들이 뚝뚝 떨어졌다. 확인할 수는 없었지만, 내 어깨와 머리 위에도 그럴 것이었다. 세상이 너무 환해서 현기증이 날 지경이었다. 아주 잠깐 후회가 밀려왔다. 그게 무엇이든, 살아서 슬프든 기쁘든 나와 무슨 상관인가. 내겐 그걸 중지시킬 권리가 없었다. 하지만 이미 돌이키기에는 늦었다. 나는 내 나이와 같은 그것이 신음을 내지르며 바닥에 쓰러질 때까지 도끼질을 멈출 수 없었다. 아니, 멈추지 않았다.

나는 돌아왔다.
이 집으로.
내 무덤으로.

이제 세상의 마지막을 기다린다.

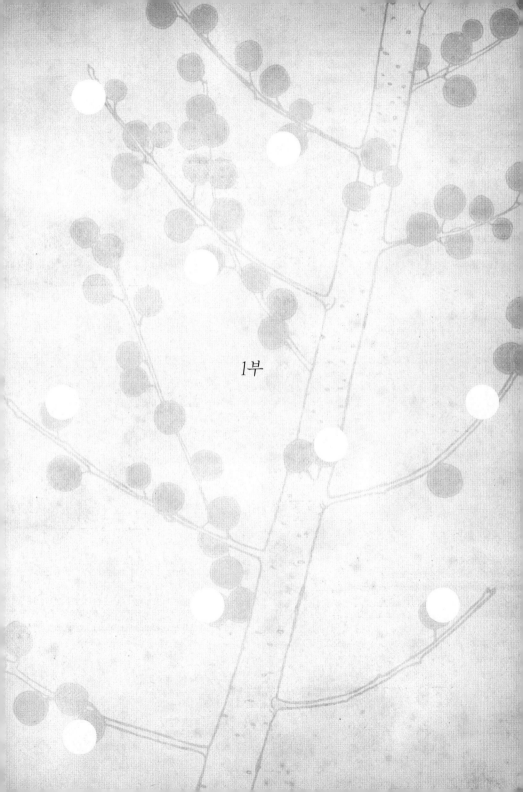

1부

1.

아빠의 소원은 웃기는 사람이 되는 것이다. 그러나 웃긴 사람이 되기는 싫다고 한다.

"웃기는 거와 웃긴 거는 뭐가 다른데요?"

나는 아빠 말이 웃겨서 웃으며 묻는다.

"봐, 지금 너처럼 말이야. 내가 웃겼잖아."

"아빠 말이 하도 웃겨서 웃은 거거든요."

"그게 내 꿈이란다."

아빠는 감은 머리를 손으로 홀홀 털며 말을 잇는다.

"그런데 나를 보고 아무도 함부로 웃지는 않았으면 좋겠어."

나는 아빠가 아직 물기가 남아 있는 머리를 빗고 넥타이를 매는 걸 지켜본다. 집 안에는 다리미에서 퍼져 나온 뜨거운 기운이 떠돈다. 날마다 아빠는 빨아놓은 와이셔츠를 다린 다음, 벽에 걸어두었던 자신의 단벌 양복바지를 다린다. 웃기는 사람이 되고 싶었던 아빠는 지하철 안에서 물건을 판다. 최근에 팔기 시작한 건 손전등이다. 최고급 LED 전등이라고 한다.

"왜요?"

"왜요는 일본 사람들이 덮는 담요야."

"아이참. 그거 말고요."

"널 찾으려고."

아빠가 마루 구석에 수북하게 쌓인 종이 상자 중 하나를 열고, 하루 분량의 손전등을 챙겨 들고 갈 손가방에 넣으며 말한다.

"매일매일 이번 역이 아니라면 다음 역에서, 다음 역이 아니라면 그 다음 역에서 내가 탄 지하철에 네가 올라타기를, 네가 탄 지하철에 내가 올라타기를 바랐어. 타기만 해라, 첫 번째 칸부터 마지막 칸까지 찾아다니는 건 내가 할 테니까. 제발 타기만 해라, 내가 발견해줄 테니까, 그랬지."

"……."

등을 돌린 채로 앉아 있던 아빠는 잠깐 숨을 몰아쉰다. 우리는 얼마나 많은 시간 동안 서로 찾아 헤맨 것일까. 아빠가 내 머리를 쓰다듬는다. 여기 있다는 걸 확인하겠다는 듯이. 아무 말도 할 수 없다. 내가 그를 찾는 동안에 그도 나를 찾고 있었다는 사실에 안도해서, 기뻐서,

슬퍼서 어떤 말도 떠오르지 않는다. 이제 됐어, 라고 그가 중얼거린다. 이제 괜찮아, 라고 그가 말한다. 이거면 충분해, 라고 속삭이며 그가 나를 안는다. 아빠의 품속에서 나는 가슴에 묻어야 하는 말들을 생각한다. 보고 싶다는 말, 사랑한다는 말, 그리고 앞으로도 오랫동안 그럴 거라는 말.

이제 내가 돌아왔으니 굳이 지하철을 타고 온종일 지하를 돌아다닐 필요가 없지만, 다른 직업을 찾기에는 남은 손전등이 너무 많다. 내가 차마 말릴 수 없고 아빠가 선뜻 그만둘 수 없는 이유다. 나는 쌓여 있는 상자를 세어본다. 각각의 상자에는 서른여섯 개의 손전등이 들어 있다. 한숨이 절로 나온다. 어쩌면 아빠는 평생 손전등을 팔아야 할지도 모른다. 아빠는 언제쯤 이런 일을 그만두고 웃기는 사람이 될 수 있을까.

예전에 아빠는 막 개업하거나 새로 단장한 가게 앞에서 행사를 뛰었다. 왜 굳이 '뛴다'는 표현을 쓰는지는 모르지만, 어쨌든 쉬지 않고 행사를 뛰었다. 그렇다고 진짜로 행사장을 뛰어다니는 건 아니었다. 아빠가 하는 일은 인형 탈을 쓰고 가게 앞을 왔다 갔다 하거나 지하철 역에서 행인들에게 전단을 나눠주는 거였다. 대개는 닭 볏이 달린 노란색 탈과 색을 맞춘 털옷을 입었지만, 가끔 귀 옆에 리본을 단 고양이 탈도 썼고 어느 날은 돌연 너구리 탈을 쓰기도 했다. 너구리로 변신했던 날, 아빠는 라면 한 상자를 어깨에 메고 돌아왔다. '너구리도 먹는 라면' 행사를 뛰고 받아온 것이라고 했다. 우리가 저녁을 먹는 시간은 대부분 자정 무렵이었으므로 늘 허겁지겁, 후루룩, 뚝딱 끝내는 편이었다. 그날도 그랬다. 아빠와 나는 라면을 끓여 늦은 저녁을 먹었다. 아빠에게서 시큼한 땀 냄새가 났다. 혀끝이 얼얼했다. 나도 덩달아 머릿밑이 뜨거워졌다.

"이건 너구리가 아닌데요?"

"붕어빵에는 원래 붕어가 없잖아."

"계란빵에는 계란이 들어가잖아요."

"제법이구나, 딸아."

"아빠 딸이잖아요."

사실 그때 내가 하고 싶었던 말은 우리가 언제까지 가난할지에 관한 거였다. 아빠는 한 번도 나에게 그런 소리를 하지 않았지만, 나는 온종일 탈을 뒤집어쓰고 행사를 뛰는 아빠가 늘 돈이 없다는 걸 알고 있었다. 돈이 없어서 크게 불편을 느낀 적은 없었다. 그러나 웃기는 사람이 되고 싶었던 아빠가 늘 쉰내를 풍기며 일하는 것도, 신문지로 발을 감싸고 그 위에 양말을 덧신는 것도 싫었다. 아빠는 무좀 때문이라고 우겼지만, 그게 모두 한번 입으면 행사가 끝날 때까지 벗을 수 없는 털옷 때문인 걸 알고 있었다. 아빠의 발은, 겨울에는 시퍼렇게 얼었고 여름에는 늘 땀에 불어 있었다. 그러니까 무좀은 일종의 직업병인 셈이었다. 아빠는 종종 자신의 발바닥을 들여다보며, 발바닥의 각질을 뜯으며 중얼거렸다. 마치 발바닥에 말을 거는 사람 같았다. 내가 보기에 발바닥과 대화하는 아빠는 세상에서 가장 외로운 사람이었다. 아빠는 가끔 몸이 아파 지어온 약을 손바닥 위에 올려놓고 한참 들여다보기도 했다. 그때마다 나는 기도했다. 아빠가 외롭지 않게 해달라고 말이다. 기댈 것이 기도밖에 없다는 사실은 슬펐지만 할 수 있는 건 정말 그거뿐이었다. 빨리 어른이 되고 싶었다.

　물론 동물들도 각각 셔츠와 바지에 신발을 신는다면 얼마나 좋을까, 따위의 말도 하지 않는다. 하고 싶은 말이 생길 때마다 스스로에게 먼저 묻는 건 그저 내 버릇이다. 아빠가 말을 하기 전에 그 말이 상대를 기쁘게 하는 말인지, 슬프게 하는 말인지 꼭꼭 생각해야 한다고 말한 적이 있기 때문이다.

　"왜요?"

　"말은 생각보다 힘이 세서 사람을 아프게 하기도 해. 그 상처는 평생 낫지 않을 수도 있단 말이야."

　"에이, 말이 암도 아닌데 어떻게 그래요?"

　"어떤 말은 암만큼이나 아프게 하기도 한단다."

　그 말을 하는 아빠는 정말 아픈 사람처럼 낯빛이 어둡다. 어쩌면 아빠도 말 때문에 아픈 건 아닌가 걱정이 될 정도다. 아빠의 얼굴을 보고 있자니 더 묻는 게 나쁜 일처럼 여겨진다. 동물들이 셔츠와 바지에 신발을 신으면 좋겠다는 나의 바람도 아빠를 슬프게 만든다는 걸 나는 안다. 그건 내가 조숙해서가 아니라, 다만 아빠를 사랑하기 때문이다.

수없이 많은 딸들과 아빠들이 제각각 단 하나의 아빠와 딸인 것처럼, 나는 아빠를 사랑한다.

아빠가 일을 하러 나간 뒤의 집은 한밤중처럼 어둡고 적막하다. 하지만 하루는 어떤 식으로든 지나갈 거다. 다시 혼자가 된 나는 마루에 누워 아빠에게 선물받은 손전등을 천장에 비춘다. 군데군데 노란 얼룩이 남아 있는 천장에서 빛이 흔들린다. 그게 다른 세상으로 이어지는 통로라면 좋겠다. 집 안은 어둡고 빛은 눈부시다. 나는 횟대 위에 앉은 닭처럼 손전등을 쥔 채 졸기 시작한다. 어디선가 이상한 냄새가 떠돈다. 눈을 비비며 주위를 둘러본다. 가스 불은 꺼진 채고 음식물 쓰레기도 없다. 그렇지만 분명 코끝에서 어떤 냄새가 맴돈다.

흙냄샌가? 아니, 나는 그게 뭔지 모른다. 그럼 비 냄샌가? 바보. 나는 혼자 중얼거린다. 내 머릿속을 지나간 그림자의 정체는 뭘까. 궁금하다. 골똘히 천장의 빛을 바라보던 나는 자리에서 벌떡 일어난다. 뭔가가 내 몸을 격렬히 흔들었기 때문이다.

분명 그때 나는 무엇에 놀란 사람처럼 깨어났다. 확실히는 알 수 없지만 아주 오래 잠들어 있었던 거 같았다. 나를 깨운 것이 무엇이었을까. 그건 어쩌면 느닷없이 떨어진 낙엽 한 장일 수도 있고, 빈 나뭇가지를 두드리는 빗방울 소리였을 수도 있다. 분명한 건, 아주 사소한 소리였다는 거다. 일부러 만들어낸 소리가 아니라 바람이 불거나 풀이 흔들리듯, 자연스럽고 편안한 세계가 만들어내는 소리. 꿈속에서 듣는 노래 같았다. 해초처럼 나는 흐느적거렸다. 내 손가락이, 머리카락이 나로부터 끝없이 멀어졌다. 나는 노래를 부르다가, 노래가 되었다가, 여운이 되고 있었다. 이리 와, 이리. 어떤 목소리가 나를 불렀다. 낮고 무거워 잘 들리지 않는 목소리. 그 목소리가 변기 속으로 빨려 들어가는 물소리처럼 귓가에서 윙윙거렸다. 소리가 빠르게 회오리치기 시작했다. 나는 귀를 막았다. 귀를 막고 소리쳤다. 세상에 태어나 처음으로 들은 소리. 그건 비명이었을까, 내 울음이었을까. 나는 울었다. 울면서 깨어났다. 사방이 검은 도화지처럼 어두웠다.

내가 기억하는 건 이게 다. 그게 어디서 어떻게 일어난 일인지는 도무지 기억이 나지 않는다. 아빠는 나를 채근하지 않는다. 아빠도…… 묻고 싶은 마음과 묻고 싶지 않은 마음이 동시에 드는 것 같다. 손을 내밀었다가 재빨리 거두는 사람의 표정, 아빠는 가끔 그런 표정을 지어 보인다.

이 년이라고 했다. 내가 돌아오는 데 걸린 시간 말이다. 이 년이라는 시간은 얼마만큼 긴 시간인 걸까. 꽃이 두 번 피었을 시간이라고 생각하니 별로 긴 시간이 아닌 것처럼 여겨진다. 한편으로는 봄, 여름, 가을, 겨울이 두 번씩 지났다고 생각하니 꽤 긴 시간 같기도 하다. 날짜로 환산하면 730일이고 시간으로 계산하면 17,520시간, 분으로 계산하면 1,051,200분이다. 물론 그리 신뢰할 수 없는 수치다. 영복이의 계산이기 때문이다. 영복이는 이 동네에서 나와 더불어, 학교에 가지 않는 유일한 아이다. 짜장면을 좋아하는 아이. 땀에서조차 짜장면 냄새가 날 것 같은 아이. 그게 영복이다.

　창이 닫힌 아파트 복도에서 달짝지근하고 고소한 냄새가 떠돌았다. 아이는 어느 집 앞에 놓인 그릇을 살피고 있었다. 그릇 앞에 앉아 몇 번이나 뒤를 돌아보고 좌우를 살피는 모습이 수상쩍어 보였다. 열심히 두리번거리고 있지만 아무것도 보지 않으려고 작정한 사람 같았다. 그렇지 않고서야 코를 판 손가락으로 머리를 긁거나 다시 사타구니를 벅벅 긁는 일을 그토록 자연스럽게 해낼 리가 없었다. 코를 판 손톱을 입속에 넣고 물어뜯으며, 아이는 오래도록 앉아 있었다. 골똘히 생각에 빠진 것 같기도 했고, 어디 먼 곳을 떠올리는 것 같기도 했다. 그릇에 집중한 나머지, 다른 모든 것을 몽땅 잊어버린 사람처럼 보였다. 아이가 조심스럽게 그릇을 들어 올려 그릇에 걸쳐진 젓가락을 집었다.
　"안 돼."
　처음부터 말을 걸 생각이었던 건 아니다. 나도 모르게 튀어나온 말이었다. 이상했다. 내 목소리가 큰 편은 아니었지만 아무도 없는 복도에서조차 들리지 않을 정도는 아니었다. 그런데도 아이는 태연하게 젓가락으로 면을 몇 가닥 건져 올렸다. 그 면이 곧 아이의 입속으로 들어가리라는 건 안 봐도 뻔했다. 나는 다시 왈칵 소리를 질렀다.
　"설마 그걸 먹을 생각이야?"
　아이가 젓가락을 떨어뜨렸다. 이번에도 못 들은 척하기는 어려웠겠지.

나는 재빨리 달래듯 말을 이었다.

"그런 거 먹으면 배 아파."

어느새 아빠와 했던 약속을 까맣게 잊고 있었다. 절대 다른 사람 일에 끼어들지 말라는 말, 누구에게도 가까이 가지 말라는 그 말을 통째로 잊어버릴 수 있었던 건 순전히 아이의 행동 때문이었다. 고양이도 아니고 사람이 그런 짓을 하다니. 그런데 이번엔 내가 놀랐다. 아이가 귀신이라도 본 것처럼 그릇을 집어 던지고 복도 반대쪽으로 뛰기 시작한 것이다. 플라스틱 그릇이 바닥에서 뒹구는 소리가 채 가시기도 전에 아이는 내 시야에서 사라져버렸다. 오히려 내가 놀라 주저앉을 지경이었다. 뒤쫓아갈까 생각했지만 그럴 거까지는 없다고 판단했다. 더러운 짓이라는 건 알았을 테니까. 동시에 사람들에게 가까이 가지 말라는 아빠와의 약속도 지킨 셈이었다.

짜장면 그릇 하나가 내는 소음은 생각보다 크고 길었다. 그러나 복도로 난 창 중 한두 개가 열렸다 닫혔을 뿐이다. 이 아파트에는 죽은 듯 사는 사람들이 많은 모양이었다. 요란의 뒤끝은 한층 더 적막했다. 나는 발소리를 내지 않고 바닥에 나뒹구는 그릇 가까이로 다가갔다. 양파 몇 조각과 비계로 보이는 고기 두어 조각, 불은 면 서너 가닥이 전부였다. 나는 아무것도 남지 않은 것과 다를 게 없는 그릇을 제자리에 놓아두고 집으로 돌아왔다. 아이를 다시 만난 건 며칠 후 아파트 비상구 계단에서였다.

엘리베이터 앞에 서 있던 나는 누군가 흥얼거리는 소리를 들었다.

"내 이름 묻지 마세요. 이름을 묻지 마세요. 그 무슨 큰일 했다고 이름을 물으시나요."

비상구로 통하는 문을 열었다. 웬 아이가 혼자 계단을 내려가며 노래를 부르고 있었다. 짜장면 그릇을 내던지고 도망간 애였다. 걸을 때마다 아이에게서 사각거리는 소리가 났다. 입고 있던 감색 추리닝에서 나는 소리 같았다. 내가 보고 있다는 것도 모르고 그 애는 손으로 난간을 쓸며 흥얼흥얼, 사각사각 계단을 내려갔다. 1층까지 걸어서 내려갈 모양이었다.

"엘리베이터 타고 가자."

나는 계단 아래쪽을 향해 말했다. 갑자기 흥얼거리는 소리가 멈추고 사각거리는 소리도 따라 멈췄다. 나는 이미 13층으로 내려간 그 애의 머리꼭지에 대고 재차 말했다.

"같이 타고 가자."

다시 사각사각 기척이 들리기 시작했다. 좀 전과는 달리 몹시 바쁘고 허둥대는 소리였다. 타닥타닥, 사각사각. 소리는 빠르게 멀어졌다. 무슨 남자가 저리 부끄러움이 많담. 나는 고개를 흔들며 한숨을 쉬었다. 그런데 잠깐의 정적이 지나고, 다시 소리가 가까워지기 시작했다. 엘리베이터 문이 열렸다. 나는 엘리베이터의 열림 버튼을 누르고 서서 그 애를 기다렸다. 사각거리는 기척은 바로 곁에서 들리는데, 한참이 지나도록 그 애는 눈앞에 나타나지 않았다. 물론 한참이라고 해봤자 일이 분이겠지만. 나는 좀 짜증스러웠다. 열림 버튼에서 손가락을 뗐다. 관둬라, 하는 심정이었다. 선의를 선의로 받지 못하는 사람은 마음이 삐뚤어진 사람이라고 아빠가 그랬다. 이제 길에서 마주쳐도 절대 아는 척하지 않을 테다. 그런 내 마음을 읽기라도 했는지 닫히던 문이 도로 열렸다. 아이가 엘리베이터 문 사이에 팔뚝을 끼워 넣은 것이다. 아빠가 봤으면 기절할 일이었다.

어른들은 모른다. 자신들이 시키는 대로만 하고 살기엔 우리도 나름대로 여유가 없다는 걸 말이다. 닫히는 엘리베이터의 문을 다시 열기 위해선 그 방법이 제일 빠르다는 걸 어른들만 아는 게 아니었다. 내 눈길을 피하며 그 애가 엘리베이터 안으로 들어왔다. 등을 돌리고 숨구멍을 찾는 사람처럼 문 앞에 바짝 붙어 선 아이의 몸에서 내내 마른풀 비비는 소리가 났다. 떠는 것 같았다.

"무슨 노래야?"

내가 물었다.

"이름을 묻지 마세요."

아이는 여전히 등을 돌린 채 꺼질 듯한 목소리로 대답했다.

"왜?"

"……."

"내가 무서워?"

아이가 불끈 주먹을 쥐었다. 뭔가 결심했다는 듯이, 혹은 출발선에 서서 총성이 울리기를 기다리기라도 하는 듯이. 그리고 나를 돌아보왔다. 잔뜩 긴장한 표정의 얼굴이 파랗게 보인 건 형광등 탓이었을까.

"노래 제목이 이름을 묻지 마세요, 라고. 그리고 내 이름은 리영복이야. 리, 영, 복."

영복이와 두 번째로 만난 날, 나는 빛이 가진 비밀에 대해 알게 되었다. 어떤 빛은 흡충 식물처럼 체온과 색과 표정을 빨아들여 모든 것을 까맣게 만들기도 한다는 걸 말이다. 그때 그 봄빛이 그랬다. 사방에 쏟아지는 빛 때문에 아무것도 보이지 않았다. 빛을 오래 바라보면 눈물이 나는 건 그 때문이라고, 훗날 영복이가 말했다. 자꾸 코끝이 매웠다. 나는 코를 훌쩍거리며 천천히 지상으로 내려왔다. 풀물이 지상의 사물들 속으로 파랗게 번져가는 계절이었다. 우리는 함께 그 빛 속으로 걸어갔다. 영복이의 이마가 하얗게 빛났다. 나는 부신 눈을 가느다랗게 뜨며 말했다.

"내 이름은, 술래야. 강술래."

영복이가 희미하게, 아주아주 희미하게 입꼬리를 들어 올리며 웃었다.

2.

　나는 터무니없이 가지를 뻗는 잡목이나 벽을 타고 떨어지는 물방울 따위를 바라보고 있었다. 나무의 수명이나 물의 기원 따위를 상상하면서 말이다. 누군가 내가 사는 곳을 들여다봤다면 아마 머리를 절레절레 흔들거나 질색하며 자리를 떴을 것이다. 가끔 나조차 이런 곳에 살고 있다는 것이 믿기지 않을 정도였으니까. 믿기지 않는 사실은 어디에나 있었다. 그게 내가 믿어야 할 사실이며 자연스러운 사실이었다. 며칠 전 갑작스럽게 처마 밑 홈통이 주저앉았을 때도 그랬다. 익숙한 정적을 깨는 느닷없는 그 소리에 내 반 쪼가리 심장이 잠깐 미친 듯 반응했지만 특별한 감회는 없었다. 낙엽이나 먼지 따위로 막힌 홈통이 끝내 빗물의 무게를 이기지 못한 탓이었을 것이다. 수리를 한다고 해서 달라질 집도, 인생도 아니라고 생각했다. 가장자리부터 닳아가는 낡은 스웨터처럼, 내게 주어진 시간이 닳아가는 소리일 뿐. 나에게 남은 마지막 기쁨이 있다면 그걸 확인하는 것이었다.

오래전부터 이 집은 해일로 만신창이가 된 해변처럼 발 디딜 곳이 없었다. 나는 쌓여 있는 옷가지와 신문지, 바래서 상호를 읽을 수 없는 상자와 깡통, 플라스틱 우유병, 고장 난 라디오나 풍로 따위가 눈에 띌 때마다 피로감을 느꼈다. 사는 데 이렇게 많은 것이 필요했다는 사실 때문이었다. 가끔 내게 꼭 필요한 것이 무엇인지 종이에 적어보기도 했는데, 이내 그 종이나 펜조차 삶에 꼭 필요한 것은 아니라는 생각에 이르렀다. 나는 꼼짝하지 않고 들고 나는 것들을 바라보기만 했다. 오랫동안 이 집을 드나드는 손님은 피자 배달부가 유일했다. 가끔 동네 사정을 잘 모르는 사람이 문을 빼꼼 열거나 호기심 많은 아이들이 대문 앞을 기웃거리는 경우에도 대개 거기서 끝이었다. 어쩌면 누군가 이 집에 들어오는 일은 불가능한 것일지도 몰랐다. 부서진 가구와 자전거, 냉장고 따위의 온갖 폐가전이 널린 마당을 지나기 위해서는 장기간에 걸쳐 몸으로 익힌 요령이 필요했다. 세상에 나 말고 그런 걸 체득한 사람이 있을 리 없었다. 두어 번 좀도둑이 들기도 했지만 그들조차 이 집에 발을 내딛는 순간 알았을 것이다. 쥐도 새도 모르게 이 집에 들어오는 게 불가능하다는 걸 말이다. 또한 쓰레기라면 모를까, 이 집에는 훔쳐갈 만한 것이 없었다. 내가 가진 것이라고는 고물로 가득한 이 집과 쥐꼬리만 한 연금이 전부였다.

가끔 내 죽음을 상상해봤다. 나 같은 인간이 사후를 신경 쓰는 게 우습지만 어차피 남아도는 게 시간이니 생각을 애써 쫓을 필요는 없었다. 나는 과연 누군가에 의해 발견될 수 있을까. 아니면, 오랫동안 방치되다가 결국 쓰레기 더미 사이에서 싹을 틔우고 꽃을 피우는 저 쑥과 민들레의 주요 영양 공급원이 될까. 독거사가 흔한 세상이었다. 나를 발견해줄 사람이 필요했다. 이 주에 한 번씩 피자를 배달시키는 건 그 때문이었다. 한 달 치를 미리 주문하고 입금을 하면, 정해진 요일의 정해진 시간에 배달부가 이 집을 방문했다. 운이 좋다면 내 몸뚱어리는 그 피자 배달부에 의해 발견될 수 있을 것이었다. 이런 쓸데없는 생각을 하게 된 건 모두 광식이 때문이었다. 아침마다 담을 넘어오는 환갑을 넘긴 어린애.

오랫동안 나는 내 눈을 의심해본 적이 없었다. 그래서 지난여름 마당에서 광식이를 발견했을 때, 내 눈을 의심하는 내가 신기하기까지 했다. 선풍기와 풍로 사이에 쪼그리고 앉은 노인은 분명 실재였다. 잠깐 멍하니 서 있었던 건 눈앞의 광경을 이해할 시간이 필요했기 때문이다. 노인의 얼굴은 붉어졌다가 하얘지기를 반복했다. 안색이 붉어질 때는 온 얼굴의 주름이 미간으로 모였고, 틈틈이 하품을 하면 주름이 가신 말간 표정이 되기도 했다. 영락없이 똥을 싸는 폼이었다. 화가 난다기보다는 어이가 없었다. 과연 저 영감이 어떻게 여기에 들어온 걸까.

대문은 닫혀 있었고, 설사 문을 열고 들어왔다고 하더라도 내가 모를 리 없었다. 동이 부옇게 터오는 이른 시간이었다. 부지런한 파리들이 공중에서 윙윙대고 있었다.

파리가 부쩍 많아졌다, 싶었다. 쓰레기 사이를 살살이 뒤지고 다니지는 않았지만, 최근 주위를 떠돌던 냄새와 유난히 꼬이던 파리로 짐작건대 노인이 마당에 똥을 싼 건 그날이 처음은 아닐 거였다. 똥이나 먹으라는 소린가. 콩만 한 노인네였다. 대체 이 새벽에 남의 집 마당에서 똥을 싸는 이유가 뭔가 싶었다. 미친 것이 분명했다. 그렇지 않고서야 나와 눈이 마주친 그가 손을 흔드는 눈앞의 상황을 이해할 길이 없었다. 오른팔을 번쩍 치켜든 그는 나를 바라보며 허공에 대고 몇 번이나 손을 흔들었다. 진심으로 반가워 죽겠다는 표정이었다. 하마터면 고개를 끄덕일 뻔했다. 나까지 얼빠진 노인네가 된 것 같았다. 나는 괜히 소리를 질렀다.

"누구요, 대체."

그의 손이 갑자기 뚝 떨어졌다. 붉었다가 희어지기를 반복하던 그의 안색은 어느새 잿빛이었다. 그토록 수시로 안색을 바꾸는 사람은 처음이었다. 그의 변한 낯빛을 보자 슬그머니 미안한 마음이 들었다. 그렇게까지 버럭 내지를 생각은 아니었다. 입을 열면 고장 난 펌프처럼 새빨간 쇳가루가 떨어지지 않을까 하는 생각이 들 만큼, 말을 해본 지가 까마득한 즈음이었다.

"나는 광식이, 광식이."

그가 고개를 떨어뜨리며 풀 죽은 목소리로 대답했다. 얼마 남지 않은 그의 머리카락이 아침 햇살을 받아 희게 반짝거렸다.

"어떻게 들어왔소?"

나는 조금 힘을 빼고 물었다. 족히 환갑은 넘어 보이는데다가 키도 160센티미터 남짓한, 콩만 한 노인네가 어떻게 이 담장을 넘어 들어왔는지 정말 궁금했다.

"담 타고, 담 타고."

역시 그것 말고 이 집에 들어올 방법은 없었다. 그의 낯빛이 환해졌다. 다시 웃고 있었다.

"거참, 집이 어디요?"

"저기, 저기."

그가 담장 너머를 가리키며 말했다. 같은 말을 두 번씩 반복하는 건 그의 습관인 듯했다. 나는 그가 가리키는 곳을 바라보았다. 닭장처럼 다닥다닥 붙은 창문마다 알록달록한 이불이 널린 아파트 너머, 더 높은 아파트, 그 뒤로는 더 높은 아파트. 사방 어디나 아파트 천지였다. 그가 말하는 저기, 가 어딘지 알 길이 없었다. 어쨌거나 노인은 이 동네 사람인 게 분명했다. 그날 나는, 내가 이 새로 생긴 거대한 동네에 남은 최후의 원주민이라는 사실을 새삼스럽게 깨달았다.

이곳에 모여든 사람들은 여기를 넓은들 마을이라고 불렀다. 나는 그들이 이곳을 뭐라 부르든 별 관심이 없었지만 비닐하우스 몇 채와

집들을 제외하고는 온통 들판뿐인 곳의 이름으로는 지나치게 감상적인 면이 없지 않다고 생각했다. 넓은들 마을이라니. 이름만 두고 본다면 이곳은 부유한 사람들이 한가롭고 쾌적한 노후를 즐기기 위해 급조한 전원 마을 같은 느낌이 강했다. 그러나 여기는 시에서 함부로 건물을 짓는 일을 금지한, 그야말로 내버려둔 땅이었다.

이곳은 오랫동안 지도에 표기되지 않은 동네였다. 경계를 흘러가는 실개천이나 그 곁에 아무렇게나 핀 개망초처럼, 어떤 목적이나 계획 없이 만들어진 동네. 사람들은 물 위에 떨어진 낙엽처럼 가장자리로 밀려나기를 반복했을 뿐이다. 그렇게 모여든 사람들의 내력이야 다 알 수는 없었지만, 정신 차리고 보니 빈 몸뚱이밖에 남지 않았다는 식의 결론은 모두 같았다.

내버려둔 땅에서 할 수 있는 일은 많지 않았다. 내버려둔 땅으로 흘러든 내버려진 사람들은 조용히 살았다. 근처 식당에 팔 개를 키우거나 비닐하우스 안에서 꽃 농사를 지었고, 이도 저도 아닌 사람들은 인력시장을 기웃거렸다. 물론 나는 아무것도 하지 않았다.

어느 봄, 넓은들 마을에 수십 대의 건설기기 차량이 줄지어 나타났을 때 주민들은 대수롭지 않게 넘겼다. 별일처럼 보일 수도 있지만 그건 주민들과 별 상관없는 일이기도 했다. 이 마을에서 굴착기나 불도저를 보는 일은 흔했다. 시를 넘어가는 화물자동차 기사들이 종종 갓길에 아무렇게나 차를 대놓고 낮잠을 자기도 했고 하우스를 빌려 화투판을 벌이기도 했으니까. 그러다가 판이 커지기라도 하는 날엔 아침부터 길가에 덤프트럭, 지게차, 굴착기, 불도저 등의 온갖 건설용 차량과 화물차들이 줄줄이 늘어서 밤이슬을 맞기도 했다. 이번에도 별로 특별한 일은 아닐 것이었다. 오히려 하우스를 상대로 각종 주류 및 커피며 닭백숙을 팔던 슈퍼 주인에겐 반가운 일이었다. 그 차들이 처음 땅을 파고 흙을 실어 나를 때도 그러다 말겠지, 하는 마음이었다. 주민들의 주요 관심사는 '그냥 사는 것'에 관한 것뿐이었다. 그러나 그러다 말 줄 알았던 굴착기는 하루 종일 땅을 팠고, 트럭들은 줄지어 흙을 싣고 어디론가 사라졌다 빈 차로 되돌아왔다. 흙을 파낸 자리에 물이 고이고, 그 물이 웅덩이를 이루었다. 들판 여기저기에 생긴 웅덩이가 깊어지는 것을 보며 주민들은 뒤늦게 불안해했다. 그제야 들판에 놓아기르던 개들과 닭들, 그리고 그 개와 닭의 주인들이 사라진 지 오래라는 것을 기억해냈다. 언제부터인지 확실치는 않지만 있던 것들이 사라졌다. 주민들은 공사 현장으로 몰려갔다.

"이곳에 무엇을 짓는 거요?"

평생 인력시장을 떠돌았다는 미장이 노인이 두 손을 모으고 물었다. 가끔 슈퍼에서 마주친 적이 있는 그 노인의 손은 말발굽처럼 갈라지고 단단해 보였다.

"넓은 마을을 만들 겁니다. 구(區)를 확장할 필요가 있어요. 아시다시피."

담배를 피우던 현장 소장이 들고 있던 캔 커피를 한 모금 들이키고 말을 이었다.

"지금 저쪽 동네가 포화 상태거든요."

현장 소장이 말한 저쪽 동네는 오래전 시에서 건설한 계획도시였다. 그리 먼 거리는 아니었지만, 사거리를 기점으로 마천루가 즐비한 길 건너의 동네는 주민들이 보기에 심정적으로 높고 넓고 먼 동네였다. 넓은들 마을 사람들은 저쪽 동네가 포화 상태인 것과 넓은들 마을에 넓은 마을이 만들어지는 것이 과연 무슨 상관인지 알 수 없었다. 사람들은 더 불안해했다. 과실수를 가로수로 심은 그 동네에 감을 따러 갔다가 단속 공무원에게 쫓겨본 기억이 있는 노파가 다시 물었다.

"그럼 저희는 어떻게 되나요?"

"그건 제가 뭐라 답변할 수 있는 사안이 아닙니다. 곧 관계자들이 현장에 나와 설명회를 할 겁니다. 이제 일할 시간이군요."

담배를 비벼 끈 현장 소장이 빈 캔을 우그러뜨리며 말했다.

들이 사라진 넓은들 마을은 넓은 마을로 변했다. 또한, 현장 소장의 말대로 관계자들이(무엇과 관계된 사람인지 주민들은 끝내 알 수 없었지만) 넓은들 마을의 넓은 마을 건설 현장에 나타났다. 그 과정에서 주민들은 몇 가지 사실을 알게 되었다. 자신들이 오랫동안 국유지를 무단으로 사용했다는 사실과 그럼에도 불구하고 원주민들을 배려한 시(市)가 주민들을 위해 아파트 한 동을 분양해주기로 했다는 사실이었다. 분양까지는 바라지도 않던 사람들은 그나마 안도했다. 쫓아내지만 않는다면 더는 바랄 것이 없었다. 관계자들의 말을 다 믿는 것은 아니었

38

지만, 그렇다고 모두 거짓말도 아닐 거였다. 사람들은 각자 집으로 돌아가며 말했다.

"이사 비용 정도는 우리가 부담해야겠지?"

"나는 큰 집은 필요 없고, 방 한 칸에 간장 항아리 놓을 베란다하고 욕조 딸린 화장실만 있으면 되는데."

"고향 같은 곳이었는데, 괜히 섭섭하군."

으레 사실은 은폐되고 축소되거나 과장되기를 반복한다. 그건 선의든 고의든 어느 쪽이나 마찬가지다. 사실이 모두 말로 완벽하게 전달될 수는 없으므로 말하는 쪽이나 듣는 쪽 모두 적당히 알아서 할 수밖에 없는 일이다. 누구나 일생에 한두 번쯤은 똑똑하다는 소리를 듣지만 내내 똑똑하게 살 수 없는 건 세상 탓도, 나이 탓도 아니다. 그저 그게 사는 과정의 일부일 뿐. 그들의 말을 모두 믿은 것은 아니지만 그렇다고 다 믿지 않은 것도 아닌 넓은들 마을 사람들이 그랬던 것처럼, 관계자들의 말이 다 사실은 아니었지만 그렇다고 모두 거짓도 아니었다. 문제는 관계자들이 말한 분양과 넓은들 마을 사람들이 알아들은 분양에 심각할 정도의 차이가 있다는 사실이었다.

넓은들 마을 사람들은 절망하거나 분노했고, 마침내 죽고 싶었다. 그건 살날이 얼마 남지 않은 노인들이나 조로한 사람들이 공통으로 느낀 감정이었다. 갈 곳이 없어 모여든 사람들에게 시에서 지급하는 이주 비용 몇 푼으로 갈 곳이 생길 리 없었다. 죽기로 결심한 사람들은 죽기 전에 아무 데나 몰려가기로 했다. 시청으로, 구청으로, 동사

무소나 은행으로 몰려가서 주저앉았다. 노인들이 춥거나 더운 일기를 견디지 못하고 쓰러지면 조로한 이들은 노인들을 부축하며 울부짖었다. 자신들이 할 수 있는 일이 고작 이런 것뿐이라는 사실에 절망했다. 부모를 원망하고, 얼굴도 모르는 조상의 발밑에 머리를 조아리고, 높은 건물이 보일 때마다 주먹감자를 먹이는 걸로는 도저히 해결될 일이 아니었으나 달리 방법이 없었다. 그들은 집으로 돌아오며 가난을 탓하고, 잠자리에서 세상의 온갖 신과 조상에게 기도하고, 길 건너 마천루가 보이면 오줌을 갈겼다. 봄에 쓰려고 지난해 내내 모아둔 퇴비와 오줌을 반짝거리는 청사의 로비에 뿌린 건 우발적인 행동인 동시에 진심이었다. 죽기 전에 똥이나 먹이자는, 그들의 마지막 저항 같은 것이었다. 그 똥바가지가 로비에서 깨져 똥을 먹인다는 계획은 수포로 돌아갔지만, 불행 중 다행으로 일부는 관계자들의 옷자락에 튀기도 했다. 훗날 임대 아파트 분양이 끝나고, 관계자들은 상부에 올릴 보고서를 작성한 후 흡연 장소에 모여 말했다.

"썹할…… 무식한 새끼들."

"아직도 똥바가지를 퍼 나르는 새끼들이 있다니."

"근성이 문제겠지, 결국."

각자가 뿜어낸 담배 연기는 잠시 그들의 머리 위에서 하나로 뭉쳤다가 허공에서 사라졌다. 재수 없이 똥물이 튀기기는 했지만, 경험상 별 탈 없이 마무리될 일이었다. 늙은이들과 조로한 사람들의 시위에 관심을 기울이기에 세상은 너무 바쁘고 복잡했다. 실제로 근처의 출입

국 사무소에서 일어나는 일에 비하면 그들이 겪은 일은 별일 아니었다. 게다가 며칠 전 발생한 불법 체류자의 분신 소동을 직접 목격한 후 다들 조심스럽고 예민해진 상태였다. 몇 번의 '씹할'과 '똥물에 튀겨버릴 새끼들'로 마음을 추스른 관계자들은 보고를 위해 자리를 떴다.

관계자들의 예감대로 넓은들 마을 사람들은 곳곳에서 젊은 청년들에 의해 건물 바깥으로 끌려 나왔고, 며칠씩 똥물이 묻은 옷을 입은 채 구류를 살다가 풀려나곤 했다. 누구도 그들이 흘리는 눈물에 관심을 두지 않았고, 오히려 구린내 때문에 그들을 피해 먼 곳으로 돌아가기 일쑤였다. 눈물은 금방 말랐지만, 손이며 옷에 묻은 똥물은 며칠이 지나도 빠지지 않았다. 그 냄새는 곧 그들의 체취가 되었다. 냄새는 으레 그런 내력을 지니기 마련이었다.

주민들이 입주가 아니면 이주밖에 방법이 없다는 걸 받아들이기까지 걸린 시간은 길지 않았다. 죽기로 결심했던 사람들의 대부분은 죽기를 각오하고 떠났다. 손에 밴 분뇨 냄새 때문에 울기도 힘들었고, 힘들어서 아무것도 하고 싶지 않기도 했다. 사람들은 기계적으로 짐을 싸서 외출하듯 떠났다. 서로 어디로 가는지 묻는 사람은 없었다. 그저 잘 가라는 인사를 나누고 헤어졌을 뿐이다.

물론 그중 넓은 마을의 맨 가장자리에 위치한 임대 아파트 입주에 성공한 사람도 있었다. 그들은 볕 좋은 놀이터 그늘에 앉아 넓은들 마을로 들어오는 이사 행렬을 보며 자신들의 지난했던 입주 과정을 떠올렸다. 누군가는 자신의 호적에 올라 있던 아들을 생사불명으로 처리해 스스로를 독거자로 만들었고, 또 누군가는 월남 상이군인이었던 전남편과 숨이 끊어지기 직전에 재결합해서 그 덕을 보기도 했다. 덕이라고 해봤자 전용면적 41제곱미터짜리 임대 아파트의 분양권이 전부였지만 말이다. 그들은 임대 계약서에 자신들의 이름을 써넣으며, 글을 모르는 누군가는 공인중개사의 도움으로 서명 대신 바를 정(正) 자를 그려 넣으며, 항아리와 양은 냄비와 고무 대야 같은 것들을 챙겨 나온 자신들의 오두막이 기다렸다는 듯 폭삭 주저앉는 것을 보며 감격의 눈물을 흘렸다. 그들은 모든 일이 기적 같았다고 중얼거렸다. 기적의 크기나 성질은 받아들이는 사람 마음이니까, 그건 정말 기적일지도 몰랐다.

넓은 들판이었던 곳에 들어선 공원과 아파트와 상가와 학교는 마치 처음부터 거기 있었던 것처럼 빠르게 공간에 적응했다. 나와 내 집만이 유일하게 이 동네에서 겉돌았다.

그 모든 과정을 남의 집 불구경하듯 바라보기만 한 까닭은 단순했다. 어차피 나나 주민들이 할 수 있는 일은 없었다. 차이가 있다면, 나는 죽기를 바라는 사람이었고, 주민들은 죽을 때 죽더라도 사람처럼 살고 싶은 욕망이 남은 사람들이었다. 그들은 떠나는 쪽을 선택했고, 나는 갇히는 쪽을 선택했다. 살 만하지 않았지만 상관없었다. 그저 조용히 살다가 어느 날, 절연하듯 떠나는 것만이 내 마지막 바람이었다. 그러나 내 앞에서 여전히 웃고 있는 광식이를 보며 조용한 날의 평화는 다시 오지 않을지도 모른다는 불안감에 휩싸였다. 광식이가 전날 배달된 피자 상자를 가리키며 말했다.

"피자 먹자, 피자."

그날 나는 처음 만난 광식이와 피자를 먹었다. 파리들이 윙윙대는 마당을 바라보며 말이다.

3.

아빠가 현관문 앞에 서 있다. 얼마 전 내가 그랬던 것처럼 말이다.
그런데 막, 문을 두드리려고 했다거나 초인종을 누르려던 참이라거나
잠긴 문을 열기 위해 열쇠를 찾던 중인 거 같진 않다. 아빠는 입을 약
간 벌린 채 허공 어딘가에 시선을 맞추고 있다. 걷다가 지갑을 잃어버
린 사실을 깨달았거나 가스 불을 켜놓고 나온 걸 뒤늦게 떠올린 사람
처럼 보인다. 놀라고 당황해서 어쩔 줄 모르다가 돌처럼 굳어버린, 그
런 사람 말이다.

"아빠?"

내 부름에도 별 반응이 없다. 짧은 순간이지만, 아빠가 멀리 가버린
것처럼 여겨진다. 어디가 아픈 것 같기도 하다. 겁이 난 나는 아빠의

팔을 흔든다.

"아빠."

내 손이 닿자 아빠가 불에 덴 사람처럼 화들짝 놀라며 팔을 턴다. 처음에는 한쪽 팔만 털더니 이내 양쪽 팔을 동시에 털고, 그것도 모자라 양팔을 번갈아 어깨부터 거푸 쓸어내린다. 마치 자신의 팔에 붙은 불을 끄려는 사람 같아 보인다. 자신이 누구인지, 눈앞에 있는 사람이 누구인지 전혀 의식하지 않는 모습이다. 오직 본능에 반응하는 사람처럼, 아빠는 차갑고 무섭고 낯설다. 버려졌구나. 순간 든 생각이다. 나는 버려졌다. 우리는 서로 버릴 수 있는 사람들이 아닌데, 왜 그런 생각을 한 건지 스스로도 이해할 수 없다. 나는 몇 번이나 이런 생각을 했을까. 아빠는 몇 번이나 이런 모습으로 문 앞에 서 있던 걸까. 아직 해가 지기 전인데도 사방이 어둡다. 한 무리의 구름이 내 얼굴 위에 그늘을 드리우며 지나간다. 하늘 끝 먼 곳에서 낮게 구름이 우는 소리가 들린다. 곧 비가 올 모양이다.

"어디 아파요?"

나는 아빠를 흔든다. 흔들며 나도 따라 흔들린다. 비가 싫다. 축축하고 차가운 빗속에서 내가 그린 건 오직 집이고 아빠였다. 길 위에서 비가 내릴 때마다 중얼거렸다. 바짝 마른 수건, 수건에서 나는 햇빛 냄새, 우산 위를 구르는 빗방울, 첨벙거리는 노란 장화, 장화로 만든 이야기, 이야기 속의 이야기. 그건 집으로 돌아오기 위해 외우던 주문 같은 거였다. 단정한 말로 만들어 누군가에게 들려줄 수는 없지만, 거기 있는 것들. 나를 돌아올 수 있게 한 것들.

"왜 그래요, 우리 사이에."

나는 부러 아무렇지도 않은 척 말한다. 아주 잠깐 잊었을 뿐, 잃어버린 것은 아니니까.

"맞아. 우린 사이다를 나눠 마시는 사이다."

어느새 아빠는 아빠로 돌아와 있다. 아무 때나 두서없는 농담을 던지는 아빠를 이해할 수 없지만, 아빠는 아무렇지도 않게 다른 날과 똑같이 손가방을 현관 앞에 놓아두고 신발을 벗고 양말을 벗는다. 좀 전의 행동이 믿기지 않을 정도다. 그런 내 마음을 모르는 척, 아빠는 다른 날과 똑같은 질문을 하기 시작한다.

"오늘은 어땠니?"

"그냥 그랬어요."

"그 그냥이 어떤 건지 말해줄래?"

"별로요."

"뭘 봤는지, 뭘 했는지 말해주면 안 돼?"

"……."

"다 궁금하단다, 딸아."

"왜요?"

"있으나 없으나 보고 싶으니까. 무서워도 보고 싶고, 슬퍼도 보고 싶고, 보고 있어도 보고 싶으니까."

말이라는 건, 참 좋다. 좀 전의 불안과 걱정이 사라진다. 아빠의 말

46

이 내 가슴에 들어와 찌릿찌릿 전기처럼 흐른다. 세상에 보고 있어도 보고 싶다는 말만큼 좋은 말이 있을까. 노래로 만들어서 내내 부르고 다니면 좋겠다. 기분이 한결 가벼워진 나는 할까 말까 망설이던 영복이 얘기를 꺼낸다.

"아빠, 저번에 제가 어떤 애를 만났는데 말이죠."

"만난 게 아니라 그냥 본 거지?"

나는 황급히 입을 다물지만 이미 늦었다. 아침마다 아빠는 내게 당부했다. 되도록 집 밖에는 나가지 마라, 나가더라도 금방 돌아와야 한다, 어떤 일에도 함부로 끼어들지 말고 모르는 사람에게 말을 걸지 마라, 따위의 이미 알아서 잘하는 것들에 대한 당부뿐만 아니라 친구 집에 놀러 가서도 안 된다고 했다.

"왜요?"

"그사이에 이사 간 친구도 많고…… 너도 알겠지만 불쑥 찾아가는 건 예의가 아니야."

아빠의 변명은 궁색했지만 나는 고개를 끄덕였다. 더 말해봤자 아빠는 똑같은 당부를 되풀이할 게 뻔했다. 나는 혼자 집을 찾아온 기특하고 똑똑한 열 살인데, 아빠는 수시로 그걸 까먹었다.

"그럼, 놀이터에서 친구와 노는 건 괜찮죠?"

"아마, 그럴 일은 없을 거야. 내가 네게 투명 망토를 씌워놨거든."

불가능한 농담이었지만 역시 나는 고개를 끄덕였다. 그 단호한 어투로 보아 자칫 잘못하면 일터에 나를 끌고 다닐지도 모른다는 생각이 들었기 때문이다. 아빠를 따라다니는 게 싫다기보다 답답한 게 무서웠다. 하루 종일 어두운 지하를 돌아다닐 바에야 차라리 내가 알아서 잘하는 게 나았다. 그런데 영복이 얘기를 하려면 어쩔 수 없이 내가 알아서 잘하는 '일'에 대해 털어놓아야 한다는 걸 이제야 알게 된 거다.

나는 사실대로 고백할지, 대충 얼버무리고 넘어갈지 망설인다. 아빠는 무좀으로 너덜거리는 발바닥을 긁으며 그런 날 빤히 쳐다본다. 아빠의 발은 붉고 하얗고 파랗다. 나는 그 집요한 시선을 피해 아빠의 엄지발가락과 둘째 발가락 사이에 돋은 물집을 바라본다. 아빠가 숨을 쉴 때마다, 그 물집 속에 든 물방울이 찰랑찰랑 흔들리는 것 같다. 아빠가 찰랑거리는 침묵을 깬다.

"어떤 나라에 가면 진실의 입이라는 게 있어."

"그게 뭔데요?"

"커다란 돌로 만든 가면인데, 거짓말을 하거나 나쁜 생각을 하는 사람이 그 가면 입에 손을 집어넣으면 손목이 싹둑 잘린대."

아빠가 물집을 툭 눌러 터뜨리며 말한다. 나는 돌의 입속에 손을 넣는 나를 상상해본다. 검은 구멍 속으로 누워 있는 아이를 봤을 때의 기억이 떠오른다. 영화의 한 장면인지, 실제인지는 확실치 않지만 분명히 기억나는 건 누워 있던 아이의 얼굴이다. 반쯤 눈을 뜬, 혹은 반쯤 눈을 감은 아이의 얼굴은 온통 진흙투성이다. 유일하게 아이의 벌어진 입만 진흙이 닿지 않아 말짱한 상태인데, 그 틈에서 연분홍빛 지

렁이가 기어 나온다. 왜 하필 그 기억이 떠오른 건지 알 수 없지만 나는 나도 모르게 몸서리를 친다. 입을 벌리면 비명이 새어 나올 거 같다. 어디선가 피어오르는 물비린내 때문인지 속이 메슥거린다. 물론 그런 가면이 있을 리 없다는 거 정도는 안다. 손목이 잘리는 상상 때문이다. 다행히 아빠는 자신의 발바닥에서 너덜거리는 각질을 뜯어내느라 바쁘다.

"아빠."

"응, 딸아."

"저도 이제 열 살이에요."

"알지, 여덟 살 같은 열 살이지만."

"키는 곧 클 거라고요."

"그래. 키가 클 때까지는 아직 시간이 있으니, 말해보렴, 그 아이에 대해."

아빠는 집요하다. 자신이 궁금한 걸 알려주기 전까지는 텔레비전도 틀지 못하게 할 게 분명하다. 〈개그콘서트〉를 할 시간이 가까워져 온다. 나는 되도록 간단하게, 처음 만났을 때 내가 왜 참견할 수밖에 없었는지를 특히 강조하며, 영복이 얘기를 털어놓는다. 물론 엘리베이터를 같이 타고 가자며 내가 먼저 말을 걸었다거나 영복이가 닫히는 엘리베이터를 잡기 위해 문 사이에 팔을 끼워 넣었다는 얘기는 하지 않는다. 잔소리가 길게 이어질 거라는 걸 알기 때문이다.

"그러니까, 진짜 걔가 널 봤단 말이지?"

"진짜예요. 개가 빈 그릇에서 짜장면을 긁어 먹으려고만 안 했어도 절대 말은 안 시켰을 거예요. 근데…….”

"진짜로 개가 너에게 말도 했단 말이지?”

"별말은 아니었어요. 자기 이름이 영복이다, 뭐 이 정도.”

나는 일부러 내가 먼저 이름을 물어봤다는 말은 뺐다. 여자는 남자에게 먼저 친한 척 굴면 안 된다는 아빠의 말을 잊지 않았기 때문이다. 게다가 나에게 영복이는, 남자라고 하기에는 무리가 있다. 내 이상형은 따로 있다. 바로 말끝마다 한 땀 한 땀을 외치는, 드라마 〈시크릿가든〉의 김주원이다.

김주원이 입었던 그 추리닝이 이 동네에서 유행한 적이 있다. 직업을 알 수 없는 우울한 표정의 아래층 아저씨도, 1층에 사는 강아지도, 가끔 동네 마을버스 정류장 옆에서 양말과 스타킹, 팬티 따위를 팔던 아줌마도 그 한 땀 한 땀 추리닝을 입었다. 그때 내가 알게 된 건 반짝거리는 옷을 입는다고 모두가 다 반짝거리는 건 아니라는 사실과 반짝거리는 게 반드시 좋은 건 아니라는 거였다. 반짝이 추리닝은 김주원에게만 어울리는 옷이었다. 그러니 누군가와 김주원을 비교하는 건 불가능했다. 아빠는 그런 나에게 현빈이 좋은지, 자신이 좋은지 물었다.

"나는 현빈을 좋아하는 게 아니라 김주원을 좋아하는 거예요.”

나는 고민 끝에 이렇게 대답했다.

"그러니까 어쨌든 아빠보다 개가 더 좋다는 말이구나.”

"전 꿈꿀 나이잖아요. 그냥 꿈 좀 꾸게 내버려두세요.”

그때도 아빠는 진짜, 라는 말에 힘을 줘가며 나에게 몇 번이나 물었다. 지금처럼 말이다. 아빠는 영복이에 대해 어디 사는 애냐, 몇 살이냐, 따위의 기본적인 질문에서 시작해, 가족 관계를 묻더니 고향과 혈액형까지 궁금해한다. 나는 가능하면 성실히 아빠의 질문에 대답하지만, 혈액형이나 가족 관계 같은 건 서너 번 만난 게 전부인 나로서는 알 수 없는 사실들이다. 그중에서도 고향이라는 단어는 익숙하지만 정확한 뜻을 알 수 없다.

"고향이 뭐예요?"

"태어나서 자란 곳."

"그럼, 그건 잃어버릴 수 없는 거 아니에요?"

"그렇지."

"근데 영복이는 그걸 잃어버리기도 한다던데."

영복이를 쫓아다니며 새로 알게 된 사실들이 많았다. 이곳에 오래 살았지만 내 일과라야 놀이터에서 놀거나 아빠를 기다리며 집 근처의 작은 놀이방에서 하루 종일 지내는 게 전부였으니 그럴 만도 했다. 이 동네에는 마음대로 드나들 수 있는 문보다 함부로 드나들 수 없는 문이 더 많다는 사실도 예전에는 결코 알지 못했다.

현관문도 아니고 방문도 아닌 아파트 입구에 비밀번호를 눌러야 열리는 문을 왜 다는 건지, 나는 도통 이해할 수 없었다. 영복이 말에 따르면, 처음에는 몇 군데에만 그런 문이 달려 있었다고 한다. 그런데 자고 나면 여기도, 잠깐 잊어버리고 있는 사이에 저기도 하는 식으로 자꾸 그런 문들이 늘어나기 시작했다는 거다. 영복이처럼 짜장면 그릇을 기웃거리는 아이가 많아서 그런 건가 싶기도 했다. 영복이는 내 추측에 발끈하며 말했다.

"장사치들이 많이 드나들어 그런다지 않니."

"안 사요, 이렇게 말하면 끝나는 거 아니야?"

"말도 걸지 말라는 거 아니겠음?"

"에이, 쫌 그렇다."

"내 말이. 어찌 아이 그렇겠니."

영복이의 말은 분명 나와 같은 것인데도 무슨 말인지 자꾸 생각해야 했다. 할머니들이 쓰는 말 같기도 했고, 드라마에 나오는 대사 같기도 했다. 무엇보다 말하는 게 힘들어 보였다. 덩달아 나까지 말이 짧아지고 혀가 꼬이는 것 같았다. 영복이는 자신이 때를 벗는 중이라고 했다. 이건 또 무슨 말인가 싶었다. 때는 목욕탕에 가서 이태리타월로 박박 문질러야 벗겨지는 거 아닌가.

"너는 어찌 그리 나보다 모르는 게 많니."

영복이가 답답하다는 듯 말했다.

"무슨 말이야? 무슨 말이 그래?"

"……."

내가 눈을 치켜뜨자 영복이는 반사적으로 팔을 들어 방어 자세를 취했다. 영복이는 가끔 맞아본 사람만 자신을 지킬 수 있다며 자못 결의에 찬 표정을 지어 보이곤 했지만, 내가 보기에는 개미 한 마리 지킬 힘도 없어 보였다. 나는 걸핏하면 숨거나 도망치는 영복이가 안쓰러워 한결 부드러운 목소리로 타이르기 시작했다.

"친절하고 예의 바르게 굴란 말이야."

"내가 언제는 그러지 아이했니?"

"말도 이상하게 하면서."

그 말은 하지 않았어야 했다. 나는 재빨리 후회하며 영복이의 눈치를 살폈다. 그러나 영복이는 노인처럼 한숨을 쉬며 눈을 내리깔 뿐이었다.

"고향을 잃어버리면 이래저래 천해진다."

그게 무슨 말인지 나는 모른다. 고향을 잃어버리는 기분이 어떤 건지도 나로선 짐작할 수 없다. 내가 알 수 있는 건, 그 말이 열 살짜리 아이에게는 어울리지 않는다는 사실이다. 확실히 영복이는 어딘가 늙은이 같다.

아빠는 내 얘기가 다 끝나도록 아무 말도 하지 않고 발바닥 각질만 뜯는다. 발바닥이 아예 사라질까 걱정이다. 발바닥 각질을 뜯는 건 생각이 많아지면 나타나는 아빠의 버릇 같은 건데, 최근 들어 그 횟수가 점점 잦아진다. 언젠가 기회를 봐서 아빠에게 꼭 얘기해줘야 할 필요가 있다. 아빠는 자신의 그 버릇이 짜장면 그릇에 남은 면 가닥을 탐내는 영복이의 취미만큼이나 더럽다는 걸 모르는 눈치다. 그 사실을 어떻게 말해야 할까. 나는 며칠째 고민 중이다. 한숨을 내쉰다. 어른들은 고민이나 생각을 자신들만의 것인 양 여기지만, 아이들은 어른보다 훨씬 더 많은 생각을 한다. 차이가 있다면, 어른들은 자신이 무슨 생각을 하는지 비교적 정확히 알고, 아이들은 자기가 하는 생각이 뭔지 잘 모른다는 것이다. 나만 해도 꿈인지 아닌지 알 수 없는 곳까지 한참을 나갔다가 돌아오지 못하는 경우가 종종 있다. 아빠는 그걸 악몽이라고 했다.

처음으로 말이라는 걸 배우기 시작할 때부터 나는 종종 같은 주제로 악몽을 꿨다. 내가 아는 단어 사이로 낯선 단어가 끼어들고, 낯선 단어가 다시 읽을 수 없는 단어로 변하고, 단어의 모서리가 다른 단어를 찌르고, 몸을 말고 도망가던 단어들이 반으로 갈리는 꿈이었다. 나는 그 와중에도 계속 말들을 토해냈고, 내 말들이 다시 피 흘리며 죽었다. 가장 무서웠던 건 그 악몽 속의 나였다. 시체처럼 사방에 널린 말 가운데 앉아, 표정 없이 죽은 말들을 채 썰듯 찢고 있는 나를 보는 나. 그 나는 얼굴이 없었다. 그걸 확인할 때마다 나는 온몸에 남은 힘을 쥐어짜 소리를 질렀다. 내가 무섭다는 사실이 견딜 수 없이 무서웠다. 아빠는 그때마다 나를 세게 흔들어 깨웠다. 악몽은 누군가 곁에 있는 사람이 깨워줘야 하는 잠이라고 했다. 그래서 사람은 혼자 잠들면 안 된다고, 혼자 사는 건 악몽 같은 일이라고 했다. 나는 아직도 아빠의 그 말이 슬퍼서 목이 메곤 한다. 내가 없으면 누가 아빠를 깨워줄까. 혼자 잠들고 혼자 일어나야 하는데. 그럼 사는 게 매일매일 악몽일 텐데. 노래를 불러줄 사람도 없을 텐데. 잠에 취한 채 일어나 비틀거리며 물을 떠다줄 사람도 없을 텐데. 그러니 아빠에게는 내가 필요하고 나에게는 아빠가 필요하다. 우리는 그런 사이다. 아빠의 썰렁한 농담처럼 사이다를 나눠 먹는 사이이기도 하지만, 서로 악몽으로부터 깨워주고 곧 키가 클 거라는 농담을 주고받으며 정신이 번쩍 들도록 혼자가 아님을 확인하는, 그런 사이다 같은 사이, 다.

4.

어느덧 아침저녁으로 제법 쌀쌀한 바람이 부는 계절이었다. 광식이는 한 달째 담을 넘고 있었다. 처음 만난 날 입었던 파자마에, 듣도 보도 못한 '휅'이라는 글씨가 박힌 낡은 티셔츠 차림도 여전했다. 그는 꼭 내다 버린 애완견 같았다. 한때 희고 작고 사랑스러웠으나 이제는 오래된 털실 뭉치마냥 길거리를 떠돌아다니는 그런 강아지 말이다. 조금이라도 관심을 보이면 마냥 내 뒤를 졸졸 따라다닐 게 분명했다. 문제는 그가 늙은 애완견이 아니라 노인이라는 사실이었다. 매번 떠돌이 개를 쫓듯 싸리비로 내쫓을 수도 없고, 알아듣게 타일러 돌려보낼 수 있는 상태도 아니었다.

"광식아."

"응."

"네 집에 가자."

"네 집에 가자, 집에 가자."

"내 집 말고, 네 집에 가자고."

"응. 내 집에 가자고, 가자고."

광식이가 왜 같은 말을 두 번씩 하는지 나로서는 알 수 없었지만, 나는 광식이의 말을 들으며 어떤 사실 하나를 알게 되었다. 같은 말이라도 광식이가 하는 말은 진짜처럼 들린다는 것이었다. 말에 진짜와 가짜가 있는 건 아니지만 광식이가 '가자'고 말하면 정말 가야 할 것 같았고, '배고프다'고 말하면 그건 진짜 배가 고파 하는 말 같았다.

광식이가 사는 곳은 내가 사는 집에서 훤히 올려다보이는 여섯 채의 임대 아파트 중 가장 끄트머리 건물 꼭대기 층이었다. 재활용 쓰레기며 자전거가 문 옆에 다닥다닥 놓여 있고, 된장 냄새와 각종 짠 내가 뒤섞여 복도를 떠돌았다. 혼자 사는 나로서는 익숙하면서도 낯선 냄새였다. 나는 그것들 속에 서서 창밖을 바라보았다. 내가 사는 집이 한눈에 들어왔다. 마당에 산처럼 쌓인 쓰레기 더미와 아직 치우지 못한 미르의 집과 뒤꼍에 굴러다니는 홈통의 양철 쪼가리, 현관의 낚시 의자가 보였다. 내가 차곡차곡 쌓아 올린 세월이 이런 식으로 조감되는 것이 영 불편했다. 문득, 광식이도 오랫동안 여기서 내가 사는 곳을 바라봤을 거라는 생각이 들었다. 광식이가 나를 찾아온 건 우연이 아닐 수도 있었다. 그때 문이 열렸고 광식이의 보호자가 고개를 내밀었다. 곁에 있던 광식이가 "광식이 아들 지현이, 광식이 아들 지현이" 하고 외쳤다. 꼭 오랜만에 본 사람처럼 반가워하는 걸 보니 잘못 찾아온 건 아닌 모양이었다. '광식이 아들 지현이'는 광식이의 소개에도 나를 아래위로 훑어보기만 했다. 마치 이웃집 싸움을 구경하러 나온 사람처럼 팔짱을 낀 채였다. 꼭 인사를 바란 건 아니지만, 괘씸한 마음이 생기는 건 어쩔 수 없었다. 그가 무슨 일이냐고 물었다. 광식이는 알은척도 하지 않고 말이다. 내가 그간의 사정을 설명하는 동안에도 그 태도는 변함없었다.

"그거, 변비 때문이에요."

'광식이 아들 지현이'의 변명은 그게 다였다. 변비 때문에 월담을 하다니, 생전 처음 듣는 얘기였다. 미심쩍은 나는 '광식이 아들 지현이'를 살폈다. 그는 변비 때문에 월담을 한다는 말만큼이나 요상한 차림이었다. 곱상한 얼굴에 온통 보라색 스팽글로 반짝이는 스웨터와 가죽 쫄쫄이 바지 같은 걸 입고 있었는데, 그 바지라는 게 어찌나 달라붙던지 종아리 알통이 꿈틀거리는 게 훤히 보일 정도였다.

"변비와 월담이 무슨 관계요?"

나는 '광식이 아들 지현이'가 눈치채지 못하도록 조심스레 그를 위아래로 훑으며 물었다.

"제가 아는 용한 한의사가 있는데, 만성 변비를 치료하는 데 자주자주 아랫배에 힘을 줬다 뺐다 하는 것만큼 좋은 게 없대요. 아랫배 나오는 것도 방지하고. 그래서 용을 쓰는 습관을 들이라고 아빠에게 얘기했더니, 어느 날부터 아빠가 나무를 타더라고요. 원래 아빠가 하던 일도 그렇고. 뭐, 나무를 타나 담을 타나 줄을 타나 모두 비슷하잖아요."

스스로가 생각하기에도 자신의 변명이 궁색했던지 '광식이 아들 지현이'가 손으로 입을 가리고 웃었다. 광식이도 자신의 아들을 따라 입을 가리고 웃었다. 둘은 손가락조차 전혀 딴판이었다. 한쪽은 길고 가늘었으며, 한쪽은 짧고 뭉툭하고 더러웠다. '광식이 아들 지현이'는 출근 준비를 해야 한다며 서둘러 광식이를 끌고 집 안으로 사라졌다. 나는 광식이의 '원래 하던 일'이 궁금했지만 그런 걸 물을 틈도 없었다. 물론 월담을 해서 들어온 내 집 마당에 똥을 싼 광식이의 행동에 대한 사과도 그걸로 끝이었다. 나는 입맛을 다셨다. 옷 입은 품새 하며 '아빠'라는 단어를 거침없이 쓰는 것도 영 마뜩잖았다. 그러나 돌아설 수밖에 없었다. 나는 자식 농사에 대해 말할 수 있는 입장이 아니었다.

사람들은 알까. 삶은 그저 바람처럼, 피부 위를 지나가며 서늘했다 따뜻하기를 반복하다가 종내는 소멸해버린다는 걸 말이다. 적어도 나에게는 그랬다. 아무도 없이, 아무것도 없이 오로지 혼자서, 대부분의 삶을 지나왔다. 혼자라는 사실이 너무나 익숙한 평생이었다. 그런데 이제 와서 나는 궁금하다.

나에게도 자식이 있을까. 있다면 계집아이일까, 사낼까.

물론 말도 안 된다. 그러나 상상은 원래 그런 거다. 없는 것을 있는 것처럼 생각해보는 것. 있는 것을 지워보는 것. 내 것이 아닌 것을 가져보는 것. 나를 잠시 버려보는 것. 그러니 어딘가에는 한 명쯤 있을지도 모른다. 있다면 아마 피부가 까무잡잡하고 눈망울이 부리부리한 녀석일 확률이 높다. 나는 손가락을 꼽아본다. 모르는 사람이 본다면 아마 살날을 꼽거나 죽을 날을 꼽는 줄 알 것이다. 나이를 짐작할 수 없는 노인네가 길거리에 서서 자신이 지나온 여자들을 세고 있는 줄은 꿈에도 모르겠지.

그 여자와 거기서 만난 그 여자, 또 다른 여자, 또 거기서 한 번, 거기서 한 번…….

얼굴은 남아 있지만 이름은 도무지 떠오르지 않는 여자들과 얼굴도, 이름도 떠오르지 않는 두어 명. 내 인생을 통틀어 지금까지 거쳐 온 여자는 대충 서넛이었다. 그중 둘은 여기가 아닌 다른 나라에서 만났다. 어리고 가느다란 소녀들. 피임도 하지 않고 서너 달씩 몸을 섞으며 지냈으니, 어쩌면 누군가의 밭에 뿌린 씨앗이 싹을 틔웠을지도 모른다.

서늘한 바람이 등허리에 감기는 걸 느끼며 나는 누군가 나를 찾아오는 상상을 했다. 어느 날, '내가 당신의 자식인 것 같습니다' 하고 누군가 문 앞에 서 있는 그런 상상 말이다. 곱슬곱슬한 머리카락에 내

짙은 눈썹과 매부리코를 닮은 청년, 아니 곱슬곱슬한 머리카락에 쌍꺼풀이 진한 아이의 손을 잡은 장년의 남자.

미친놈. 나는 중얼거렸다. 내가 이런 같잖은 상상을 하는 건 몇십 년 만에 나타나 관 속에 묻힌 남자가 자신의 아버지라고 주장하는 사람들의 뉴스를 심심찮게 본 까닭이었다. 물론 그건 생전에 돈이 많았거나 죽어서도 여전히 유명한 사람들에게나 있을 법한 일이었다. 나 같은 작자에게 그런 일이 생길 리 없었다. 만에 하나 자식이 있다고 해도 그들에게 나는 오래전에 죽은 사람일 것이었다. 차라리 죽은 사람인 게 나았다. 곧 데리러 올게. 나는 그녀들을 떠나며 그렇게 말했다. 한 번도 아니고 두 번이나. 나는 꼽았던 손을 털었다. 거쳐온 여자들을 떠올리기에 나는 너무 늙었다. 이건 죽어가는 수컷의 마지막 본능 같은 게 분명했다. 이런 본능을 확인할 때마다 스스로가 끔찍하게 여겨졌다. 이 모든 게 다시는 보고 싶지 않은 광식이 때문이었다. 그러나 짐작대로 광식이는 그다음 날도, 그다음 날의 다음 날도 담을 넘어왔다.

입추가 지난 어느 날, 나는 마당에 쌓인 고물들 사이에서 사과 상자를 찾아냈다. 광식이가 드나드는 담벼락 밑에 야트막한 계단을 만들어줄 참이었다. 귀찮다는 생각이 들기는 했지만 떨어져 다치는 것보다는 나았다. 광식이는 톱질하는 나를 구경하느라 말이 없었다. 눈부신 햇살이 단풍나무 씨앗처럼 우리 주위를 맴돌았다. 나는 광식이를 바라보았다. 아무 생각도, 걱정도 없는 표정이었다.

"흵…… 흵…… 흵…… 흵."

나는 광식이가 입고 있는 티셔츠에 적힌 글자를 읽었다. 한 번 읽고 두 번, 세 번 읽었다. 자꾸 읽으니까 가래가 잔뜩 낀 노인의 숨소리 같았다.

"흵…… 헥헥헥."

광식이가 나를 따라 했다. 나를 흉내 낸 그 말은 어느새 조금 바뀌어 있었다. 표현만 다를 뿐, '흵흵'이나 '헥헥'이나 슬프기는 마찬가지였다.

"광식아."

"응."

"이제 곧 추워질 거다."

"안 춥다, 안 춥다."

"춥다고 말해도 돼."

"응."

"마실이라도 갈 테냐?"

"간다, 간다."

광식이가 벌떡 일어나며 다급히 엉덩이를 털었다. 사방으로 풀풀 먼지들이 날렸다. 초가을 한낮이었다. 광식이는 이미 담 밑으로 달려가고 있었다. 공연히 나도 엉덩이가 들썩거리는 건 아마 햇빛 때문이었을 것이다. 한 달에 한 번, 연금을 수령하러 우체국에 가는 일이 내 유일한 나들이였다. 우리는 버스를 타고 두 정거장을 지난 다음 내려서 산보하듯 걸었다.

"같이, 같이."

광식이가 잰걸음으로 쫓아오며 말했다. 나는 뒷짐을 쥔 채 서서 광식이를 기다렸다가 재차 걸었다. 광식이가 다시 외쳤다.

"같이, 같이."

나는 또 멈춰 서서 광식이를 기다렸다. 그러다가 이 상황이 익숙하다는 걸 깨달았다. 누군가를 쫓아가다가 같이 가자고 소리치고, 그림자는 뒷짐을 쥔 채 서서 나를 기다리고, 그러다가 걷고, 또 멈춰 서서 기다리고. 한때 나도 누군가의 보폭에 맞춰 걸어본 적이 있었을까. 광식이를 기다리는 동안 이제는 이 세상 사람이 아닌 이들이 나를 쫓아왔다. 전생처럼 오래된 기억이었다.

"아이고, 아이고."

콩만 한 광식이가 헐떡거렸다. 그의 숨소리를 따라 몇 가닥 남지 않은 머리카락들이 정수리에서 파르르 떨렸다. 담을 타는 것과 걷는 건 사뭇 다른 일인 모양이었다.

"힘드냐?"

"아니, 아니."

광식이가 가쁜 숨을 내쉬며 고개를 흔들었다.

"이제 거의 다 왔다."

나는 다시 걸음을 옮기며 달래듯 말했다.

"이렇게 편한 시절은 처음이다."

말에도 처음과 끝이 있다면, 광식이가 그 처음부터 끝까지 빠뜨리지 않고 말한 건 이번이 처음이었다. 분명하고 단호한 말투로, 게다가 두 번이 아니라 한 번. 나는 광식이를 돌아보았다. 내가 알던 광식이가 아니었다. 어쩌면 이 노인네가 처음부터 내내 수작을 부리고 있는 건 아닌가, 하는 생각이 잠깐 들었다.

"너, 뭐냐."

"나는 광식이, 광식이."

광식이가 어리둥절한 표정으로 대답했다. 뭐라 더 물을 말이 없었다. 정신이 왔다 갔다 하는 건가 싶기도 했지만, 여전히 속을 알기 어려운 노인네였다.

"가자, 가자."

광식이가 멈춰 선 나에게 재촉했다. 그래, 알면 뭐하고 모르면 뭐하겠는가.

"그래, 가자. 가보자."

처음부터 연금은 쥐꼬리만 했지만, 시절이 하도 수상하다 보니 쥐꼬리는 어느새 쥐꼬리의 쥐꼬리만 했다. 광식이는 내 쥐꼬리의 쥐꼬리에는 전혀 관심을 보이지 않고 버스 정류장 가의 보도블록 틈새에 핀 민들레에 집중하고 있었다. 철도 모르고 핀 민들레 씨앗들이 바람에 둥실둥실 날렸다.

"봐라, 봐라."

광식이는 해죽해죽 웃으며 민들레 줄기에 붙어 있는 씨앗들을 후후 불었다. 하는 꼴을 봐선 꼭 일곱 살짜리 어린애였다. 정류장에 서 있던 교복 차림의 아이들 서넛과 젊은 여자들 두어 명이 주춤거리며 뒤로 물러섰다. 광식이 때문이었다. 그중 한 여자는 인상을 찌푸렸고, 교복 차림의 아이들은 지들끼리 쑥덕거렸다.

"아, 졸라 구리구리."

"토 나와, 씹할."

아이들의 대화가 무슨 뜻인지 알아들을 수는 없었지만 무슨 말을 하는지는 알 것 같았다. 나는 광식이를 잡아끌었다. 모욕감으로 얼굴이 확확 달아올랐다. 설령 그게 진짜라고 하더라도 아무도, 누구도 그렇게 말하면 안 되는 것이었다. 아이들은 서로의 삼선 슬리퍼에 침을 찍찍 뱉으며 낄낄거렸고, 나는 광식이의 손을 꼭 쥐었다. 우리 탓이 아닌데도 우리 탓처럼 여겨졌다. 내 몸을 내 맘대로 할 수 없는 시간은 누구에게나 오지만, 그걸 깨닫는 건 늘 닥치고 난 후다. 나는 녀석들에게 그렇게 말해주고 싶었으나 결국 늙은이의 주책이 되고 말 뿐이었다. 내가 할 수 있는 일은 고장 난 비뇨기를 조이듯, 긴장한 채 서 있는 것밖에 없었다.

자신이 가진 구멍을 제어할 수 없는 시간은 누구에게나 온다.

광식이의 파자마 자락이 휘적휘적 흔들렸다. 가을 해가 기울고 있었다.

곧이어 찾아온 겨울의 밤들은 다른 해와 마찬가지로 길고 어두웠다. 우리는 매일매일 조금씩 달라지는 밤낮의 길이를 재며 그 겨울을 견뎠다. 또 한 해가 지나가고 있었다.

5.

"아빠?"

"······."

"아빠, 자요?"

"자요는 어느 나라 요니?"

내 말똥말똥한 질문에 아빠는 잠이 묻어나는 목소리로 웅얼거리듯
묻는다. 아빠는 어떤 상황에서도 썰렁한 농담을 그치지 않는다. 저런
아빠는 아마, 세상에 하나뿐일 거다.

"왜 이제는 나한테 뛰지 말라는 얘길 안 해요?"

"······."

"네? 네? 왜 안 해요?"

"딸아."

"네?"

"우선 자고, 내일 아침에 얘기해주면 안 될까?"

"……네."

아빠는 기다렸다는 듯 가느다랗게 코를 곤다. 피곤한 아빠는 내가 잠들 때까지 기다리지 못하고 먼저 잠들기 일쑤다. 사실 내가 잠들 때까지 기다리는 건 무리다. 돌아오고 나서부터 이상하게 잠이 없어졌다. 손가락을 꼽아 양을 세고, 내가 헤아릴 수 있는 숫자까지 세고, 세다가 잊어버리고 숫자가 꼬여 또다시 세도, 영 잠이 오지 않는다. 어떤 날은 양을 세다가 토끼를 세고, 강아지를 세다 보면 어느새 창밖이 환했다. 그 밤 동안 내가 할 수 있는 일이라고는 그날그날 있었던 일들을 다시 생각해보거나 오래된 일들을 떠올리는 것뿐이다. 그 와중에 아빠가 이제 나에게 하지 않는 말들이 생각난 거다. 어느 순간부터 아빠는 나에게 뛰지 말라는 얘기를 하지 않는다. 한때는 하루에 다섯 번쯤, 아니 열 번쯤 들었던 말인데 말이다. 뛴 적이 없는데도 아빠는 늘, 그렇게 말했다.

"뛰고 싶을 땐, 뒤꿈치를 들어봐. 세상이 좀 달라 보일지도 모르니까."

가끔은 아빠가 시키는 대로 뒤꿈치를 들고 무용수처럼 빙글빙글 돌아보기도 했지만 그것도 한두 번이었다. 뒤꿈치를 들고 걷거나 뛰어본 결과, 무용수들은 인간인 척하는 외계인들이 분명했다. 사람이라면 절대 뒤꿈치를 들고 오래 버틸 수 없다. 게다가 펄쩍펄쩍 뛰기까지 하다니. 나는 사람이므로 그렇게 살 수 없다. 그래가지고서는 문을 열고 들어오는 아빠의 품에 뛰어드는 일은 불가능하다. 아빠 품으로 뛰어들 수 없다니.

드라마 속 주인공들이 종종 사랑하는 상대를 향해 달려갈 때마다 나는 가슴이 뛰었다. 내가 달려가는 쪽에서 누군가 달려오는 일, 그건 사랑한다는 믿음 없이는 하기 어려운 거다. 그는 나를 사랑한다. 나도 그를 사랑한다. 별것 아닌 이 사실이 얼마나 가슴을 뛰게 하는지 아빠는 모르는 눈치다. 그러면 안 된다고 할 뿐이다.

"왜 뛰면 안 돼요?"

"우리만 사는 게 아니니까."

"그럼 또 누가 사는데요?"

"많이 살지. 위에도 살고 옆에도 살고 밑에도 살고 또 그 밑에도 살고."

"그게 뛰는 거랑 무슨 상관인데요?"

"네가 뛰면 사람들이 싫어해. 알잖아, 너도."

"……."

나는 그리 몸무게가 많이 나가는 것도 아니고, 자주 집 안을 뛰어다니는 편도 아니다. 그날도 아빠가 아이스크림을 사온 게 너무 좋아 흥분한 나머지 두어 번 제자리에서 콩콩 뛰었을 뿐이다. 오 분도 지나지 않아 현관 벨이 울렸다. 아래층에 사는 야채 장수 아저씨였다. 시끄러워서 잠을 잘 수가 없다고 했다. 그 야채 장수 아저씨는 한두 번도 아니고 정말 짜증이 난다고, 당해보지 않고는 모른다고 아빠에게 큰 소리로 말했다.

"머리 위에서 갑자기 천둥 치는 소리가 들린다고 생각해보쇼."

"죄송합니다. 아이가 뭘 잘 몰라서요."

"내 자식이 소중하면 남의 자식도 소중한 줄 알아야지. 지금이 애 시험 기간이란 말이요, 시험 기간."

"죄송합니다."

"에이, 도대체 밤낮이 없어."

나는 아빠가 연신 고개를 숙여 사과하는 동안 내내 그 아저씨를 쳐다보았다. 그 아저씨의 자식은 밤늦게까지 아파트 비상계단에서 여자애들과 시시덕거리는 여드름투성이 오빠였다. 물론 나는 보지 못했지만 이 아파트에 사는 할머니들의 얘기니 사실일 것이다.

꽃향기가 둥실 떠다닐 무렵이 되면 동네 할머니들은 돗자리를 깐 복도에 모여 앉아 마늘이나 콩을 깠다. 물론 마늘이나 콩을 까며 동네 사람들도 함께 깠다. 열린 창문을 넘어 들어오는 할머니들의 수다는 언제나 적당히 컸고 적당히 재밌었다. 귀로 듣는 드라마와 비슷하달까. 그중 야채 장수 아저씨네 오빠는 할머니들의 대화에 자주 등장했다. 할머니들은 '기집애들이랑 술, 담배도 처먹는 자식'이라고 오빠에 대해 소곤거렸다. 그 덕분에 나는 진작부터 야채 장수 아저씨네 오빠를 알고 있었다. 시험 기간이라고 절대 달라질 사람은 아니었다. 나는 화가 났다. 아빠가 사과를 하는 것도 화가 났다. 그중에서도 처음에는 잠을 잘 수 없다고 했다가 나중에는 자식 핑계를 대는 그 야채 장수 아저씨에게 가장 많이 화가 났다.

세상에 아이스크림을 보고 기뻐하지 않을 아이는 없을 거다. 그것도 자주 있는 일이 아니라 일 년에 겨우 몇 번 있을까 말까 한 일이었다. 일 년에 서너 번, 기뻐서 콩콩 뛰거나 좋아하는 사람의 품으로 달려가는 게 그렇게 큰 잘못이었을까. 그날 밤, 나는 아빠에게 물었다.

"아빠, 제가 그렇게 잘못했어요?"

"아니, 그냥 좀 많이 좋아한 거잖니."

나도 모르게 눈물이 났다. 야채 장수 아저씨의 말이 자꾸 떠올라서 서러움이 가시질 않았다.

"아빠."

"괜찮아. 아저씨가 좀 예민한 거야. 새벽에 일어나야 하는 사람들은 원래 그래."

"그게 아니라요, 아빠."

"응?"

"제가 그렇게 뚱뚱해요?"

"무슨 소리야?"

"천둥 치는 소리가 났다잖아요. 제가 그렇게 무겁냐고요."

아빠가 웃었다. 얼마나 크게 웃었는지 품에 안긴 나까지 덩달아 온몸이 들썩거렸다. 나는 갑작스러운 그 웃음소리에 놀라 눈을 크게 뜨

71

고 아빠를 올려다보았다.

"왜 웃어요? 전 슬퍼 죽겠는데."

"내 딸도 여자구나 싶어서."

"그럼 딸이 여자지, 남자예요?"

"그런 건 어디서 배웠니?"

"그런 건 그냥 아는 거예요."

"딸아."

아빠가 날 부르는 목소리가 너무 부드러워서 나는 좀 전의 일은 까맣게 잊고 아빠의 겨드랑이 사이로 파고들었다. 세상에서 거기만큼 따뜻한 곳은 없을 거라는 생각이 들어 한껏 애교스럽게 대답했다.

"네, 아빠. 말씀하세요."

"네가 옆에 있어서 너무 다행이야."

"옆에 없는 딸도 있나요, 뭐?"

말은 그렇게 했지만 아빠가 다행이라고 말해줘서 좋았다. 내가 보기에 아빠는 남을 웃기는 재주는 없을지 몰라도 여자를 기분 좋게 만드는 재주가 있는 것만은 확실했다. 사랑한다거나 고맙다, 예쁘다, 좋다 같은 말들은 꼭 하지 않아도 되는 말이지만 해도 좋은 말이었다. 아빠는 그런 말들을 많이 아는 사람이었다. '잘 잤니, 예쁜 내 딸'이라거나 '자고 일어나도 어쩜 그렇게 예쁘니' 같은 말을 들으며 잠에서 깨는 딸들은, 아마 알겠지. 그 말이 얼마나 세상을 기분 좋은 곳으로 만드는지.

우리는 늘 시시콜콜 많은 얘기를 했다. 반면에 절대 입 밖에 꺼내지 않는 말도 있었다. 물론 그것에 대해 소리 내어 약속한 적은 없었다. 다만 나뭇잎은 녹색이라거나 개의 새끼는 개새끼가 아니라 강아지라는 것처럼, 그냥 저절로 알게 된 거였다. 나는 저절로 알게 된 사실에 대해 꼬치꼬치 물을 만큼 어리지 않았다. 그렇다고 궁금증이 가시는 것은 아니었다. 묻거나 대답할 수 없는 말이 있다는 사실은 그 자체로도 답답했다. 가끔 생각나는 대로, 궁금한 대로 아무렇게나 물어도 괜찮을 사람이 있으면 얼마나 좋을까.

비행기는 어떻게 하늘을 날 수 있는 거예요? 왜 비행기가 지나간 자리에는 하얀 구름이 생기는 거죠? 고양이의 새끼는 왜 여전히 고양이인 거예요? 내 이름은 혜지나 예슬이처럼 예쁜 이름이 아니라 왜 술래인지 말해줄 수 있어요? 그리고 왜 아빠 옆에는 엄마가 없는지 혹시 아시나요?

영복이는 처음부터 엄마가 없을 수는 없다고 했다. 그건 자신도, 나도, 모두 다 마찬가지라는 거다. 우리는 놀이터에 새로 생긴 정글짐 꼭대기에 앉아 '엄마'에 대해 얘기한다. 평일 오전의 동네 공원은 아장아장 걷거나 유모차에서 잠든 아이들을 데리고 산책을 나온 엄마들로 붐빈다. 그 많고 많은 엄마들 중 내 엄마는, 도대체 어디 있는 걸까?
"오빠라고 부르면 알려준다지 않니."

"네가 왜 오빠니?"

"내가, 너보다 오래 살았다."

"같은 열 살인데?"

"열 살도 다 같은 열 살이 아이라니까."

"뭐가 다른데?"

영복이는 정말 답답하다는 듯 가슴을 팡팡 친다. 그렇게 큰 소리가 나게 두드릴 것까지는 없을 텐데, 영복이가 하는 행동들은 어쩐지 과장되어 보인다. 그게 자신을 살린 거라는 말을 들은 적이 있지만 무슨 뜻인지는 알 수 없다.

"뭐가 다르냐니까?"

"기렇다면 기런 줄 알지. 무슨 에미나이, 아니 여자애가 기렇게 꼬치꼬치 캐니."

"에미나이는 또 뭐야?"

"그만 좀 물으면 아이 되니?"

나는 팔짱을 끼고 영복이를 노려본다. 그렇게 하면 영복이가 무슨 말이든 쉽게 털어놓고 만다는 것을 알기 때문이다. 영복이는 정말 나를 좀 무서워하는 거 같다.

"에미나이는 그냥 사투리다."

잔뜩 목을 움츠린 영복이가 순순히 대답한다.

"무슨 뜻인데?"

"내가 살던 곳에서는 여자애를 기렇게 불렀다."

"진짜야? 그거 욕 아니야?"

에미나이라니, 그런 사투리는 처음 듣는다. 웬만한 사투리는 모두 드라마 속에 나오는 누군가가 쓰기 마련인데, 그 말은 한 번도 들은 적이 없다. 내가 미심쩍은 눈초리를 거두지 못하자 영복이는 손사래를 치며 억울하다는 듯 말한다.

"내가 살던 곳에서는 진짜 기렇게 불렀다니까."

"네가 살던 곳이 어딘데?"

"여기서 아주아주 멀다."

"미국보다 멀어?"

"아니. 기렇게 멀지는 않아."

이번에는 그야말로 내가 가슴을 쾅쾅 치고 싶은 기분이다. 도무지 영복이의 말은 편하게 알아들을 수가 없었다. 아주아주 먼 곳이라고 할 땐 언제고 또 그렇게 멀지는 않다니. 영복이와 얘기하고 있으면 끝없이 이어진 좁고 길고 낮은 복도를 지나는 것 같은 느낌이다. 아무래도 영복이는 아무도 없는 복도에서 중얼중얼, 자신의 말소리에 귀 기울이며 혼자 너무 오래 지낸 게 분명하다. 저절로 한숨이 나온다.

"여기서 아주아주 먼데, 미국보다 가까운 곳은 도대체 어디야?"

나는 두 손을 마구 휘두르며 큰 소리로 묻는다. 내 갑작스러운 행동에 영복이는 흠칫 뒤로 몸을 피한다.

"비밀이야?"

"꼭 그런 건 아이다. 어차피 온 이웃이 다 아는데, 뭐."

"그 다 아는 걸 왜 나한테는 말하지 않는 건데?"

"말한다고 다 아니?"

"……."

처음 만났을 때도 느꼈던 거지만, 영복이는 이상하다. 바퀴벌레를 아무렇지도 않게 꾹꾹 밟아버리거나 편의점 주변에서 푸드덕거리는 비둘기를 손으로 휘휘 쫓고, 심지어는 그 새들을 잡아서 길 밖으로 던져버리기까지 할 줄 아는 아이지만 반면에 나와는 눈도 못 맞추고 걸핏하면 우물거린다.

"내 고향은 함경도다."

나는 영복이를 다시 쳐다본다. 경상도도 아니고 전라도도 아니고 강원도도 아니고, 함경도라니. 처음 들어보는 곳이다.

"거기도 우리나라야?"

"응, 북에 있다."

"그럼 혹시 북한이야?"

"너, 북한을 어찌 아니?"

영복이가 놀랍다는 듯이 묻는다. 정말 바보 같은 질문이다. 우리나라에 북한을 모르는 아이가 있을까. 하지만 북한을 아는 아이도 없을 거다. 솔직히 말하면 북한이라는 곳은, 알지만 잘 모르는 곳이다. 또한 북한이라는 말은, 텔레비전 뉴스에서 심심찮게 들으면서도 입에 올리기가 꺼려지는 단어다. 전혀 낯설지 않은 말임에도 불구하고 말이다. 나는 왜 북한이라는 단어를 발음하기 전에 잠깐 망설였을까. 이유는 알 수 없다. 그냥, 그랬다. 그런 곳에서 온 아이라니. 새삼스럽게 영복이가 조금 무서워진다. 그런 내 마음을 아는지 모르는지, 슬쩍 훔쳐본 영복이는 초점 없는 시선으로 허공을 바라보며 손에 쥐고 있던 손전등의 버튼을 껐다 켜기를 반복한다. 영복이는 아주 먼 곳까지 가지 않기 위해 애쓰는 사람처럼 보이기도 하고, 먼 곳으로 가려고 애쓰는 사람처럼 보이기도 한다. 분명한 건, 이곳에서 아주 먼 곳을 떠올리고 있다는 사실이다. 영복이가 중얼거리듯 말한다.

"여기 온 지는 일 년 좀 넘었다."

나는 부러 아무렇지도 않은 듯 묻는다.

"어떻게 왔어? 비행기 타고? 배 타고?"

"별걸 다 묻는다. 기차도 타고 배도 타고 비행기도 탔다."

"혼자?"

"아바지랑."

"엄마는?"

"오다가 중간에 헤어졌다."

"진짜?"

"응."

"……응."

헤어졌다는 말이 구체적으로 무슨 의민지 궁금하지만, 더 물을 수가 없다. 처음부터 없던 엄마를 떠올리는 것보다는 있다가 없어진 엄마를 떠올리는 쪽이, 훨씬 더 슬플 거라는 생각이 든다. 나는 영복이의 드러난 발목과 맨 발등의 자잘한 상처들을 바라본다. 그 상처들에도 각각 하나씩 슬픈 기억이 있을 거 같다. 나는 그때 어디에도, 아무거나 편하게 묻고 대답을 구할 수 있는 사이는 없다는 걸 확실히 깨달았다. 어떤 말은 그냥 스스로의 마음에 묻고, 가슴에 간직해야 하는 거다.

나는 주변의 엄마들에게로 시선을 돌린다. 삼삼오오 모여 수다를 떨던 그녀들은 각자 자신의 아이들이 탄 그네를 밀어주거나 아이와 함께 버섯 모양으로 생긴 미끄럼틀을 타며 논다. 봄바람이 살랑살랑 부는 오전이다. 놀이터를 둘러싼 나무에서 꽃잎들이 우수수 떨어진다. 슬프다. 세상에는 이렇게 많은 엄마들이 있는데, 우리는 엄마들을 구경만 하고 있어야 한다니. 꽃잎을 날린 바람에 눈이 시큰거린다. 나는 눈을 비비며 묻는다.

"어딘가에 있을 거야, 그치?"

"응. 내 아버지가 열심히 찾고 있다."

"우리 엄마도 어딘가 있겠지?"

"니 아바지한테 내가 슬쩍 물어봐줄까?"

아빠가 영복이에게 짜장면을 사준 이후, 영복이는 걸핏하면 우리 아빠 얘기를 꺼낸다. 영복이의 말에 따르면, 우리 아빠는 젊고 친절한 사람이다. 물론 그건 사실이다. 그러나, 그렇다고 해서 시도 때도 없이 우리 집을 들락거리며 아빠 주위를 맴돌아도 괜찮은 건 아니다. 영복이는 아빠 앞에서 과하다 싶을 정도로 싹싹하게 군다. 밥상머리에서는 가지런히 수저를 챙겨놓고, 아빠가 라면을 끓여주면 세상에서 제일 맛난 걸 먹는다는 표정으로 국물까지 싹싹 비우며, 돌아갈 때면 늘 두 손을 모아 인사하는 영복이의 태도가 나는 마음에 들지 않는다. 아무래도 아빠에게 영복이를 소개한 게 실수 같다. 아빠가 아무리 영복이를 궁금해하더라도 모른 척했어야 한다. 아빠가 그런 얘기만 하지 않았더라면, 나는 아마 아빠에게 영복이를 소개하지 않았을 거다.

"아빠, 우린 그냥 친구예요."

"누가 뭐라니?"

"그러니까 일일이 그런 거까지 신경 쓰지 않아도 된다고요."

"딸아."

"네, 아빠."

"세상에는 많은 처음들이 있단다. 태어나는 것도, 말을 하는 것도, 걷는 것도, 뛰는 것도…… 사랑에도 처음이 있잖니. 그런데 그 처음이라는 거, 잘 생각해보면 마지막이기도 한 거야. 딱 한 번밖에 없는 일이니까 말이야. 나는 여태까지 너의 처음들을 다 봐왔고, 가능하면 오래오래 기억하고 싶어. 내가 영복이를 보고 싶은 건 그거 때문이야. 네가 돌아와서 처음으로 만난 친구니까."

아빠가 그 말을 했을 때, 나는 묻고 싶었다. 아빠의 처음 중에 나도 있는지, 내 엄마도 있는지 말이다. 그러나 나는 그렇게 묻는 대신 말없이 고개를 끄덕였다. 나도 아빠의 처음들을 다 알고 싶었지만 내가 아빠의 딸인 이상, 그건 불가능한 일이라는 것도 안다. 내가 할 수 있는 일이라고는 아빠에게 처음이자 마지막일 내 '첫'들을 많이 보여주는 것밖에 없다. 그렇게 해서 아빠가 영복이를 처음 만난 게 이 주 전이었다. 그날 이후로 영복이는 늘 아빠가 선물로 준 손전등을 들고 다니며, 내게 수시로 아빠 얘길 꺼낸다. 물론 대놓고 그런 건 아니지만 어쨌거나 아빠와 자신의 친분을 숨길 생각도 별로 없어 보인다.

"너 우리 아빠 사랑해?"

"요상한 걸 묻는다. 사랑은 무슨 사랑이니."

"그치?"

"뭔 말이니, 대체."

"신경 끄라는 말이야. 우리 아빠에 대해."

나는 아빠와 영복이 사이의 어떤 것이 몹시 신경 쓰인다. 그 어떤 것이 무엇인지 알 길은 없다.

영복이를 처음 만난 날, 아빠는 내게 잠시 자리를 비켜달라고 했다.

"왜요?"

"남자들끼리만 할 얘기가 있어서 그래."

부드럽지만 단호한 말투였다. 나는 영문도 모르고 마루로 쫓겨나 눈앞에서 방문이 닫히는 걸 보고만 있어야 했다. 잘 이해가 되지 않았다. 영복이와 아빠는 그날 처음 만난 사이였다. 나를 빼놓고 그 둘이 문까지 꼭꼭 닫아가며 할 얘기란 뭘까. 나는 좀 비참한 기분이 들었다. 절벽 위에 혼자 서 있는 것처럼 외롭기도 했다. 나는 닫힌 방문을 한참 노려보다가 문틈에 귀를 갖다 댔다. 인정하고 싶지는 않았지만, 궁금해서 미칠 지경이었다. 문 안쪽에서는 아무 소리도 들리지 않았다. 소리가 들려도 문제지만 아무 소리도 들리지 않는다는 사실이 나를 더 못 견디게 했다. 혼자 발을 구르며 서 있던 나는 기어이 문을 빼꼼 열고야 말았다.

"아빠, 뭐 해요?"

그렇게 물을 생각은 아니었다. 그냥 살짝 문을 열었다가, 다시 닫을 작정이었다. 그러나 도저히 그럴 수가 없었다. 아빠는 울고 있었다. 도대체 무슨 일인지 알 수가 없었다. 아빠가 왜 울지? 나는 문고리를 잡은 채로 문턱을 밟고 서서, 다시 물었다.

"왜 울어요?"

"좋아서."

"왜, 뭐가 좋아요?"

"내 딸에게 친구가 생긴 게 좋지."

"좋은데 왜 울어요?"

"너무 좋으면 눈물이 나기도 하는 거야."

아빠가 눈을 쓱쓱 비벼 닦으며 웃었다. 영복이가 쭈뼛쭈뼛 끼어들었다.

"저, 술래야. 문주방 밟으면 안 된다. 그거이……."

"우리 짜장면 먹을까?"

아빠가 영복이의 말을 자르고 물었다. 그 말이 떨어지기가 무섭게 나는 세게 머리를 흔들었다. 더 이상 영복이가 아빠랑 같이 있는 게 싫었다. 눈치 없는 짜장면 대마왕 영복이는 기다렸다는 듯 번쩍 손을 들며 말했다.

"저, 곱해 먹어도 됩니까?"

나는 그날, 영복이를 알게 된 걸 세 번쯤 후회했다. 처음은 아빠가 영복이를 데리고 방 안에 들어가 문을 닫았을 때, 두 번째는 짜장면 곱빼기를 시켜 먹은 영복이가 남은 짜장 양념에 밥까지 비벼 먹었을 때, 그리고 마지막은 아빠가 영복이에게 잘 부탁한다는 말을 했을 때였다.

아빠가 영복이에게 부탁할 일이 뭐가 있을까. 그 밤 내내 나는 뒤척거리며 생각했다. 그 둘의 관계는 아무리 생각해도 의심스러웠다. 아빠는 내 아빠고, 영복이는 내 친군데 말이다. 그런 내 생각을 읽기라도 했는지 어둠 속에서 아빠가 불쑥 입을 열었다.

"또래 애들 같지 않게 예의도 바르고 싹싹하더라."

"누가요?"

"모른 척하기는."

"아하, 영복이요? 아무래도 좀 이상하지 않아요?"

"이상한 게 나쁜 건 아니잖니."

"그래서, 아빤 걔가 좋다는 거예요?"

"그럼, 내 딸 친군데."

"근데 아빠."

"응."

"아깐 도대체 무슨 얘길 했어요? 왜 울었어요?"

"글쎄, 무슨 얘길 했더라. 잘 기억이 안 나는데?"

"혹시 제가 아들이었으면 좋겠다는 생각을 한 거예요?"

"술래야."

"네."

"나는 네가 딸이거나 아들이라서 사랑하는 게 아니야. 알잖니."

"근데 아까는 정말 이상했다고요."

"글쎄, 이걸 어떻게 말해야 할지 잘 모르겠지만 말이야. 믿을 수 없는 일이 일어났는데, 그 믿을 수 없는 일이 나에게만 일어난 게 아니고 영복이에게도 같이 일어난 거야. 영복이랑 그 얘길 했고, 그게 좀 슬펐단다."

"그러니까, 그 믿을 수 없는 일이 뭐냐고요."

"그건……."

"……."

"아마 알게 될 날이 올 거야."

아빠의 그 말을 믿은 건 아니지만 더 조르지 않았다. 나는 경험으로, 아무리 알려고 해도 절대 알 수 없는 일이 있는 것과 마찬가지로 어떤 사실은 저절로 알게 되고야 만다는 걸 안다. 아빠의 잠버릇도 그렇게 알게 된 것 중 하나다. 그건 나는 알고, 아빠는 모르는 아빠의 모습이다. 아빠는 자면서도 여러 가지 물건을 팔았고, 누군가에게 화를 냈으며, 이를 바득바득 갈기도 했다. 또 물에 빠진 사람처럼 허우적거리기도 했고, 간혹 비명도 질렀다. 처음에는 그런 모습에 놀라 여러 번 흔들어 깨우기도 했지만 아빠는 꼼짝도 하지 않았고, 그다음 날 아침이면 다시 말짱한 얼굴로 일어났다. 나는 꿈속에서도 많은 일을 하는 아빠 곁에서, 잠든 아빠를 지켜보는 것 외에 내가 할 수 있는 일이 없다는 걸 점차 알게 되었다. 잠든 아빠는 내가 모르는 낯선 아빠다. 그래서 밤이 싫지만 한편으로는 재밌기도 했다. 의외로 알게 되는 것들이 많았기 때문이다. 냉장고에 붙은 치킨집 병따개 자석이 저 혼자 뚝 떨어지거나 반쯤 열린 화장실 문이 스르륵 닫히는 이유 같은 거 말이다. 밤은, 언제나 거기 있다고 생각했던 사물들을 조금씩 옮겨놓는다. 아무도 모르게 사물들은 조금씩 움직이며 자라고 늙는다.

그 사물들 속에서 아빠는, 자면서 운다. 그 이유를 몰라 나도 밤마다 운다. 우리를 둘러싼 벽이, 문이, 신발장에 걸린 구둣주걱이, 천장의 얼룩이 조금씩 늙어가며 같이 운다.

6.

말이 늘었다. 생각이 생각을 낳듯 말이 자꾸 말을 부르고, 말을 그리
워하게 될 거라는 예감이 불편했다. 오랫동안 혼잣말도 아끼며 살았
다. 그런데 광식이와 말을 주고받다 보면 나도 모르게 자꾸 그다음 끼
니와 그다음 날씨 이야기로 이어졌다. 그 이야기는 가끔 어제의 날씨
나 옛날의 한때로 돌아가기도 했고 어떤 냄새를 떠올리게 하기도 했
는데, 나는 그런 일상적이고 사소한 일들이 지난날을 환기하게 하는
것이 영 어색했다. 또한 자꾸 내일에 관해 얘기한다는 것이, 내심 두려
웠다.

"왜? 왜?"

"무슨 말이냐."

"왜? 왜?"

"오래 살면 뭐하냐."

"좋다, 좋다."

"난 싫다."

"왜? 왜?"

글쎄, 왜 그토록 싫었을까. 그것에 대해 생각해본 적은 없었다. 아마 그런 걸 나에게 물었던 사람이 없었기 때문일 것이다. 그저 생각 없이 내뱉는 늙은이의 입버릇이었던가. 늙으면 죽어야 한다는 말을 습관처럼 뱉으면서도 철철이 놀러 다닐 궁리를 하는 동네 노인들처럼 말이다.

"웬만하면 같이 가시죠? 꽃도 보고, 임도 보고. 사실적으로다가 다 외로운 사람들인데."

주머니가 주렁주렁 달린 등산복 조끼 차림으로 문 앞에 서 있던 그는 동네를 오다가다 숱하게 마주쳤던 노인이었다. '해병전우회'라고 수가 놓인 모자를 쓴 그는 자신을 노인학교 반장이라고 소개했다. 멀뚱히 서서 그가 하는 말을 무심히 흘려들었다. 내게는 꽃이 필요 없었고, 임은 더더군다나 필요 없었다. 꽃과 임이라니, 내가 그 간질간질하고 발랄한 말을 뱉어본 적이 있었던가. 게다가 나는 아까부터 그의 모자에 붙은 계급장이 영 마음에 걸렸다. 다이아몬드 하나면 뭔지 생각하며 정중히 고개를 흔들었다. 이럴 때 심장이 온전하지 않다는 건 좋은 평계였다.

"아, 심장? 사실적으로다가 그것만큼 고질인 것도 없죠."

해병전우회는 말투와는 다르게 신이 난 표정이었다. 심장에 좋은 것과 좋지 않은 것에 대해 한바탕 썰을 풀 기세였다. 나는 그가 빨리 가주길 바랐다. 좋은 것과 좋지 않은 것은 어디에나 있었고, 그것들에 귀 기울이다가 죽음을 맞고 싶지는 않았다. 어차피 뭔가 달라지기에는 너무 늦은 때였다. 무엇보다 그가 대문 틈새로 자꾸 광식이를 훔쳐보는 것에 신경이 쓰였다. 새로 만들어졌다고는 하나 노인들이 많이 사는 동네였다. 동네 가운데에 사과 씨앗처럼 박혀 있는 여섯 채의 임대 아파트에 사는 주민 대부분이 노인이거나 노인이 되어가는 사람들이었고, 노인들은 세상일에 관심이 많았다. 곧 광식이가 이 집을 드나든다는 소문이 이 일대에 퍼질 거라는 걸 나는 직감했다.

"근데 김 상병이 왜 여기……."

아니나 다를까, 해병전우회는 내 눈치를 살피며 조심스럽게 광식이에 대한 궁금증을 꺼내놓았다.

"김 상병이라뇨?"

"같은 해병대 출신이죠. 사실적으로다가 기수는 제가 좀 먼저지만."

"하아."

나도 모르게 한숨이 나왔다. 나는 짓무른 눈자위를 손바닥으로 지그시 누르며 뜸을 들였다. 내 몸짓을 읽고 알아서 가주길 바라는 마음이었다. 해병전우회가 혀를 쯧, 차며 말했다.

"또 여기 와서 귀찮게 구는 모양입니다. 사실적으로다가 정신이 나간 뒤론 온 동네가 다 자기 집 안방인 줄 아는 노인네를 일일이 쫓아다닐 수도 없고, 이거 참."

"그럼, 저렇게 된 게 얼마 안 됐소?"

"그렇지요. 여기 막 이사 왔을 때만 해도 정신은 말짱했는데, 모르셨습니까?"

"……."

"보아하니 초면은 아닌 거 같은데."

"좀 됐소."

나는 부러 무뚝뚝하게 굴었다.

"근데 사실적으로다가 동네 애들 사이에서 소문이 자자한 거는 아시는지…… 망태 할아버지라고."

해병전우회가 웃으며 슬쩍 농을 던졌다. 말끝마다 사실적으로다가, 를 섞는 게 여간 거슬리는 게 아니었다. 게다가 그 말이 농이 아니라는 것도 알았다. 그건 '넌 뭐가 특별해서 동네 사람들과 말도 안 섞고 지내느냐' 정도로 바꿔 들을 수 있을 거였다. 이 마을이 넓은들 마을이었을 때부터 심심찮게 들었던 그 얘기는 그저 못 들은 척하는 걸로 넘어가는 게 상책이었다. 나는 대답을 하는 대신 해병전우회에게 물었다.

"어쩌다 저렇게 된 거요?"

"아, 사실적으로다가 뻔한 거 아니겠습니까? 돈 때문이죠. 죽으려고 번개탄을 피웠답니다. 마누라나 자식을 죽이려고 한 건 아니니, 그나마 낫다는 사람도 있지요."

나는 광식이를 돌아보았다. 광식이는 현관문 앞에 앉아, 어디서 찾아냈는지 한 뭉텅이의 노끈으로 새끼를 꼬고 있었다. 며칠 만에 본 광식이는 눈에 띄게 핼쑥했다. 그의 입에서 굵은 침 한 줄기가 흐르는 걸 보며 나는 다시 해병전우회에게 물었다.

"돈이 왜요?"

해병전우회는 아주 큰 비밀이라도 되는 양 내게 가까이 다가와 목소리를 낮춰 말했다.

"이런 말은 옮기면 안 되는데, 사실적으로다가 딸이 큰 사채를 남기고 죽어버렸거든요. 사채놀이하는 놈들이 어지간히 괴롭혔던 모양이에요. 사실적으로다가 상황이야 뻔하죠. 돈 앞에 아비어미도 없는 그놈들이 죽은 딸년 대신 김가를 찾아와 괴롭힌 거죠."

해병전우회는 '옮기면 안 되는' 광식이의 얘기를 다 옮길 때까지 돌아가지 않았다. 광식이를 안 뒤로 해가 바뀌도록 모르던 이야기들이었다. 해병전우회에 따르면, 광식이는 줄을 타던 사람이었다. 어쩌다 줄을 타게 됐는지는 몰라도 한때는 무형문화재 전수 학교에서 선생질을 할 만큼의 실력을 가진, 꽤 폼 나는 사람이었던 모양이다. 물론 폼난다는 건 해병전우회의 표현이고, 줄 타는 일에 폼을 따지는 건 아무리 생각해도 좀 웃기는 일이라는 게 내 생각이다. 해병전우회는 슬쩍 말을 놓으며 내 눈치를 살폈다.

"근데, 그런 장돌뱅이 놀음을 배우려는 사람이 사실적으로다가 요즘 어디 있습디까? 얼마 안 가 그나마 몇 되던 학생들 다 떠나고 김가도 못 버티고 그만둔 거죠. 그때 아예 때려치웠답디다."

광식이는 줄타기를 그만두고 새로운 일거리를 찾아 서울로 온 모양이었다. 아파트 경비 일을 했던 지난 몇 년이 그의 삶에 있어 가장 안정적인 시간이었을 거라고 알은체를 하는 해병전우회의 말을 나는 듣기만 했다. 줄을 타는 광식이도 그랬지만 경비원 모자를 쓴 광식이는 더더욱 상상하기가 어려웠다. 그는 무슨 생각으로 줄을 탔고, 어떤 생각을 하며 줄에서 내려왔을까. 광식이가 나무며 담이며, 높은 것만 보면 한사코 기어오르려고 하는 것에 대해 어렴풋하게나마 알 것 같았다.

"근데 딸은 어쩌다가……."

"사실적으로다가 여자 팔자야 뒤웅박 팔자 아닙디까. 남자 잘못 만나서 그렇게 됐죠. 사위가 중국에서 옥 매트 수입하던 놈이었는데, 아이엠에프 때 다 말아먹고 중국으로 도망갔답니다. 어린 중국 년이랑. 망할 새끼지요. 그러니 사실적으로다가 그 빚이 누구한테 넘어가겠습니까. 딸이죠, 딸. 결국 그 딸이 자식들 데리고 저수지로 뛰어들고……. 왜 그런 말 있잖습니까. 사람은 죽어도 빚은 안 죽는다고. 술만 마시면 죽고 싶다고 할 때 알아봤어야 하는데."

해병전우회는 신이 난 표정으로 묻지 않은 말까지 술술 풀어냈다. 뉴스를 너무 자주 본 탓일까. 그런 일은 언제 어디서나 일어났다. 산불이 나고 물난리가 나고 집을 잃고 가축을 잃고, 유산 때문에 아들이 제 어미를 죽이고 보험금 때문에 아비가 자식의 손가락을 자르는 그런 일들 말이다. 그에 비하면 광식이가 겪은 일은 평범한 축에 드는 일일지도 몰랐다. 그러나 내가 좀 전에 들은 건 뉴스가 아니라 내 눈앞에서 뛰어다니고 있는 노인네에 대한 이야기였다.

"그런데 불행 중 다행으로 살았군요."

"사실적으로다가 죽을 팔자가 아니었던 거죠. 집에 잘 들어오지 않던 아들이 하필이면 그날 들어와서 목숨은 건졌는데 영, 병신이 됐어요. 저렇게 살면 뭐하나 싶다가도 살아 있으니 저렇게 웃지 싶기도 하고."

"친했소?"

"그럼요. 같은 해병대 출신인데요. 사실적으로다가 김가가 절 믿고 의지하는 측면이 좀 있었죠."

"의지, 요?"

"사실적으로다가 제게 깍듯했죠. 김가는 일반병이고 전 하사관 출신이거든요."

"그놈의 해병대는 늙지도 않소?"

"아, 무슨 말씀이십니까. 한번 해병은 영원한 해병입니다."

"좋겠소. 안 늙어서."

내가 비꼬거나 말거나 해병전우회는 자신이 하고 싶었던 말을 남김없이 탈탈 털고서야 겨우 돌아갔다. 그 와중에 광식이는 참견 한번 없이 뭔가에 열중하고 있었다. 둘이 아주 친했던 건 아닌 모양이었다.

"광식아."

"바쁘다, 바쁘다."

"지금은 괜찮으냐?"

"좋다, 좋다."

"뭐가 그렇게 좋으냐?"

"넌 싫어? 왜, 왜 싫어?"

실제로 광식이는 새끼를 꼰 노끈을 다시 엮어 새끼를 꼬느라 바빠보였다. 뭐가 좋은지는 물어보지 않았다. 다만 어떤 이의 죽고 싶었던 시간과 그 시간 후에 찾아온 다른 시간을 생각했다. 다른 시간이라는 게 있을까. 그건 내가 한 번도 생각해보지 않은 시간이었다. 그저 아침마다 창을 통해 들어오는 햇살이나 저물녘 사선으로 길게 뻗는 사양이 끔찍하게 느껴지는 시간을 반복하며 살았을 뿐이다. 나는 광식이가 거실 구석에 쌓인 책 더미를 뒤적거리는 걸 멍하니 바라보았다. 그 책들이 거기 있는지도 모른 채 많은 시간이 지나갔다. 대체 왜 내가 제목도 제대로 읽기 어려운 책을 가지고 있는지, 왜 한 번도 먹은 기억이 없는 과자 봉지가 거실 바닥에 뒹구는지, 나는 알지 못했다. 이 집에 가득 찬 고물이나 쓰레기의 대부분이 그런 식이었다. 어차피 모든 결과에는 이유가 있지만, 이유가 반드시 결과를 불러오는 건 아니었다. 그저 실패한 인생이라고 생각하고 살다 죽는 게 편했다. 내게 세월은 그것이 무엇인지 알지 못하는 시간의 연속이었다. 그러니까 어쩌면 나에게는 살았다고 할 만한 시간이, 한 번도 없었을지 모른다.

"봐라, 봐라."

책 더미를 뒤지던 광식이가 무엇인가 찾아내 내게 내밀었다.

"군인 아저씨, 아저씨다."

"……."

나는 광식이가 내민 사진을 받아 들고 한참을 바라보았다. 그건, 나였다. 빛바랜 흑백사진 속의 나는 사뭇 비장한 표정이었다. 확실히 기억할 수는 없지만 아마 베트남으로 떠날 무렵 찍은 것이었으리라. 그때, 그 사진이 어쩌면 영정 사진으로 사용될지도 모른다는 사실을 입밖으로 꺼낸 사람은 없었으나 부대 내에 그걸 모르는 사람은 없었다.

"오래된 거다. 버려라."

"왜? 왜?"

"오래된 거니까. 오래된 건 버리는 거야."

"아니다, 아니다."

"오래된 것 중에 좋은 게 뭐가 있냐? 몸뚱이도, 기억도 늙으면 다 지저분해진다."

광식이는 잠시 골몰하더니 환한 표정으로 말했다.

"오래된 건 다 비싸. 비싼 건 좋은 거다."

"골동품이나 그런 거야."

"사람도 골동품이 될 수 있다. 될 수 있어."

"너나 나나, 골동품 꼴은 아니다."

"될 수 있다. 되면 된다."

가끔 이 녀석이 진짜 모자란 게 아니라 모자란 흉내를 내는 건 아닌가 하는 생각이 들 때가 있는데, 지금도 그랬다. 동네에서 마주치는 녀

석은 늘 혼자 싱글벙글했다. 슈퍼 앞에 옹기종기 모여 자판기 커피를
마시는 택시 기사들 사이에 끼어 커피를 얻어 마시면서도, 누가 시키
지도 않았는데 초등학교 앞 횡단보도에서 차를 막고 아이들의 횡단을
도울 때도 세상에서 더없이 즐거운 시간을 보내고 있다는 표정이었
다. 아무도 반가워하지 않았지만, 녀석은 늘 반갑고 행복해 보였다. 아
무리 한번 죽었다 살아났다고 하더라도 전혀 딴판으로 사는 게 가능
할까. 나는 내 앞에 버티고 서서 내가 고개를 끄덕거리길 기다리는 녀
석을 바라보았다. 녀석은 며칠 사이에 조금 마른 듯했고 앞니가 하나
보이지 않았다.

"광식아."

"오냐, 오냐."

"이 하나는 어쨌어?"

"뺐다, 뺐다."

녀석이 이렇게 은근슬쩍 말을 놓아버린 지는 꽤 됐다. 아주 잠깐 맹
랑하다는 생각이 없었던 건 아니었으나, 이 녀석과 내가 그런 걸 따져
서 뭐하나 싶었다. 우리는 비슷하게, 죽어가는 처지였다. 나는 미련 없
이 들고 있던 사진을 구겨 고물들 사이로 던져버렸다. 사진 같은 건
없어도 살고, 있어도 죽는다. 곁에 서 있던 광식이가 귀를 막고 발을
굴렀지만 아랑곳하지 않았다.

그런 시절이 있었다. 과장된 엄숙함과 서툰 결의로 가득했던 시간.
애국과 반공을 위해서라면 죽음도 불사해야 한다고 믿던 시절이었다.

왜 조국을 위해 그곳으로 가야 하는지 내게 설명해준 사람은 없었다. 그저 조국이 시키니까 조국을 위해, 조국이 원하는 그곳으로 갔을 뿐이다. 그리고 어느덧 '조국'이라는 단어가 낯설어진 지금도 나는 여전히 살아 있다. 생각해보면 그리 길지 않은 시간이었지만 한편으로는 믿을 수 없을 정도로 오랜 시간이었다. 하나의 단어가 태어났다가 늙어서 사라져가는 시간만큼이나 살았으니 말이다. 그때까지 광식이는 어쩔 줄 몰라 하고 있었다.

"안 된다, 안 돼."

"도대체 사진은 어디서 찾아와 이 소동이야."

"저기, 여기, 저기, 또 저기."

광식이가 사방을 가리키며 말했다. 나는 광식이가 가리키는 방향들을 따라 보다가 쓴웃음을 지었다. 광식이가 맞다. 기억은 사진에서 튀어나오는 게 아니라 어디서든 불쑥 튀어나오는 것이다. 그게 거기 있는지도 모르면서 오랜 시간을 잊지 못하고 살았다. 함구하면 잊어버릴 수 있다고 생각하며, 잊어버리기 위해 입을 다물고 말이다.

세세한 기억들은 사라져도 미세한 감각들은 해마다 다시 살아났다. 여전히 옷을 갈아입기 위해 웃통을 벗을 때마다 복부에 남은 오래된 흉터들이 뱀처럼 꿈틀거렸고, 새 계절이 다가올 때마다 오래전 총알이 지나갔던 어깨가 화끈거리고 가려웠다. 나는 봄마다, 여름마다, 가을마다, 겨울마다 몸이 먼저 알아채는 계절을 몇 번이나 더 겪어야 그때의 기억에서 벗어나게 될지 궁금했다.

우리는 모를 심고 있었다. 작전명령에 따라 이동 중에 일어난 일이었다. 이상할 정도로 평화로운 날이었다. 건기의 하늘은 잘 마른 빨래처럼 빳빳하고 깨끗했다. 적의 움직임이 전혀 감지되지 않던 즈음이었다. 전장이라는 사실을 잠깐 망각한 건 논 때문이었다. 현지 주민들이 모를 심는 걸 본 부대원들은 누가 먼저랄 것도 없이 슬그머니 군화를 벗고 논으로 뛰어들었다. 찰랑찰랑 물을 채운 논에 떠 있는 어리고 푸른 모판 때문이었을 거다. 아주 잠깐 눈도 귀도 멀었다. 그곳이, 그곳이 아닌 것 같았다. 먼 숲에서 들리던 새소리가 뻐꾸기 소리처럼 들렸던 것도 그래서였으리라. 그 마음을 읽기라도 한 것처럼 어두운 숲 속에서 기습이 시작됐다.

우리는 민간인과 구분 없이 논바닥에 흩어졌다. 잘린 풀처럼, 뒤집힌 모판처럼. 그리고 그 화염 속에서 나는 발밑에 쏟아진 내 몸뚱어리를 보았다. 살기 위해 아무 데나 총구를 들이대는 일을 예사롭게 여기던 즈음이었다. 내 몸에서 쏟아진 내장들을 주워 올리며 나는 오직 살아야겠다는 생각뿐이었다. 살아 돌아가는 것만이 그때 나의 정의였다.

"그건 어떤 느낌이에요?"

오래전에 나에게 물었던 사람이 있었다. 짧은 절정이 지난 뒤, 잠든 줄 알았던 여자가 어둠 속에서 내 복부와 어깨에 난 상처를 손으로 더듬으며 그렇게 물었다. 역전에서 만났지만, 길거리의 때가 덜 묻어 보이던 여자였다. 건설 붐이 한창이던 시절이었다. 불을 쫓아다니는 나

방처럼 낮에는 공사판을 따라 여기저기 떠돌고, 밤에는 아무 곳에서나 쓰러져 잠이 들었다. 대개는 혼자였고, 아주 가끔 둘이었다.

여자의 손길이 닿자 상처들이 간질거리고 화끈거렸다. 여자는 그치지 않고 상처 때문에 왼쪽으로 돌아간 내 배꼽에 장난스럽게 손가락을 넣었다 빼기를 반복했다. 나는 긴장했다. 긴장은 늘 익숙하면서 불편한 감각이었다. 여자가 물은 '그건'이 내 몸을 뚫고 들어온 총알에 대한 것인지, 내 몸 밖으로 쏟아진 내장에 대한 것인지 알 수 없었다. 되묻기도 싫었다. 아주 오랫동안, 나조차 돌아보지 않던 몸이었다.

"부끄러워요?"

여자는 재차 이렇게 물었던 것 같다. 글쎄, 부끄러웠을까. 그걸 부끄러움이라고 할 수 있을까. 잘린 사지가 뒹굴고 핏물이 찰랑거리던 그 들판에서 부지했던 내 몸이 부끄러워서 내내 감추고 살았던 것일까.

살아 돌아온 사람에게 관심을 갖는 사람은 거의 없었다. 그건 죽어서 돌아온 사람에게도 마찬가지였다. 처음에 우리는 우리끼리 기억하고 슬퍼하고 미안해서 울었다. 그러다가 기억하고 슬퍼하고 미안해하는 일이 괴로워서, 잊기 위해 노력했다. 그걸 처음부터 설명할 말을 찾는 건 불가능했으므로 잊는 게 상책이라고, 다들 그렇게 말했다. 나 또한 어디서부터 어떻게 말을 해야 할지 알지 못했으므로 달리 방법이 없었다. 입을 다무는 것이 내가 할 수 있는 최선의 말이었다. 나에게 부끄러운 게 있다면 그것이었다.

그리고 소년과 소녀.

그늘 속에서 부스스 일어서던 오누이.

내 앞에서 피를 흘리며 쓰러지던 아이들.

다시 심장이 관통당한 것처럼 아프기 시작했다. 숨쉬기가 어려워 어둠 속에서 벌떡 일어섰다. 어디로든 가야 할 것 같았다. 옷을 챙겨 입는 손이 부들부들 떨렸다. 방을 나오며 가진 돈 전부를 여자에게 주었다. 통금이 풀리기 전이었지만, 혼자 있을 수만 있다면 어디든 괜찮을 것 같았다.

"병신, 꼴값은."

등 뒤에서 여자가 말했다. 이미 알고 있던 사실이었다. 나는 오래전부터 병신새끼였고 개새끼였다.

"봐라, 봐라."

광식이가 내 얼굴 앞에 자신의 얼굴을 갖다 대고 말했다.

"뭘 봐."

"어디 갔냐, 어디."

"잠깐 딴생각했다."

"하지 마라, 마라. 나쁘다, 나쁘다."

"그렇지?"

"봐라, 봐라."

광식이가 자랑스러운 표정으로 마당을 가리켰다. 야트막한 허공에 광식이가 오전 내내 꼰 새끼가 걸려 있었다. 이걸 하려고 종일 법석을 떤 모양이었다.

"저건 뭐 하려고?"

"탄다, 탄다."

"저기 올라간다고?"

"응, 응."

"아서라, 괜히 다치지 말고."

"된다, 된다."

"갑자기 왜?"

나는 광식이가 왜 갑자기 줄을 타고 싶은 건지 궁금했다. 담을 넘거나 나무 위에 올라가 땡감을 딴다고 법석을 떨었던 적은 있지만, 줄타기에 대해 내색했던 적은 한 번도 없었기 때문이다. 혹시 아까 다녀간 해병전우회 때문일까, 생각도 해봤다. 하지만 녀석은 해병전우회가 나타나기 전부터 이미 줄을 꼬고, 꼰 줄을 다시 꼬고 있었다. 지금 생각하니 그때부터 이미 줄타기를 작정한 것이었다.

"갑자기 왜 안 하던 짓을 하느냐고."

"……"

내내 웃고 있던 광식이가 대답 대신 가슴을 쳤다. 어찌나 세게 쳤는지 그 소리가 잠시 광식이와 내 주위를 떠돌았다. 어떤 몸속에는 이런 소리가 숨어 있구나, 나는 생각했다. 그건 모자라고 허술한 광식이 안에 있는 다른 광식이가 내는 소리였다. 다들 겉으로 드러나지 않는 표정을 하나씩 갖고 사는 것처럼 말이다. 할 수 없는 말들은 때로, 의미 없는 소리로 변하기도 한다. 울음이 그랬고 신음이 그랬고 웃음도, 그랬다.

달리 무슨 말을 할 수 있겠는가. 애초에 내 허락 같은 건 필요하지 않았다. 내가 고개를 끄덕이기도 전에 이미 광식이는 담벼락 위로 올라가고 있었다. 어디서 주웠는지 플라스틱 부채 하나를 손에 든 채였다. 다치지만 마라, 광식이의 꼴을 지켜보며 그렇게 생각할 뿐이었다. 담벼락과 담벼락 사이, 고물과 쓰레기가 뒹구는 마당의 허공이 광식이의 무대였다. 이따금 담장 너머에서 아이들이 지들끼리 놀며 내지르는 소리가 조팝나무 넝쿨처럼 불쑥 넘어왔을 뿐, 사방은 조용했다.

줄 앞에 선 광식이는 함부로 줄 위에 내려서지 않았다. 부채를 든 왼쪽 손만 이리저리 팔랑거릴 뿐이었다. 그렇게 한참 뜸을 들이던 녀석이 줄 위에 내려섰을 때, 나는 나도 모르게 침을 꼴깍 삼켰다. 광식이는 잔뜩 겁을 먹은 사람처럼 보였다. 이리저리 팔을 흔들며 앞으로 갔다가 뒤로 물러서는 꼴이 여간 위태로워 보이지 않았다. 몸이 배운 기술은 여간해서 잘 잊어버리지 않는 법인데. 녀석은 줄 위에서 걸음마를 갓 배운 아이처럼 굴었다.

"무서우면 내려와."

말은 그렇게 했지만, 내심 녀석이 줄 반대편까지 무사히 당도하길 바랐다. 말로 표현하기가 불가능한 것이 있다면, 허공에 다 쏟아버리고 내려오길 바랐던 것이다. 내 마음을 읽기라도 한 것처럼 광식이는 주춤주춤 앞으로 나갔다. 가끔 뒤로 쪼르르 물러서기도 했는데, 나는 곧 그게 줄타기의 '놀이'라는 걸 알게 됐다. 줄타기를 한 번도 눈여겨본 적이 없는 나로선 그 정도를 짐작하는 게 전부였다. 녀석이 반대편 담장에 다다라 나를 보고 양팔을 휘저을 때도, 다시 줄 위에서 종종거리며 왔다 갔다 할 때도, 무릎을 꿇고 앉은 채로 줄 위를 지나갈 때도, 아무 소용 없는 그 짓이 언제 끝날지 몰라 나는 불안했다. 뭐든 모자란 듯한 게 좋은 법이다. 나는 드디어 끙, 소리를 내며 무릎을 짚고 일어섰다.

"그만 내려와라. 내려와."

나는 줄 가까이 다가가서 달래듯이 말했다. 광식이가 부채를 공중에서 휘저으며 막 한쪽 무릎을 꿇었다가 줄의 탄력으로 일어설 때였다. 아주 짧은 순간 광식이가 허공으로 튀어 오르는가 싶더니, 바닥에 떨어졌다. 줄이 끊어진 것이었다. 불행히도 탄력을 유지하거나 감당하기에는 너무 허술한 줄이었다. 충분히 짐작할 수 있는 일이 벌어진 거였지만, 워낙 순식간이라 달리 도울 도리도 없었다. 녀석은 담장 옆 싸리나무 넝쿨 위에 처박혔다. 자전거나 냉장고 위에 떨어지지 않은 게 천만다행이었다. 나는 허둥지둥 넝쿨 사이로 손을 넣어 처박힌 광식이를 일으켰다. 얼굴과 숱 없는 머리, 팔뚝에 생긴 굵은 생채기가 보였다.

"너 괜찮으냐?"

"……"

"여기저기 좀 움직여봐라, 괜찮은지."

"……."

"이 나이에 골절되면 큰일이다."

"……."

"대답하기 싫으냐?"

"……."

"좋더냐?"

"……."

광식이는 아무 말도 하지 않았다. 오래달리기를 하다 주저앉은 사람처럼 구부린 무릎 위에 양팔을 얹고, 고개를 숙이고, 숨을 몰아쉴 뿐이었다. 어린애 같은 광식이 안의 노인 광식이가 막 줄에서 내려와 쉬는 것 같았다. 머리통의 붉은 생채기에서 핏기가 배어 나왔다.

"어디 안 좋으냐?"

"……."

"뭐 하냐?"

"개미 본다, 개미가 간다."

광식이가 여전히 고개를 숙인 채로 말했다.

"개미가 어쨌는데?"

"움직인다."

"개미가 움직이는 게 왜?"

"신기하다, 신기하다."

"움직이는 게 뭐가 신기해?"

"살려고 움직인다. 살려고, 움직인다."

살고 싶어도 죽고, 죽고 싶어도 사는 게 세상일이었다. 그저 움직이지 않는 것이 내 최선이었다.

"그래, 너는 어땠냐?"

나는 광식이를 바라보며 혼잣말처럼 중얼거렸다. 여기가 아닌 여기의 높이를 경험한다는 게, 어떤 건지는 알 수 없었다. 그러나 어떤 경험은 분명 그 전과 후를 전혀 다른 곳으로 만들었다. 올라가게 하지 않았으면, 떨어지지도 않았을 텐데. 그랬으면 살려고 움직이거나 살아서 움직이는 개미 같은 건 보지 않았을 텐데. 죽는 게 뭔지 몰랐다면 사는 게 훨씬 쉬웠을 텐데.

나는 담벼락 밑의 넝쿨이 흔들리고, 뒤집힌 채 녹슬어가는 자전거 바퀴가 허공에서 몇 번 헛도는 걸 바라봤다. 오전에만 해도 창문마다 빼곡하게 널려 있던 이불이며 빨래들이 하나씩 거둬들여지고 있었다. 저녁이었다.

"괜찮다, 괜찮다."

광식이가 일어나 엉덩이를 탈탈 털며 말했다. 괜찮다는 말이 정말 괜찮다는 것인지, 괜찮지 않아서 괜찮다는 것인지 알 수 없었다. 나는 다시 광식이에게 물었다.

"병원에 가봐야 하는 거 아니냐?"

"안 간다, 안 가."

"괜한 고집 피우지 말고."

"무섭다, 안 간다."

"사진이라도 찍어보자."

"괜찮다, 괜찮다."

광식이는 완강하게 내 제안을 거절했다. 자신이 괜찮다는 걸 증명하기 위해 몇 번씩이나 허리를 돌려 보이고 소매와 바짓가랑이를 걷어붙이더니, 나중에는 옷이라도 벗을 기세였다. 그 말을 믿을 수도 없고, 그렇다고 모른 척할 수도 없어 난감했다.

"그럼 밥이라도 먹어라."

"괜찮다, 괜찮다."

"밥 먹자."

"……."

"먹자."

"같이?"

"그래. 같이."

우리는 집을 나섰다. 그제야 해병전우회가 우편함에 뭔가 꽂아놓고 갔다는 걸 알았다. 노인학교 가입 원서와 입회비 납부 계좌가 적힌 종이였다. 잊고 있던 다이아몬드가 떠올랐다. 다이아몬드 하나면, 소위였다. 그건 아무 데나 붙이는 게 아니었고, 분명 하사관 계급장과도 달랐다. 왜 하사관이 소위 계급장이 붙은 모자를 쓰고 다니는 것일까. 게다가 해병전우회 모자는 원래 계급장을 붙이는 모자가 아니라 말 그

대로 전우회 모자에 불과했다. 맘만 먹으면 개나 소나 다 살 수 있고, 쓸 수 있는 모자라는 말이었다.

"광식아."

"어? 어?"

"아침에 본 해병전우회랑 친하냐?"

"어? 어?"

"똥인지 된장인지 구별도 못 하는 주제에 아무거나 달고 다니는 네 친구 말이야."

"어? 어?"

"못쓰겠다."

"못쓴다, 못쓴다."

"어."

"어, 어."

7.

"뭘 살 건데?"

"글쎄, 잘 모르겠다."

우리는 마트 안을 기웃거리며 한참을 서 있다. 큰 유리문 안으로 보이는 마트는 넓고, 환하고, 사람들로 분주하다. 영복이를 따라 동네에 새로 생긴 마트 구경을 온 참이다. 입구에는 동전을 넣어야 쓸 수 있는 큰 카트가 줄줄이 늘어서 있다.

"어떻게 하는지는 알지?"

나는 알은체를 하며 카트를 가리킨다. 그 카트를 밀고 마트 안으로 들어가서 물건을 고르고 돈을 내면 된다. 세상에 그거보다 쉬운 일은 없을 거다. 그런데 영복이는 어쩔 줄 모르겠다는 표정으로 입구에 서 있기만 한다. 낮인데도 장을 보러 나온 여자들은 많고, 그 여자들을 따라 나온 아이들도 많다. 마트를 드나드는 엄마와 아이들의 행렬에 치여 이리저리 자리를 내주다 보니 나는 또 우울해서 괜히 마음이 사나워진다. 어디에나 엄마는 많다. 이렇게 많은 아줌마들 중에 내 엄마가 없다는 게 억울해서 눈물이 날 지경이다.

"안 들어가?"

"들어갈 거다."

"빨랑 들어가자."

"잠깐만 기다려봐라."

"왜?"

"사람이 너무 많아."

"어휴, 그건 당연한 거 아냐?"

"나도 안다."

"근데 왜?"

"사람이 정말 많아서."

"아 정말, 그럼 그냥 가든가."

"안 된다. 아바지가 꼭 사오라고 한 게 있다."

"아빠는 뭐 하고?"

"……내 아바지는 몸져누워 있다."

몰랐던 사실이다. 여간해서 자기 얘길 잘 하려 들지 않는 아이였으니까, 내 잘못이 아니다. 물론 미안한 마음이 아주 없는 건 아니지만,

뭐 달리 내가 어떻게 할 수 있는 일도 아니다. 나는 일부러 더 새침하게 군다.

"그럼 병원에 가야지."

"안 그래도 제사 지내고 갈 거다, 병원에."

"제사? 그런 것도 지내? 언젠데? 누구 제사야?"

"한 개씩 물어라. 숨도 차지 않니?"

"……."

"나한테 여동생이 하나 있었지 않니. 아바지가 그걸 어떻게 기억하고는……."

"……."

이럴 때는 무슨 말을 해야 하는 건지, 나는 알지 못한다. 열 살이라는 나이는 그런 것까지 알기에 충분치 않은 나이다. 사실 열 살이라는 나이는, 아무것도 몰라도 괜찮은 나이다. 내가 알기로 내 주변에 아빠의 잠을 걱정하거나 아픈 아버지의 심부름을 하는 열 살은 없다. 그러니까 영복이와 나는 특별한 열 살인 셈이다. 물론 영복이는 자신이 나보다 오빠라고 주장하지만 믿을 수 없다. 나는 가뜩이나 우울한 표정의 영복이가 더 우울한 표정으로 주변을 살피는 걸 본다. 얜 참 많이 먹는데 왜 살도 안 찔까, 하는 생각을 하면서 말이다. 살이라도 좀 찌면 덜 우울해 보일 텐데. 영복이가 한없이 불쌍해진다. 영복이의 지금 상황을 간단하게 요약해보면, 엄마는 잃어버렸고 아빠는 아프고 여동생은 죽은 거니까 말이다. 그에 비하면 나는, 그래도 행복한 열 살이다. 영복이에게 왠지 미안한 생각이 든다. 그래서 나는 한층 더 부드러운 목소리로 다시 묻는다.

"왜?"

"왜, 라니."

"어쩌다가 그렇게 됐냐고."

"아파서. 제대로 된 약 한 첩 못 쓴 게 평생 한이지 않니."

우리가 대화를 나누는 동안에도 마트 앞으로 많은 사람들이 오간다. 주로 아줌마와 아이들이지만 가끔 추리닝을 입은 젊은 아저씨도 있고 할머니, 할아버지도 있다. 봄이다. 보도블록 틈새로 돋아난 풀들이 흔들리고, 그 풀 사이로 떨어진 꽃잎들이 굴러간다. 어디서 날아왔는지 검은 비닐봉지 하나가 둥실 떠오른다. 그 비닐봉지가 몸 안 가득 바람을 넣고 천천히 허공을 날아가는 걸 영복이와 나는 한참 바라본다. 내가 어디론가 흘러가버릴 것 같다. 누군가 놓친 풍선처럼 말이다. 세상의 모든 아이들이 한 번쯤 손에 쥐었다가 놓쳤을, 파랗고 노랗고 빨간 풍선들. 내가 자꾸 이런 생각을 하는 건 내 이름 때문이다. 그게 아빠가 말한 '보이지 않는 것'이나 '들리지 않는 것'과 관련 있는 건지는 모르겠지만 말이다.

"왜 내 이름은 이래요?"

언젠가 아빠에게 물은 적이 있다. 그런 내 질문에 아빠는 영문을 알 수 없다는 듯 되물었다.

"이런 게 어떤 건데?"

"구려요."

"그건, 좀 구린 표현이구나."

"구린 게 사실이니까요."

"딸아."

"네."

"어째 점점 날 닮아가네."

"말 돌리지 말고요. 왜 하필 술래냐고요."

"그게 어때서."

"아이참, 구리다니까요."

"난 하나도 안 구린데."

"세상에는 예쁜 이름들이 많잖아요."

"예를 들면?"

"혜교요."

"넌 송씨가 아니잖아."

"태희도 괜찮아요."

"그건 김태희 하나면 되고."

"아빠?"

"응."

"설마 강호동보다는 낫다는 말을 하고 싶은 거예요?"

"이야, 그 생각은 못 했는데. 확실히 호동이보다는 술래가 낫지 않니?"

"……."

아빠는 내 팔목을 끌어 나를 자신의 무릎에 앉혔다. 그리고 누가 엿
듣기라도 하는 듯 내 귀에 대고 작게 속삭였다.

"숨바꼭질해본 적 있지? 거기서 술래는 언제나 한 명이잖아. 이미
특별한 사람인 거지. 그 특별한 술래가 해야 하는 일도 특별한 거고."

"그 특별한 일이 뭔데요?"

나도 아빠를 따라 속삭이듯 낮은 목소리로 물었다.

"술래는 숨은 걸 찾는 사람이잖아. 그러기 위해서는 잘 안 들리는
소리나 잘 보이지 않는 것들을 보고 들을 수 있어야 해. 아빠는 네가
세상에 태어났을 때 세상에 하나밖에 없는 이름을 지어주고 싶었는데
말이야, 그게 술래였어. 혜교나 태희보다 좋은 이름 아니니?"

나는 마지못해 고개를 끄덕였다. 아닌 게 아니라 아빠의 해석대로
라면 술래보다 더 좋은 이름은 없을 것 같았다. 하지만 내가 내내 술
래로 살 수는 없었다. 안 들리는 소리나 보이지 않는 걸 찾다가 꼬부
랑 할머니가 되기는 싫었다.

"그래도 평생 숨바꼭질만 할 수는 없잖아요."

"진짜 술래로 살라는 게 아니라 그런 걸 아는 사람이었으면 좋겠다
는 거야."

"왜요?"

"……."

"그게 돈을 많이 버는 사람이나 똑똑하고 예쁜 사람보다 나은 거예요?"

"그럼. 그건 아무나 될 수 없으니까."

"……"

"그게…… 늘 내가 네게 바라는 거야."

아빠의 그 말이 무슨 뜻인지 아직 정확히는 알지 못한다. 그러나 나는 내가 모르는 사이에 정말 술래가 되어가는 것 같다. 이름 때문인지는 알 수 없지만, 자주 잘 보이지 않는 것들이 보이거나 아주 작은 소리들이 들린다. 예를 들면, 지금 눈앞에서 어쩔 줄 몰라 하는 영복이의 마음 같은 거 말이다. 그게 불편인지, 불안인지 잘 구별할 수는 없다. 어느 쪽이든 내가 필요하다는 사실을 알 뿐이다. 나는 영복이의 팔을 잡아끈다. 그리고 가능하면 어른스럽게 들리길 바라며 말한다.

"걱정 마, 내가 도와줄게."

새로 개장한 곳답게 마트 안에는 시식대들이 많다. 영복이는 연신 침을 꿀꺽꿀꺽 삼키면서도 시식대 앞을 그냥 지나치고, 또 지나치고, 괜히 그 앞으로 가서 알짱거리다가 다시 지나친다.

"먹어도 되는 거야."

"안다."

"근데 왜 안 먹어?"

"그런 건 꽃제비들이나 하는 거다."

"꽃제비가 뭐야?"

"있다. 그런 거."

"그런데 너 진짜 굶어봤어?"

"응."

"……그렇구나."

영복이는 옛날 얘기 하는 걸 싫어한다. 물론 우리가 할 수 있는 옛날 얘기란 많지 않다. 고작해야 옛날에 뭘 샀다거나 뭘 먹었다거나 어딜 가봤다, 정도다. 영복이는 옛날에 뭘 사본 적도, 뭘 먹어본 적도, 어딜 가본 적도 없다고 한다.

"고향 산천을 떠나면서 기억도 버렸다."

어떻게 뭘 사거나 먹거나 가본 적이 없을 수 있느냐고 내가 따져 물을 때마다 영복이는 그렇게 말했다. 그게 사실이 아니라는 건 위층에 사는 치매 할머니도 알 거다. 그 성의 없는 대답을 참아주는 이유는 단 하나다. 영복이는 나보다 기억이 많은 아이다. 그 기억은 좋은 쪽이 아니라 나쁜 쪽일 거다. 그래서 영복이와 나는 되도록 오늘과 내일 얘기만 한다. 그 오늘과 내일이 자꾸 옛날과 이어지는 것까지는 어떻게 할 도리가 없지만 말이다.

우리는 수많은 물건들이 쌓인 마트 안을 말없이 돌아다닌다. 영복이 아빠가 적어준 쪽지를 들여다보며, 물건을 찾아 카트에 넣었다 제자리에 돌려놓기를 반복한다. 우리는 예상보다 훨씬 더 모르는 게 많다. 쪽지에 적힌 대로 북어포를 찾아다니다 보면 잘게 찢어놓은 북어포도 있고 통째로 말린 북어포도 있는데, 그중 어느 쪽을 사야 하는지 우리는 모른다. 또 떡은 어떤 게 제사에 쓰이는 떡인지, 사과는 빨간색과 푸른색 중 어떤 걸 골라야 하는지 몰라 난감하기만 하다. 그건 열 살에게 너무 어려운 일이다. 솔직히 고백하자면 나는 제사에 대해 아무것도 모른다. 세상에 단 둘뿐인 아빠와 나에게 제사란, 아주 먼 나라 얘기다.

"그럴 수가 있니?"

"그게 어때서?"

"말도 안 된다. 가족이 너뿐이면 네 아버지는 땅에서 솟은 거이니?"

"그건 아니지만 진짜로 우리 아빠한테는 나뿐인데?"

"네 아버지는 참."

영복이는 측은하다는 듯 나를 바라보며 말끝을 흐린다. 시식용으로 잘라놓은 인절미를 손에 든 채다. 물론 내가 제사에 대해서 아는 건 없지만 그게 아빠 탓은 아니다. 또한 가족이 둘뿐이라는 사실이 동정받을 일도 아니다. 기분이 좀 상했지만 나는 참기로 한다. 친구를 위해 그 정도는 해야 한다. 그렇게 생각하고 보니 정말 영복이와 친구가 된 거 같다. 서로 비밀 한두 개쯤은 나눌 수 있는 그런 사이 말이다. 실제로 나는 영복이의 비밀을 몇 개 알고 있다. 아파트 복도에 놓인 짜장면 그릇을 살피며 돌아다니는 취미라거나 여동생에 대한 일을 비밀이라고 할 수 있다면. 혹시 영복이도 내가 모르는 내 비밀을 알고 있을지도 모른다. 우리는 친구니까.

결국 통째로 말린 북어와 마트에서 야채를 파는 아줌마에게 물어 겨우 산 과일 몇 개로 장보기를 마친 우리는 아이스크림을 하나씩 물고 마트를 나선다. 우여곡절이 있기는 했지만 우리가 처음으로 같이 해낸 일이다. 얼굴도 모르는 영복이의 동생을 위해 나도 뭔가를 한 것 같아서 뿌듯하다.

"그런데 말이야. 네 동생, 예뻤어?"

"어?"

아이스크림을 연신 빨아대던 영복이가 멈춰 선다. 미간을 잔뜩 찌푸리고 시선을 한곳에 모은 채다. 그러나 뭘 보고 있는 것 같지는 않다.

"왜 그래?"

"……."

"무슨 일인데?"

나는 한 걸음 다가서며 묻는다. 그러자 영복이가 한 걸음 뒤로 물러선다. 한 무리의 비둘기들이 길 가장자리에 모여 바닥을 쪼고 있다. 길 건너로 하교하는 아이들이 신발주머니를 질질 끌며 걷는 게 보인다. 그중 몇은 내가 아는 얼굴이다. 친구가 되기도 전에 헤어진 아이들. 처음 학교에 가던 날, 붉은 리본이 달린 머리띠를 하고 분홍색 원피스를 입고 교실에 앉아 있던 나를, 내 이름을 잊어버린 아이들이다. 불과 이 년이 지났을 뿐인데 왜 아무도 나에게 알은척하지 않는 건지 나는 모른다. 심지어 말을 걸어도 무시하기 일쑤다. 마치 나를 보지 못하는 것처럼 아는 얼굴들이 나를 못 본 척 지나간다.

"기억이 나질 않는다."

한참 만에야 영복이가 입을 연다. 깡충깡충 바닥을 뛰어다니던 새들은 이미 날아간 뒤다. 아이스크림이 영복이의 손등을 타고 줄줄 흘러내린다. 아이들의 뒷모습은 가방에 가려, 마치 가방만 둥둥 떠다니는 것처럼 보인다. 새잎이 돋는 봄이고, 그림자가 길어지는 시간이다. 기억할 만한 풍경은 하나도 없지만 나는 어쩐지 정오가 지난 이 오후를 오랫동안 기억할 것 같다. 어떤 궁금증 하나가 마음속에서 떠오른다.

우리는 왜 자꾸 곁에 있던 것들을 잊어버리는 걸까.

영복이는 자신의 동생이 예뻤는지, 눈이 컸는지 기억나지 않는다고 한다. 나는 영복이가 잊어버린 것들을 조금이라도 되돌리길 바라며 묻는다. 자꾸 물으면 멀리 간 기억을 떠올릴 수 있을지도 모르니까.

"키는 컸어?"

"이만했는데."

영복이가 자신의 어깨 근처에 손을 대며 말한다.

"그게 언젠데?"

"그러니까 그게, 몇 년 전에."

"그때 네 키는 어느 정도였는데?"

"……"

영복이는 허공에 손을 올린 채 몇 년 전 자신의 키를 기억해내려고 노력하더니 이내 손을 내리고 만다. 떠올리기를 포기한 것 같다. 달리 해줄 말이 없다. 이럴 땐 그럴 수도 있다고 해야 할지, 그냥 괜찮다고 해야 할지, 차라리 다행이라고 해야 할지 알 수 없다. 분명한 게 있다면 어쨌거나 그 일이 슬픈 일이라는 사실이다.

"안 보이는 건 잊어버려도 되는 거예요?"

나는 설거지를 하는 아빠에게 묻는다. 다른 날보다 훨씬 늦게 돌아온 아빠는 다른 날과 달리 내내 말이 없다. 뿐만 아니라 내게 하루 종일 뭘 했느냐고 묻지도 않고, 나를 꼭 안아주지도 않는다. 그럴 수도 있지만, 다른 날과 다르다는 게 맘에 걸린다. 나는 계속 아빠 주위를 맴돌며 할 말을 찾는다. 그러다가 문득 낮에 했던 생각이 떠오른 거다. 수도꼭지에서 떨어지는 물소리 때문인지 아빠는 별 대꾸가 없다. 다시 물었지만 아빠는 뒤를 돌아보지 않는다. 할 수 없이 나는 아빠 곁으로 다가가서 아빠의 허리를 두 팔로 감싸 안는다. 아빠는 내 갑작스러운 행동에 흠칫 놀라는 듯하다. 잠깐이지만 아빠의 몸이 굳는 게 느껴진다.

"깜짝이야."

아빠는 건성으로 놀란 척을 해 보인다. 이상하다. 나를 밀어내고 수도꼭지의 물을 잠그고 젖은 손을 닦고 물을 마시고 냉장고 문에 기대어 앉도록 한 번도 나와 눈을 마주치지 않는 아빠는 아무리 봐도 멀리 있는 사람 같다. 좀 더 아빠의 몸에 붙어 말을 걸고 싶은 내 마음은 전혀 눈치채지 못한 모양이다.

"아무리 말을 해도 아빠가 듣는 척을 안 했어요."

"미안하다, 딸아. 잠깐 딴생각을 했어."

"무슨 생각이요?"

"먼 생각."

"그 먼 생각이 뭔데요?"

"옛날에 알았던 사람이나 이제는 할 수 없는 일 같은 거."

"아빠한테도 그런 사람이 있어요?"

"누구한테나 그런 사람은 있을걸."

"아빠는 그런 사람들 얼굴이 다 생각나요?"

"글쎄. 다 생각나는지 어떤지는 모르지만, 그래도 소중한 사람의 모습은 잊어버리는 게 더 어렵지 않을까?"

"그런데 이제는 할 수 없는 일도 있어요?"

"있지."

"어떤 일이요?"

"같이 벗나무 밑을 걸어보는 거, 비 오는 날 같이 우산 쓰고 산책하는 거, 조금 걷다가 업어달라고 떼쓰면 못 이기는 척 업어주는 그런 거."

"그건 다 나랑 해본 일이잖아요."

"……."

"그건 앞으로도 계속할 수 있는 일 아니에요?"

"그럴 수 있을까?"

"왜요? 내가 이제 무거워져서요?"

"아니, 그런 건 아니야."

아빠는 뭔가 말을 꺼낼 듯 말 듯 하다가 침을 삼키듯 말을 삼킨다. 내 눈에는 그렇게 보인다. 확실히 아빠는 어딘가 이상하다. 다른 날도 가끔 그랬지만 오늘은 더더욱 그래 보인다. 내가 아는 아빠는 아빠의 전부가 아닐지도 모른다는 생각이 들기 시작한다. 세상에 단 둘뿐인 가족인데 말이다.

"이상해진 거 알아요?"

"뭐가?"

"아빠가요."

"그래 보이니?"

"네. 분명히 말할 수는 없지만요."

"늙어서 그런가?"

"아빠가요?"

나는 아빠의 대답을 기다리지만 아빠는 끝내 더 이상 얘기하지 않는다. 할 수 없이 처음 하려고 했던 말을 꺼낸다. 아빠가 영복이에 대해 알게 되고부터는 별로 숨길 일이 없어 말하기가 한결 편하다. 그때 아빠가 다시 발바닥에 손을 가져다 댄다. 나는 그 순간을 놓치지 않는다.

"아빠."

"응."

"그거 안 하면 안 돼요?"

"그게 뭔데?"

나는 대답 대신 아빠의 발바닥을 가리킨다. 봄이 되고부터 조금 나아진 것도 같지만 여전히 아빠의 발바닥은 흰 각질과 너덜거리는 껍질로 뒤덮여 있다. 마치 할아버지들의 그것과 비슷하다. 물론 내가 할아버지들의 발을 자세히 들여다볼 기회는 없었지만 말이다.

"보기 싫으니?"

"나는 괜찮은데요. 다른 사람들은 아마 싫어할 거예요."

"다른 사람에게는 보여준 적이 없는데?"

"앞으로 보여줄 일이 생길지도 모르잖아요. 사람 일은 모르는 거니까."

"그런가?"

"약을, 먹고 있기는 한 거예요?"

"살아 있는 동안은…… 아마 낫지 않을 거야."

한참 만에 아빠가 말한다. 무좀이 불치병인가. 나는 덜컥 겁이 난다. 그러나 아빠는 쓴웃음을 지으며 고개를 저을 뿐이다. 슬퍼 보인다. 무좀이 그렇게 심각한 병인 걸까. 답답하다. 아빠가 잠들고 나서도 답답함은 가시지 않는다. 나는 양을 세고, 벽지의 무늬를 세다 벌떡 일어난다. 그냥 누워 있다가는 양이 뜯던 풀포기까지 헤아리게 될 거 같다. 어디선가부터 뭔가가 잘못됐다는 사실을 더 이상 모른 척하기가 어렵다. 답답한 건, 그 뭔가가 뭔지 나도 모른다는 사실이다. 아빠는 내 속도 모르고 푸푸 큰 숨을 내뱉는다. 나는 살금살금 방문을 열고 현관문을 연다. 바람을 쐰다고 달라지지는 않겠지만, 그래도 이 밤에 내가 할 수 있는 건 그게 전부다.

한밤의 아파트는 생각보다 조용하지 않다. 아기가 잠투정을 하거나 아이들이 우는 소리가 아파트 곳곳에서 들리고, 간혹 뭔가가 깨지고 무너지기도 한다. 나는 오랫동안 그 소리들에 귀 기울이며 계단에 앉아 있다가 일어선다. 어둠 속에 몸을 묻고 앉아 있자니 자꾸 어딘가를 향해 걸어야 할 것 같은 기분이다. 무섭도록 익숙하고, 익숙하지만 두려운 뭔가가 나를 끌어당기는 느낌을 떨칠 수 없다. 멀리 갈 생각은 없었지만, 나는 밤의 바닥 쪽으로 자꾸 내려간다.

열두 개의 계단을 내려가서, 다시 열두 개의 계단을 내려가고, 다시 열두 개, 또다시 열두 개……. 끝 모를 계단의 맨 마지막까지 내려가면 다른 세상이 기다릴 것 같다. 아주 멀고, 아주 다른 곳. 그렇게 생각하자 조금 무섭고 또 조금 외롭다. 계단을 하나씩 짚어 내려가면서, 나는 같은 동작을 반복하다 보면 점점 생각에서 멀어진다는 걸 깨닫는다. 아빠가 좀 전에 닦은 방바닥을 다시 닦고 또 닦는 것이나 발바닥이 닳도록 각질을 뜯는 것도, 영복이가 굳이 엘리베이터를 마다하고 계단을 하나하나 밟아 내려가는 것도 다 그걸 알기 때문일지도 모른다. 영복이나 아빠나 생각이 많은 사람들이고, 스스로가 그 생각들을 견딜 수 없을 때마다 바닥을 닦거나 발바닥의 각질을 뜯거나 계단을 걸어

오르내리는 사람들이라는 생각이 든 거다.

　영복이의 사정이야 대충 알지만, 아빠는 도대체 무슨 생각 때문에 그 지저분하고 힘든 일들을 그만두지 못하는 걸까. 나는 그 생각을 하며 계단을 하나씩 디디고, 곧 그 생각보다 먼 곳으로 자꾸 내려간다. 내 몸이 내 의지와는 상관없이 흔들리며 낮은 곳을 향해 흘러간다. 어디선가 물소리가 들린다. 빗소리다. 후드득 떨어지던 빗방울이 빗줄기가 되고, 빗줄기가 온 세상을 금방이라도 삼켜버릴 것처럼 쏟아진다. 꼼짝 말고 거기 있어. 그런 말을 들은 적이 있다. 안 들리던 소리들이, 듣고 싶지 않은 소리들이 허술한 벽 사이로 새어든다. 어디 가면 안 돼. 먼 곳을 지나온 바람처럼 누군가의 목소리가 몸속을 지나간다. 기다려, 라는 말이 귓가를 맴돌다가 머릿속에서 메아리처럼 울린다. 나는 계단에 주저앉는다. 그건 누구였을까. 깊은 땅속에 뿌리를 숨긴 넝쿨이 내 발목을 감고 기어오르는 것 같다. 정체불명의 공포가 내 몸을 휘감는다. 곧 내 몸은 꼼짝없이, 넝쿨의 잎이 되고 줄기가 되고 뿌리의 일부분이 될 거다. 온몸의 감각이 위험을 감지하기 시작한다. 아빠 말대로 밤은 위험하다. 나는 눈을 감고 귀를 막고 머리를 세게 흔든다. 무거운 정적 사이로 띄엄띄엄 말소리가 섞인다. 가장 밑바닥에 잠들었던 소리들이 나를 깨우기 시작한다.

　이름이 뭐니……. 예쁜 이름이구나……. 이렇게 비가 오는데……. 강아지를 보여줄게……. 눈먼 강아지란다……. 데려다줄게……. 가자……. 가자……. 괜찮아, 술래야. 내 눈먼 강아지에게…… 가자.

벌 떼처럼 윙윙거리는 시간이 내 곁을 지나 길 저쪽으로 사라지는 걸 느끼면서도 나는 차마 멈출 수 없다.

강아지는 어딨어요……. 잘못했어요……. 집에 가게 해주세요……. 잘못했어요……. 살려주세요……. 살려주세요……. 아빠가 보고 싶어요……. 가고 싶어요…….

나는 왜 그때 혼자라고 생각했을까. 왜 혼자 빗속에 서 있는 것 같았을까. 아빠는 내게 돌아오고 있었는데, 나는 왜 눈먼 강아지 같은 기분이었을까. 아무 생각도 하지 않았더라면, 생각을 거기서 멈췄더라면, 비가 내리지 않았더라면, 나는 이렇게 어둠 속을 헤매지 않았을까. 나는 물에 빠진 사람처럼 허둥대며 자리에서 일어난다. 이 어둠에서 벗어나야 한다. 계단을 디뎌 한 칸 너머 다음 칸으로, 그다음 칸으로, 밑으로, 바닥으로, 밖으로, 나로부터 먼 곳으로, 기억이 나를 잡아채지 못하는 곳으로 가야 한다. 아직 아빠한테 하지 못한 말이 있다. 돌아가야 한다. 이미 계단은 끝났다. 끈적거리는 한밤이 온몸을 휘감는 걸 느끼며 나는 막다른 벽 앞에 서서 아빠를 생각한다. 다리가 후들거린다. 어둠 속에 깊이 감춰뒀던 진실이 빗소리처럼 요란하게 나를 밀어붙인다. 숨이 막힌다. 벽에 이마를 기대고 가쁜 숨을 몰아쉰다.

꼼짝 말고 있어. 전화기 속에서 아빠가 말했다. 빨리 갈세, 기다려. 아빠는 또 말했다. 어디 가면 안 돼, 술래야. 막 전화를 끊는 순간에도 아빠는 그렇게 말했다. 그게 집을 떠나기 전 마지막 기억이었다. 아빠와 나눈 마지막 대화였다. 그게 우리의 마지막이었다. 어디선가 똑똑 물방울 떨어지는 소리가 들린다.

이거였구나. 나는 턱을 덜덜 떨며 낮게 중얼거린다.

8.

보리 서 말에 팔려간 소년이 있었다고 치자. 물론 소년을 판 사람은 소년의 부모였을 것이다. 그 일이 소년의 부모 중 어느 쪽 제안이었는지는 알 수 없으나 자식을 사고파는 것이 묵인되던 시절이었으니 어느 쪽인지가 중요한 건 아니다. 누군가 어떻게 그럴 수 있느냐고 따져 묻는다면, 나는 변명처럼 대답하겠지. 그런 질문조차 허락되지 않던 시절이 있었다고 말이다. 배고픔이 선악을 나누고 가치의 경중을 가르던 시절은 생각보다 훨씬 가까운 과거였다. 또 판 쪽이나 산 쪽이나 한결같이 팔거나 샀다는 말을 입에 올린 적이 없으므로 겉보기에 그 일은 아무 하자가 없었다.

명목상 소년은 자식이 없는 집에 양자로 가는 것이었다. 소년이 가야 할 곳은 동네에서 먼, 바다가 보이는 항구라고 했다. 소년은 자신이 가야 할 목적지를 몇 번이나 들었지만 또 몇 번이나 잊어버렸다. 태어나서 한 번도 동네를 떠나본 적 없는 그에게, 태어나 처음 들어보는 지명은 외국어와 다름없었다.

그날 밤, 소년은 이불 속에서 '목포'라는 단어를 중얼거렸다. '포목상'이라는 단어가 떠올랐다. 포목상을 하던 박가네는 소년의 동네에서 가장 부유한 집이었다. 소년은 다시 '목포'라고 중얼거렸다. 포목상 박가네 둘째 딸이 떠올랐고, 얼굴이 홧홧하게 달아올랐다. 좋아서가 아니라 싫어서였다. 소년과 동갑내기인 그 가시내는 그 집의 세 딸 중 가장 못생기고 튼실했다. 차이는 있었지만 박가네 집에서 밥을 먹는 모든 사람들이 그런 모습이었다. 하다못해 마당에 놓아기르던 개며 닭까지도 말이다. 동네 사람들은 박가네가 조상 묘를 잘 썼기 때문이라고 수군거렸다. 부러워하며 굽실거렸고, 굽실거리며 미워했다. 소년은 특히 더 그랬다. 그 가시내가 소년에게 한 짓은, 자다가도 벌떡 일어나 가슴을 칠 일이었다. 소년은 슬그머니 '목포'를 놓아버리고 중얼거렸다.

개하고나 붙어먹을 년.

내내 배가 고픈 날들이 계속됐다. 허기는 모든 감각을 예민하게 만들었고, 가난은 부끄러움을 잊게 했다. 소년은 매일 주린 개처럼 동네를 떠돌았다. 혹시라도 눈먼 옥수수 한 톨이라도 주워 먹을 수 있을까

해서였다. 그날도 그랬다. 바람이 설핏 방향을 바꾼 모양인지 어디선가 갑자기 밥 짓는 냄새가 흘러왔다. 저녁 무렵이었다. 짐작했던 대로 그 냄새는 박가네 집에서 시작되는 것이었다. 냄새를 쫓다 보니 어느새 박가네 문 앞이었다. 돌아가야 했지만 발이 떨어지지 않았다. 눈먼 옥수수를 주워 먹을 수 없다면 구경이라도 하고 싶었다. 소년은 까치발인 채로 담장 너머를 기웃거렸다. 물벼락이 떨어진 건 그때였다. 소년은 반사적으로 뒤를 돌아보았다. 박가네 둘째 가시내가 빈 바가지를 든 채 헤실헤실 웃고 있었다. 그때 소년은 어렴풋하게나마 밥이 단순히 밥, 만을 의미하는 건 아니라는 걸 알게 되었다. 억울하고 분했다. 그러나 소년이 할 수 있는 일은 그저 꼭 쥐었던 주먹을 슬그머니 풀고 슬픔과 부끄러움과 수치와 한기로 벌벌 떨며 돌아서는 것뿐이었다. 등 뒤에서 박가네 둘째 가시내가 소리쳤다.

"거지새끼."

소년은 뒤돌아보지 않았다. 다만, 못생긴 년이 지랄한다고 혼잣말을 하며 걸었을 뿐이다. 배가 고파서인지 아무리 걸어도 제자리를 걷고 있는 느낌이었다. 다시는, 집에서 멀리 가지 말아야겠다고 생각하며 소년은 그림자를 끌고 휘적휘적 돌아왔다. 눈이 쑥 들어가고 새카맣게 마른 아버지가 양자 얘기를 꺼낸 건 그로부터 얼마 지나지 않아서였다.

"굶기지는 않는단다."

아버지가 헛기침을 하며 말했다. 소년은 잠시 놀랐지만 말없이 고개를 끄덕였다. 며칠 전 길에서 먹었던 마음과 다르게 굶지 않을 수만 있다면, 어디든지 괜찮을 것 같은 기분이었다. 배가 너무 고팠다. 저녁 내내 보이지 않던 어머니가 밤늦게 어두운 부엌으로 소년을 불러냈을 때도, 그리고 소년에게 찐 감자 몇 알을 쥐여주었을 때도, 소년은 망설이지 않고 그 감자를 다 받아 먹었다. 여동생들이 똑같이 배를 곯고 있다는 걸 알았지만 나눠 먹고 싶지 않았다. 어머니는 그런 소년을 보며 별말이 없었다.

감자 몇 알로 해결될 허기는 아니었지만 그래도 한결 숨쉬기가 편했다. 소년은 이불 속에서 다시 자신이 가야 할 곳의 지명을 떠올렸다. ……포, 뭐였더라. 엉뚱하게 포목상으로 흘러갔다가 한 글자를 잃어버린 것이었다. 도무지 떠오르지 않았다. 부모 중 어느 쪽도 자신이 잃어버린 글자를 친절하게 상기시켜줄 쪽은 없었다. 게다가 밤이었다. 소년은 혼자 잃어버린 한 글자를 찾기 위해 고심했다. 자신이 알고 있는 단어 중 '포'로 끝나는 단어를 모두 떠올려보았다. 구포, 남포, 옥포, 대포……. 모두 친척 아재들이 사는 동네였다. 그곳에 소년이 가야 할 그곳은 없었다. 소년의 기억 어디에도 잃어버린 그 단어는 없었다. 소년은 남은 끝말을 계속 중얼거렸다. 포…… 포…… 포. 그곳이 어디든, 지명 따윈 상관없다는 걸 잘 알고 있었다. 그저 곧 자신을 데리러 올 누군가를 따라가면 그만이었지만, 소년은 중얼거림을 멈추지 않았다. 그 단어를 잃어버리지 않는 것이 곧 닥칠 미래의 불안을 잊는 방법이라 생각했다. 또한 그걸 잃어버리면, 미래를 통째로 잃어버리게 될지도 모른다는 근거 없는 불안이 소년을 괴롭혔다. 남은 글자까지 잊어버릴 수는 없었다. 소년은 중얼거리고, 중얼거리고, 중얼거렸다. 포…… 포…… 포. 한참을 중얼거리다 보니 그 글자에 가락이 생겼다. 분명 소년이 내는 소리였지만, 그 소리가 만든 가락은 소년의 의지와는 상관없는 것이었다. 소년은 그 글자가 혼자 움직이는 것 같다고 생각했다.

그러다가 소년은 문득, 어떤 예감에 사로잡힌 사람처럼 울기 시작했다. 곧 떠나야 한다는 사실로 돌아왔기 때문이다. 아버지는 돌아오고 싶을 때면 언제든 돌아올 수 있다고 말했지만, 소년이 열두 해 동안 가장 빨리 습득한 게 있다면 그건 눈치였다. 소년은 자신이 오랫동안 이곳으로 돌아오지 못할 거라는 걸 알고 있었다. 객지에서 소년은 어른이 될 거고, 그사이에 어머니는 아마도 알아볼 수 없을 만큼 늙을 것이고, 여동생들은 어떤 방식으로든 집을 떠나고 없을 것이었다. 이 집을 나서는 순간, 열두 해 동안 아버지였고 어머니였고 동생이었던 사람들을 잃어버릴지도 몰랐다. 뿐만 아니라 잃어버렸다는 사실조차 잊어버리게 될 거라는 예감이 소년을 울게 했다. 소년은 배고픔이 이 모든 것과 맞바꿀 만큼 사는 데 중요한 것인지에 대해서도 잠깐 생각했다. 뒤늦게 박가네 둘째 가시내에게 당한 모욕이 떠올라 소년은 더 서럽게 울었다. 그러나 단지 그것 때문에만 눈물을 흘린 것은 아니었다. 소년은 울면서 생각했다. 도대체 자신이 왜 울고 있는 것인지에 대해서 말이다. 창밖이 훤해질 때까지 울고 생각하고 '포…… 포……'라고 중얼거리다가 다시 울고 생각했다. 마침내 그 이유를 알았을 때는 이미 옆방의 어머니가 일어나 아침으로 쓸 푸성귀를 뜯으러 집을 나설 무렵이었다.

쌀 세 가마도 아니고, 고작 보리 서 말이라니.

소년은 자신이 고작 보리 서 말의 가치밖에 안 된다는 게 서러웠다. 비록 자신의 처지가 심청이와는 달랐지만 내가 심청이보다 못한 게 뭔가, 하는 느닷없는 반발심이 생기기도 했다. 뭔가 크게 되고자 한 적은 없었다. 그러나 스스로가 못 견디게 불쌍했다. 박가네 둘째 가시내가 거지새끼라고 했을 때 그리 화가 나지 않았던 건 자신은 거지새끼가 아니라는 믿음이 있기 때문이었다. 그런데 보리 서 말이라니. 소년은 흐느꼈다. 자신은 거지새끼만도 못한, 거지 같은 자식으로 판명 난 것이었다.

그런 소년이 있었다고 치자. 아주 옛날부터 그리 오래되지 않은 과거까지 그런 소년은 어디에나 있었다. 그런 소년을 한 명쯤 더 떠올리는 것이 크게 문제 될 일은 아니었다. 그러나 뭐하러……. 나는 중얼거렸다. 이제 와서 그런 소년이 있었다고 치는 것이 무슨 의미가 있을까. 오래된 과거든, 이제 막 지나간 과거든 지금 여기와는 상관없는 일인데 말이다. 나는 나도 모르게 끙, 하고 소리를 냈다. 못마땅한 일을 떠올릴 때마다 내 의지와 상관없이 터져 나오는 감탄사가 마음에 들지 않아 다시 끙, 하고 소리를 냈다. 그 일을 떠올리는 것이 고통스럽게 느껴지던 시절은 지나갔다.

나는 일전에 해병전우회가 놓고 간 꽃놀이 일정표를 들여다보았다. 꽃놀이에 마음이 동한 건 아니었다. 다만 그가 놓고 간 걸 무심히 보다가 어떤 기억 하나를 떠올렸고, 옛날 생각을 잠깐 했던 것뿐이다. 경주라는 지명은 해마다 몇 번쯤은 듣게 되었지만, 들을 때마다 처음 듣는 것처럼 낯설었다. 마치 이곳이 아닌 북쪽 어느 대륙의 가장 구석진 곳에 있는, 쇠락한 술집 이름 같았다. 거미줄이 잔뜩 낀 대들보 속에서 흰개미들이 집을 짓는 게 하나도 이상하지 않고, 흙발로 술집을 찾은 농부들이 주름살 속에 표정을 묻은 채 말없이 독주를 들이키는 술집. 그러다 갑자기 폭삭 주저앉는다고 해도 하나도 이상할 것이 없는 그런 술집 말이다. 물론 나는 대륙은커녕 한강을 건너가본 적도 없었다. 어쩌면 세상 어디도 가본 적이 없을지 모른다.

물론 이건 거짓말이다. 거짓말은 내 오랜 말버릇이었다. 사람들은 자신과 상관없는 진실에는 귀 기울이지 않았다. 그보다는 자신에게 유리하거나 유익한 거짓말을 훨씬 더 좋아했다. 열두 살 이후, 내가 객지를 떠돌며 배운 것이 있다면 바로 그것이었다. 내가 거짓말을 시작한 건 살기 위해서였다. 잘 살기 위해서가 아니라, 말 그대로 살기 위해서. 내 거짓말의 처음은 졸리지 않는다거나 배고프지 않다, 혹은 힘들지 않다, 슬프지 않다, 같은 사소한 것들이었다. 졸리다거나 배고프다거나 힘들다거나 슬프다고 털어놓는 순간 매타작이 시작되거나 내쫓길 거라는 걸 아는 데에는 한두 달도 채 걸리지 않았으니까. 집을 떠난 열두 살 이후부터 쭉 거짓말을 해온 셈이었다. 누군가는 중독의 처음이 호기심이라고 했지만, 내가 생각하기에 중독의 또 다른 처음은 슬픔이다. 슬픔은 아무것도 돌보지 않는다. 중독은 한여름에 타들어가는 잎사귀의 잎맥처럼 모든 것이 말라버리기를, 그래서 아무것도 남지 않기를 바라는 하나의 방편이다. 오랫동안 몰랐지만 나도 그랬다. 배는 곯지 않았지만, 배가 고프지 않으니 기다렸다는 듯 슬픔이 밀려왔다. 잃어버린 것조차 잊어버릴까 봐 슬퍼서 울던 시절은 돌아오지 않았고, 대신 왜 살아야 하는지 알 수 없는 나날이 시작됐다. 경주는 그 슬픔이 시작된 곳이었다. 모든 고향의 운명이 그러하듯 나는 경주를 떠나는 순간 그곳을 그리워하게 되었고, 영영 잃어버렸다. 그리고 잊었다. 나는 해병전우회가 놓고 간 일정표를 구겨 마당으로 던졌다. 담장을 살폈지만, 참새 한 마리 없는 오후였다. 나는 마당을 가로질러 대문을 슬그머니 열었다가 닫았다.

광식이가 이 집에 발길을 끊은 지 벌써 닷새째였다. 줄에서 떨어진 그날 이후 광식이의 모습을 볼 수 없었다. 나는 뒷짐을 진 채 바닥에 굴러다니는 참치 통조림 깡통을 걷어차며 날짜를 꼽았다. 그리 높은 곳은 아니었지만 어쨌든 떨어진 건 떨어진 거였다. 그게 순전히 광식이의 의지였다고 해도 말리지 못한 내게 일말의 책임은 있었다. 마지막으로 헤어질 때 집으로 걸어가던 광식이의 뒷모습이 자꾸 떠올랐다. 앞니 한 개가 없는 것도 영 뒤숭숭했지만 그보다 여기저기 붉게 부풀어 오른 생채기 하며, 왼쪽인지 오른쪽인지 확실치 않지만 다리까지 조금 저는 것 같았던 게 어지간히 마음에 걸렸다. 나보다 동네 사정을 훨씬 잘 아는 해병전우회에게 물어볼까 생각도 했지만 괜히 소문만 키울 게 뻔했다. 내 집에서 광식이가 줄을 타다 바닥에 처박힌 걸 해병전우회가 알면, 또 한동안 동네 노인들의 입에 오르내리며 과장되거나 왜곡될 게 뻔했다. 소문은 원래 그런 거니까. 물론 소문이 두렵지는 않았다. 사실 내가 두려웠던 건 만약에라도 광식이에게 무슨 일이 생겼으면 어떻게 하나, 하는 것이었다.

당신에게도 아직 그런 인정이 남아 있소?

혹시 누군가 나에게 이렇게 물을 수도 있다. 할 일이 없어 세상 모든 일에 관심을 기울이고, 살아 있는 게 너무 좋아 어쩔 줄 모르다가 우연히 나에 대해 알게 된 사람이 있다면 말이다. 그럼 나는 대답 대신 실례를 무릅쓰고 되물을 것이다.

죽고 싶은 사람들이 왜 죽고 싶어 하는지 혹시 아십니까?

물론 사는 게 너무 좋은 사람들은 죽고 싶어 하는 사람들을 이해하기 어려울 것이다. 그건 죽고 싶은 사람들도 마찬가지다. 서로가 한 번

133

도 겪어본 적 없는 감정은 이해하느냐, 마느냐의 문제가 아니다. 분명한 건 배가 고프고 똥이 마렵고 춥고 덥고 밤이 오면 자고 아침에는 일어나는 기본적인 삶을 살면서도 죽고 싶은 사람들은 분명히 있을 것이고, 그 수는 점점 더 늘어날 거라는 사실이다. 물론 이런 부연 설명을 하는 건 구차하고 무의미하다. 그러니 나는 또다시 예의가 아닌 줄 알면서도 조용히 대꾸하겠지.

죄송하지만 입 좀 닥쳐주시겠소?

나는 선 채로 찬밥을 물에 말아 먹으며, 텔레비전 화면 속에서 전해지는 나들이 인파 행렬에 대한 소식과 환율의 오르내림이 경제에 미치는 영향과 그것이 코스닥을 어떻게 좌지우지하는지 친절하게 설명하는 증권맨의 얘기를 들었다. 물론 환율과 경제의 상관관계나 코스닥에 대해 나는 잘 모른다. 그저 아무런 판단도 하지 않을 수 있다면 아무래도 상관없다. 침묵이 싫을 뿐이다. 오늘은 더욱 그랬다. 스스로가 기대하는 게 뭔지도 모르면서 자주 마당을 내다봤다. 똥이 마려운 것도 아닌데 자꾸 집 안을 서성거렸다. 휴대전화를 만지작거리지는 않았다. 나는 그런 게 없으니까. 유선전화가 있기는 하지만 그게 어디 있는지조차 잊은 지 오래였다. 다시 말해, 나에게 전화할 사람은 아무도 없었다. 그저 하루가 길다고 중얼거리며 대문을 열었다. 해가 기우는 오후였다.

돌아다니는 걸 좋아하지는 않지만, 생각이 많을 때 걷는 것보다 더 좋은 건 없었다. 그걸 알게 된 건 마흔을 훌쩍 넘겨 고향에 다녀온 즈음이었다. 시외버스 정류장에서 삼십 년 넘게 점방을 했다는 아지매는 모르는 게 없었다. 그녀가 모르는 게 있다면 오래전에 고향을 떠나 다시는 돌아오지 않은 구포댁 장남이 나라는 사실이었다. 어머니는 이미 오래전에 세상을 떴다고 했다. 나는 막걸리를 마시며 내가 누군지 모르고 내게 어머니의 부고를 전하는 그녀의 말을 담담히 들었다. 짐작했던 일이지만 막상 확인하고 보니 뭐라 말하기 어려울 정도로 마음이 복잡했다. 회한과 슬픔과 체념과 외로움이 오래된 기억과 한데 엉켜 내 심장 속에 단단히 뿌리를 내리는 것 같았다. 핏줄 속으로 파고든 그 뿌리들이 나와 한 몸이 되는 것처럼 온몸이 아프고 쓰라렸다. 내가 자신의 품속을 떠난 날부터 평생 내 꿈에 얼씬조차 하지 않은 어머니였다. 한때는 세상에서 가장 가까운 사이였을 텐데, 도대체 누구의 잘못이었을까.

그즈음부터 꽤 오랜 시간을 무작정 걸었다. 일을 마치고 집으로 돌아오는 길에도, 문득 눈이 뜨인 새벽녘이나 한밤에도, 시간이 날 때마다 방향을 가리지 않고 닥치는 대로 걸었다. 심장에 뿌리를 내린 그 감정이 더 커지지 않도록, 그 감정이 나를 삼켜버리지 않도록 가능하면 아무 생각도 하지 않으려고 몸을 재게 놀렸다. 수없이 많은 상점과 거리와 동네와 언덕과 골목 사이를 헤매고 다녔다. 그렇게라도 세상을 확인하지 않으면 내가 사라져버릴 것 같았다. 그동안 골목마다 다른 세기의 바람이 불었다. 어제까지 있던 가게가 하룻밤 만에 없어지고, 불과 이십 초 만에 건물이 무너져 내리고, 하루아침에 다리가 붕괴되는 것을 보았다. 사라지는 건 언제나 찰나였다. 사라지는 것들이 늘 어날 때마다 너무 오래 걷고 있는 건 아닐까, 생각했다. 그래서 이번에는 뛰기 시작했다. 언제 어떻게 멈춰야 할지 몰라서 돌부리에 걸려 넘어지거나 다리가 꼬여 땅바닥에 뒹굴 때까지, 무작정 뛰었다. 그사이에 알게 된 게 있다면 삶은 절대로 단 한 발자국도 건너뛸 수 없다는 것이었다. 다시 말해 살아 있는 동안에는 견디듯 걷거나 달려야 했다. 그걸 피할 수 있는 방법은 죽음뿐이었다.

그 사실을 깨달은 순간, 나는 멈춰 섰다. 더 이상 한 발자국도 떼기가 싫었다. 뿐만 아니라 내가 걸어온 길이 까마득해서 도무지 어느 방향으로 뛰어야 돌아갈 수 있는 건지 알기가 어려웠다. 내가 지하철을 타기 위해 계단을 내려간 건 그 때문이었다. 철로만이 나를 나에게로 돌려보내줄 수 있을 것 같았다. 철로는 끝이 없으니까 막다른 곳에 다다를 염려도 없었다. 기껏 가봤자 이곳으로 다시 돌아오겠지, 라는 계산이었다. 실은 아무래도 괜찮았다. 걷거나 뛰지 않을 수만 있다면, 돌아가지 못한다고 해도 상관없었다. 엄밀하게 말하면, 나는 열두 살 이후로 돌아갈 곳을 가져본 적이 없었다.

내 두 번째 죽음은 그때 일어났다. 지하철역에서 심장이 멈춰 계단을 구를 때, 죽음이 나의 집은 아닐까 얼핏 생각했던 것도 그런 이유에서였다. 영영 죽었더라면 더할 나위 없었겠지만 불행히도 나는 깨어났고, 다시 깨어났을 때는 심장이 반쯤 죽어버린 상태였다.

이제 평생 조심하셔야 해요. 심장에는 너무 좋은 일도 해가 될 수 있으니까요. 퇴원하던 날 간호사 중 누군가가 말했다. 웃는 그녀를 따라 나도 웃었다. 속 모르는 사람들은 아마 살아난 게 좋아서 웃는 거라고 생각했을 것이다. 그러거나 말거나 나는 이제 정말 아무 감정 없이 살 수 있을 거 같았다. 내 심장에 기생하던 수없이 많은 감정들도 반쯤 죽어버렸거나 어쩌면 다 죽어버린 걸 테니까. 남은 인생은 죽은 것처럼 살 수도 있겠다 싶었다. 마음이 한결 가벼웠다.

뛰는 건 할 수 없지만 아직 걸을 수는 있다. 나는 약국에 들어갔다. 광식이 때문이었다. 그때 안티푸라민이라도 발라서 보냈더라면, 이렇게 찝찝하지는 않았을 거라는 데에 생각이 미친 것이었다. 약국은 유모차를 끌고 들어온 젊은 새댁들로 만원이었다. 환절기였다. 유모차에 앉은 아이들은 대부분 빽빽 울고 있었다. 출입 금지 구역에 들어온 것 같았다. 나는 시선 둘 곳을 몰라 눈을 내리깔다가 한 여자아이와 눈이 마주쳤다. 아주 잠깐이었다. 이미 콧물과 눈물로 범벅이 되어 있던 아이가 더 크게 울기 시작했다. 나는 뒤로 한 걸음 물러섰다. 벽에 진열되어 있던 반창고 상자들이 바닥에 떨어졌다. 그걸 주우려고 했을 뿐인데 이번에는 생리대 더미가 내 팔꿈치에 걸려 바닥에 흩어졌다. 사방에서 시선이 내게로 향하는 걸 느꼈지만 여기서 문을 열고 나간다면 더 우스운 꼴이 될 게 뻔했다. 나는 늙은이였다. 차라리 뻔뻔한 쪽

137

이 나왔다. 나는 몸을 움직이는 대신 의자에 앉았다. 새댁들이 다 나갈 때까지, 그래서 약사가 뭘 드릴까요 손님, 하고 나에게 말을 건넬 때까지 꼼짝하지 않기로 했다.

"들었어?"

"뭐? 뭐?"

"일 단지, 아이 얘기."

"아, 그거. 찾았대?"

"잡았대. 애는 못 찾았고."

"누구였대? 어떤 미친놈이."

"뭔데요? 무슨 일 있었어요?"

"여자애가 없어져서 동네가 발칵 뒤집혔던 거 모르세요?"

"언니, 이 언니는 작년 겨울에 이사 와서 몰라."

"그런 일이 있었어요? 아, 몰랐네."

"다들 집값 떨어질까 봐 쉬쉬하긴 하는데, 그런 일은 또 빨리 퍼지잖아요."

"어떤 놈인지, 번지수 잘못 찾은 거지. 일 단지면 임대 아파튼데, 거기 사는 사람이 무슨 돈이 있을 거라고."

"야, 요즘은 돈보다 다른 거 때문인 거 몰라?"

"미친놈들. 딸 키우는 게 너무 무서워."

"내 말이. 그래서 초등학교 문 잠갔잖아. 외부인 못 들어가게."

"그거 때문이야? 어쩐지 이상하다 했어."

"학교 안에서 그런 거래요?"

"그건 저도 잘 모르고요. 암튼 동네가 후지니까 별별 일을 다 봐요."

"그러게 말이야. 어떻게 사냐, 그 부모들."

"남자가 혼자 데리고 살던 아이라던데?"

"암튼, 동네가 후져서 그래."

"난 까맣게 몰랐네요. 진작 알았으면 여기로 안 왔을 건데."

"이제 와서 별수 있나요. 빨리 돈 벌어서 여길 빠져나가야죠 뭐. 자기도 빨리 딴 데로 이사 가."

새댁들은 자기 아이의 콧물을 닦아주고 어르면서 소곤거리고 킥킥거렸다. 그렇다고 약국 안에 있는 사람들이 못 들었을 리는 없었다. 눈치로 보아 알 만한 사람은 다 아는 사실인 모양이었다. 나만 까맣게 몰랐나 싶다가, 나만 모르는 일은 그 외에도 많을 거라는 생각을 했다. 별일이 다 일어나는 세상이었다. 어린애를 데려다 뭐 할 일이 있다고…… 전쟁터도 아닌데 전쟁터에서나 있을 법한 일이 사방에서 버젓이 일어났다. 전쟁은 원래 후진 동네와 후지지 않은 동네를 가리지 않는 법인데, 새댁들은 그걸 모르는 모양이었다. 그러나 내가 끼어들 자리가 아니었다.

"자, 할아버지. 뭘 드릴까요?"

약사가 나를 향해 웃으며 물었다. 나는 끙, 하는 소리와 함께 손바닥으로 무릎을 짚으며 일어섰다. 갑자기 내가 원하는 단어가 생각나지 않았다. 나는 당황했다.

"그거 주시오."

약사가 고개를 갸우뚱하며 나를 바라봤다.

"그게 뭘까요, 할아버지."

"그거 있잖소, 뚜껑에 간호사 그림이 그려진 연고 말이오."

"아, 안티푸라민이요?"

나는 안티푸라민과 빨간약을 주머니에 쑤셔 넣으며 약국을 나섰다. 세상은 아직 환했고, 길들은 사방으로 끝없이 달려가고 있었다. 그 길 위에서 배달 오토바이들이 달려왔고 사라졌다. 온갖 소음으로 동네가 소란스럽게 부풀어 오르는 것 같았다. 그 이유가 봄이라는 계절 때문인지, 저녁녘이라는 시간 때문인지 확실하지는 않았다. 나는 동네를 가로지르는, 큰길을 천천히 걸었다. 마을버스가 지나갔고, 아이들을 실은 학원 버스가 도로 양쪽에 정차해 있었고, 도복을 입은 아이들이 상가 건물 안에서 와르르 쏟아져 나왔고, 호객을 하는 슈퍼의 확성기 소리와 야단스러운 노래 사이로 어떤 이름을 부르는 목소리가 들렸다. 엄마가 자신의 아이를 부르는 것 같았다. 그 소리가 내 머리 위 어디쯤에서, 바닥을 향해 묵직하게 퍼졌다. 나는 멈춰 섰다. 고개를 들어 목소리가 들리는 쪽을 살폈다. 누군가 아파트 베란다 사이로 고개를 빼고 있는 게 보였다. 여자는 아이의 이름을 몇 번이나 되풀이해서 불렀고, 아이는 오래 대답이 없었다. 이름이라는 게 한없이 낯설었다. 나는 그 자리에 멈춰 서서 아이가 대답하길 기다렸다. 온갖 소리들이 한꺼번에 뒤섞여 들썩이는 저녁에 나는 사람이 사람을 부르는, 그 사소한 목소리에 오래 귀 기울였다. 왜인지는 알 수 없었지만 누군가를 부르는 그 짧고 간단한 소리가 내가 가장 듣고 싶었던 소리인 거 같았다. 텔레비전을 아무리 오래 틀어놔도, 아무리 오래 허공을 응시하고 있어도, 한자리에서 꼼짝 않고 밤낮이 바뀌는 것을 지켜봐도, 아무도 불러주지 않는 이름을 가진 나 또한, 누군가의 이름을 불러본 지 오래된 사람이었다. 미르가 죽고 나서, 광식이를 제외하고는 오랫동안 호명이라는 걸 해본 적이 없었다. 아무도 없다는 건, 그런 것이다. 불러줄 사람도 없고 부를 사람도 없다는 것. 물론 사는 데에는 지장이 없고, 살 수 있고, 살아 있다. 그러나 그게 무슨 의미가 있을까. 누군가 나에게, 그럼에도 불구하고 왜 사느냐고 물어본 적은 없지만 나는 늘 그런 질문을 받을까 봐 두려웠다. 평생 그 질문에 대답하기 위해 노력했지만 끝내 할 말을 찾지 못했다. 그 사실을 깨달을 때마다 나는 살아 있는 게 부끄러웠다. 휘적휘적 걷던 나는 걸음을 멈췄다. 도대체 나란 인간은 어디서부터 어떻게 잘못된 것일까.

나는 버스 정류장에 휴지통처럼 앉아, 한 무리의 사람들이 마을버스에서 내리는 걸 바라봤다. 같은 정류장에서 내렸지만 사방으로 뿔뿔이 흩어져 큰 건물 속으로, 길모퉁이 사이로, 근처 슈퍼 안으로 사라지는 사람들을 보고 있자니 나도 어디론가 가야 할 것 같았다. 나는 일어서서 왔던 길을 되걸었다. 몸을 아낄 생각은 없었다. 늙은이들이 늘 중얼거리는 것처럼, 죽으면 썩을 몸뚱이였다. 곧 걷는 것조차 힘

들어질 날이 다가올 것이었다. 큰길에 정차되어 있던 학원 버스들은
어디로 갔는지 한 대도 남아 있지 않았다. 확성기와 음악 소리는 아까
보다 조금 더 커졌지만 슈퍼 안은 한산했다. 도복을 입은 아이들도 다
집으로 돌아갔고, 어둑해진 길을 길고양이들이 빠르게 가로지르고 있
었다. 약국을 지날 때는 얼굴도 모르는 어떤 남자에 대해 생각했고, 그
남자의 아이에 대해 생각했고, 그래서 공연히 고개를 숙였다. 고개를
들었을 때는 하나둘 불이 켜진 창들이 공중으로 천천히 떠오르는 것
처럼 보였다. 좀 전까지 길거리를 지나다니거나 돌아오지 않는 아이
를 부르거나 버스에서 내린 사람들이 켠 불빛들일 것이었다. 이렇게
많은 창들에 각각의 임자가 있을 것이라고 생각하니 사방이 벌판이었
던, 그리 오래되지 않은 옛날이 아득했다. 모든 것이 너무 빨리 변하는
구나. 나는 소리 없이 중얼거렸다. 빠르게 변하는 세상에서 변하지 않
는 건 고물뿐이었다. 어디에라도 숨고 싶었다. 바삐 걷던 내가 걸음을
멈춘 건 집에 거의 다다랐을 무렵이었다. 대문 앞에 앉아 있던 검은
형상이 부스스 일어서는 게 보였다. 그럴 리는 없었지만 나는 물었다.
  "광식이냐?"
  검은 형상이 불빛 아래로 천천히 움직였다. 나는 급히 다가섰다. 광
식이였다. 가로등 불빛 때문인지 광식이의 얼굴은 창백하기 그지없었
다. 어딘가 많이 아팠던 사람처럼 휘청거리며 다가온 광식이가 말했다.
  "문 열어라, 문 열어."
  나는 광식이를 바라봤다. 무슨 일이 있던 게 분명했지만 뭘 어떻게

물어봐야 할지 난감했다. 그래서 그저 고개를 끄덕하고 광식이를 지나쳐 대문을 열었다.

그런데 왜, 담을 넘지 않았지?

숨소리도 없이 잠든 광식이 옆에서 막 잠에 빠지는 순간, 내 머릿속을 지나간 질문이었다. 열려 있는 대문 앞에서 광식이는 대체 얼마나 오래 나를, 기다렸던 걸까.

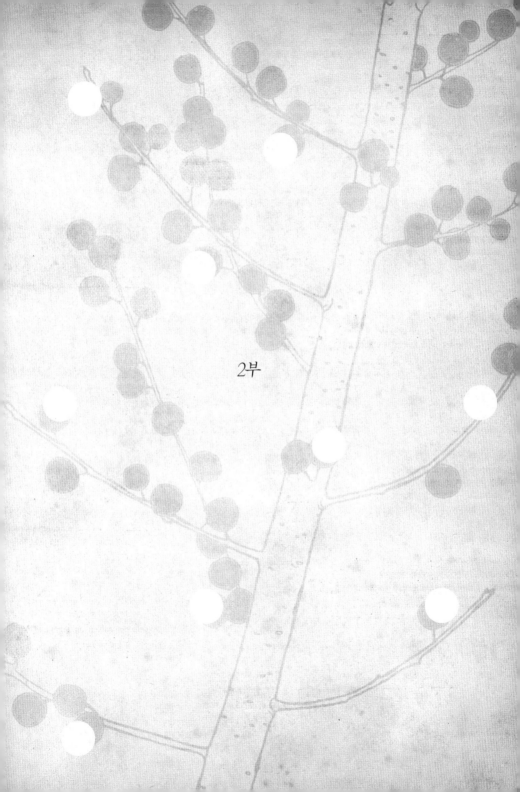

2부

1.

먼 곳에서 구급차가 사이렌을 울리며 지나간다. 한밤에 들리는 소리가 내 머릿속에서 자꾸 윙윙댄다. 귀를 막는다. 귀를 막아도 소리는 멀어지지 않는다. 여전히 가깝고도 먼 곳에서 불길한 소리들이 나를, 내 가슴을, 내 몸을 통과해 수없이 지나가고 돌아오기를 반복한다. 먼 길을 걸어 아빠의 잠을 지키기 위해, 아빠가 있는 곳으로 돌아왔다. 시간이 얼마나 지났는지 모른다. 많은 일들이 성긴 올처럼 드문드문 지나간다. 나는 땅속 어딘가에서 겨울잠을 자듯 잠들어 있었고, 잠든 동안에도 내내 집으로 돌아오고 있었고, 악몽 속에서 집으로 난 길을 찾고 있었다. 아이처럼, 늙은이처럼, 다 산 것처럼, 한 번도 살아보지 못한 것처럼 더듬거리며 끝없이 집으로 난 길을 찾았다.

밤새 숲에서 울던 새의 울음소리가 들리지 않는다. 다들 죽은 듯이 잠들었다. 나는 죽은 듯이, 라고 중얼거린다. 또 죽을 듯이, 라고 중얼거린다. 이 시간에 깨어 있는 건 나밖에 없을 텐데, 이상하다. 내 말소리가 들리지 않는다. 바람도 없는데 내 말들은 자꾸 흩어진다. 흩어진 말들이 허공에서 움직여 새로운 생각을 만드는 걸 나는 죽은 듯 누워 바라본다. 그건 사실이지만 거짓말이다. 고개를 흔든다. 더 이상 눈물은 흐르지 않는다. 다만 울다 잠든 것처럼 눈을 감고 다시 눈을 뜰 뿐이다. 아무렇게나 누워 헝클어진 머리카락 사이로 보이는 어둠을 쳐다보다가, 얼굴을 가렸다가, 울지 않기 위해 노력하다가 또 눈물을 삼킨다. 물속으로 가라앉듯 세상으로부터 멀어진다. 돌아오기를 반복하는 수밖에 없어. 나에게 말한다. 집중해. 내 안의 내가 말한다. 어떻게 여기까지 왔을까. 나는 나에게 묻는다. 입 밖으로 꺼낼 수 없는 말들이 나를 천천히 메운다. 돌아오는 내내 중얼거렸던 이야기를 끝없이 떠올린다. 그게 이 어둠을 견딜 수 있게 하는 유일한 힘이다. 기억해봐. 내가 나를 쓰다듬으며 속삭인다.

나는 작은 꽃잎처럼 햇빛 속을 날아다녔고, 빗방울처럼 대지 위를 굴러다녔다. 어떤 날은 노인의 외로운 꿈이 되었다가 노란 우산을 가진 아이의 잠 속을 지나기도 했다. 여기까지 오기 위해 나는 얼마나 많은 꿈과 잠을 지나왔을까. 그건 수없이 많은 잠에 대한 이야기이면서 단 하나의 꿈이다. 희미한 빛에 의지해서 달이 뜨고 별이 지는 걸

봤다. 예정된 시간의 운행을 따라 집으로 난 길을 찾기 위해 애썼다. 그 길에서 바람이 태어나는 소리를 들었고 또 한순간에 무너지는 세상을 보았다. 동쪽에서 불어온 바람이 서쪽의 절벽으로 떨어지는 걸 보며 울기도 했다. 그럴 때면 어디선가 뜨고 있을 해를 상상하며 내가 살았던 동네를 떠올렸고, 궤도를 따라 조금씩 몸을 바꾸는 달을 보며 이곳과 가까워지는 꿈을 꿨다. 길을 잃지 않기 위해 안간힘을 썼다. 씨앗들이 허공을 떠도는 계절에는 누군가의 소매 끝에 매달려 숲을 내려왔고, 누군가 버리고 간 신발 위를 지나는 동안에는 내 발자국을 더듬었다. 그사이에 많은 것들을 잃어버렸지만 결코 잊어버린 것은 아니었다. 아직 나는 하지 못한 말이 있었다.

결국 돌아왔잖아. 나는 나를 위로한다. 그게 나를 향해 돌아누운 아빠의 얼굴을 눈으로 더듬으며 내가 할 수 있는 이야기의 처음이자 끝이다. 아무도 모르지만 누구나 아는 이야기. 우리가 아는 이야기 속에서 다시 태어나는 또 다른 그 이야기에 대해 사람들은 알까.

나는 여전히 말도 하고 달리기도 하고 영복이와 말다툼도 한다. 죽었을 리 없다. 다만 악몽 속의 다른 악몽을 지나는 중이다. 무서운 건 그 때문이다. 무섭다고 중얼거리면서 손가락을 까딱거리고 발가락도 까딱거린다. 이렇게라도 하지 않으면, 영영 악몽 속에서 헤어 나올 수 없을 것 같다. 포기할 수는 없다. 나는 잠든 아빠의 발치에 앉아 내 손바닥을 들여다보며, 발목을 더듬으며, 얼굴을, 머리를, 가슴을, 배를 더

듣으며 내가 여기 있음을 자꾸 확인한다. 여전히 아빠를 닮아 안쪽으로 휜 새끼손가락을 가졌고 배꼽 옆에는 세 개의 점이 있고 무릎에는 동전 크기의 흉터가 있고 손톱 모양은 동글동글하고 가로로 길고 깊은 손금을 가진, 예전 그대로의 나다. 그런데 나는 과연 내가 맞을까. 모든 게 거짓말 같다. 나는 점점 나로부터 멀어지며 생각한다. 거짓말을 진짜라고 믿으면 진짜가 되는 거야. 멀어지는 내가 속삭인다. 선택을 해야 해…… 떠날 건지, 여기 남을 건지. 한 세계가 밝으면 한 세계가 사라진다. 그게 길 위에서 내가 깨달은 거다.

내 안에 숨은 길 위의 시간들, 시간의 내력들이 몸 밖으로 흘러나온다. 돌아오기 위해 내가 버린 것들을 떠올린다. 아빠 곁에 있기 위해서였다. 정신 차려. 내가 나에게 말한다. 잠든 아빠 곁에서 밤이 지나기를, 아침이 오기를 기다린다. 아빠가 나를 깨우며 다시 내 이름을 불러줄 때까지. 술래야, 라고. 술래야, 그만 일어나, 라고 나를 흔들 때까지.

나는 어느새 똑바로 누운 아빠의 팔에 얼굴을 대고 아빠의 숨소리에 귀 기울인다. 그 소리는 깊고 어둡다. 어둡고 따뜻하다. 따뜻하다고 생각하니 한숨이 흘러나온다. 아빠의 숨소리에 내 심장이 따라서 뛰는 것 같다.

"이렇게 있어도 돼요?"

나는 아빠의 팔에 볼을 댄 채로, 잠든 아빠에게 묻는다. 아빠가 푸푸, 크게 숨을 내쉰다. 몸이 푸푸, 울린다. 나는 아빠가 듣고 있기라도 한 것처럼 다시 속삭인다.

"여기 이대로, 계속 있어도 돼요?"

나는 두렵다. 어제까지만 해도 모르던 세계가 내 뒷덜미를 낚아챈 것 같아서 자꾸 몸을 꼼지락거린다. 이렇게 아빠 등에 붙어 해가 뜨고 밤이 오는 걸 보면서 살고 싶다. 처음 돌아온 날부터 내내 내 바람은 그게 전부다. 그러나 천천히 환해지는 창밖이, 머리맡 어디선가 들리는 노랫소리가 내게 어제 이전의 세계로 돌아갈 수 없다는 사실을 일깨운다. 기쁘지도, 슬프지도 않은 해가 뜬다.

해야 떠라. 해야 떠라. 말갛게 해야 솟아라. 고운 해야, 모든 어둠 먹고 앳된 얼굴 솟아라……. 휴대전화 알람이다. 가끔 아빠가 기분 좋을 때면 흥얼거리던, 나도 따라 부르던 노래다. 나는 아빠가 눈을 감은 채 팔을 뻗어 머리맡을 더듬는 걸 바라본다. 이로써 적어도 두 가지 사실은 분명하다. 여전히 나는 이곳에 있다는 것과 이곳이 아빠의 꿈속은 아니라는 사실이다. 하룻밤 사이에 나는 이 세상을 지나가는 여러 목소리를 들었고, 내가 지나온 세상의 여러 이야기를 기억해냈다. 누구나 알 수 있지만 누구도 알려고 하지 않는 그런 이야기에서 이제 막 빠져나온 거다. 나는 더 이상 열 살이 아닐지도 모르고, 영영 열 살인 채로 사라지게 될지도 모른다.

"술래야, 일어나. 일어나자."

잠이 덜 깬 아빠가 돌아누우며 웅얼거린다. 아빠 몸에서 달고 비린 살 냄새가 난다. 잠에도 냄새가 있다면, 나는 지금 그 냄새를 맡고 있는 거다. 나는 내가 하는 말을 듣는다. 납을 매단 것처럼 나는 자꾸 내 안으로 가라앉는다.

"아빠."

"응…… 일어나자."

"아빠."

"그래…… 일어날 거야."

"아빠."

"응, 그래, 이제 깼어."

"나는…… 도대체 뭘까요?"

눈을 감은 채로 기지개를 켜던 아빠가 움직임을 멈춘다. 창을 통해
들어오는 햇빛 때문에 아빠의 얼굴이 보이지 않는다. 나는 부스스 일
어나 빛이 닿지 않는 벽에 몸을 기댄다. 아빠와 나를 에워싼 침묵이
아침 햇볕에 까맣게 탄다. 나는 아직 내가 지나온 일들을 완벽하게 떠
올리거나 받아들일 수 없다. 그러나 내 의지와 상관없이 어떤 일이 일
어났고, 이해할 수 없는 이유로 돌아와서 아빠를 다시 만났고, 드디어
아빠의 이상한 행동들을 이해할 수 있게 된 거다. 나는 먼 곳을 바라
보듯 아빠가 내 앞으로 다가앉는 것을 바라본다. 아빠가 내 머리를 쓰
다듬고, 얼굴을 가린 머리카락을 귀 뒤로 넘겨주는 동안 내내 먼 곳을
바라보기만 한다. 아빠의 체온이 내 머리와 이마와 귀와 목덜미를 지
나간다. 무서운 꿈을 꿨니? 잠이 덜 깬 아빠가 속삭인다. 이상한 꿈이
었어요. 나는 허공에 대고 중얼거리듯 말한다. 그런 꿈은…… 아이들
을 자라게 한단다. 아빠가 다시 나에게 속삭인다. 거짓말이지만 진심

인 그 말들이 햇볕 아래서 반짝거린다. 아빠는 하룻밤 사이에 아주 조금 늙은 것 같다. 이상해요. 나는 눈을 감고 말한다. 왜, 햇볕이 까맣게 느껴지죠? 나란히 벽에 기댄 아빠가 대답한다. 눈부신 것들은 부끄러움이 많거든. 나는 여전히 눈을 감은 채로 아빠의 어깨에 기댄다. 어제까지 가능하다고 생각했던 세상이 하룻밤 사이에 무너졌다는 사실을 아직 믿을 수 없다. 그러나 믿어야 한다. 믿는 대로 세상은 움직이니까. 설령 그게 거짓말이라고 할지라도 나는 나를 의심하지 말아야 한다. 나는 죽지 않았다. 살기 위해서는 그렇게…… 믿는 수밖에 없다.

"미안해요, 아빠."

"뭐가?"

"다요."

"……어디 아프니?"

"이상한 꿈을 꿔서 그래요."

"깨우지 그랬어."

"……미안해요."

"뭐가."

"아빠가 기다리라고 했는데, 그때…… 제가 말을 안 들어서요."

"……."

"아빠가 한 말이 너무 늦게 떠올랐어요."

"정말…… 이상한 꿈을 꿨구나?"

아빠의 어깨에서 떨림이 느껴지고, 내 눈꺼풀 안으로 쏟아지는 햇빛은 점점 뜨거워진다. 무슨 말이라도 해야 한다. 슬프지 않은 꿈에 대한 얘기, 말이다.

"키가 크려고 그런가 봐요."

"……그래, 그렇구나."

"계단을 내려가는 꿈을 꿨어요, 어젯밤에."

"……부디 어디 멀리 가는 꿈만 꾸지 마, 술래야."

나는 그냥 앉아 있다. 그러나 애쓰는 마음들이 이명처럼 귓가에서 맴도는 것까지 모른 척할 수는 없다. 하룻밤 사이에 백 년을 지난 것 같다. 백 년 동안 죽었던 것처럼 세상은 고요하고 멀다. 아빠는 꼼짝도 하지 않고 무릎을 세운 채 벽에 기대앉아 창밖만 바라본다. 마법 같은 시간은 지났다. 마법은 그것이 마법인지 모를 때에만 효력을 갖는 거니까.

"그런데요, 여기가 어딘지 모르겠어요. ……바보 같아요, 내가."

"우리 집이야. 아빠 곁이고. 그리고 넌 세상에서 제일 똑똑한 딸이야."

"정말이죠?"

"그래."

"무서웠어요."

"……."

"지금도 무서워요."

"뭐가?"

"내가요. ……내가 꾼 꿈이요."

아빠의 어깨가 또다시 떨리는 게 느껴진다. 나는 아무것도 모른다. 그저 무서운 꿈을 꿨을 뿐이다. 그리고 아빠도…… 나와 같은 꿈을 꾼 거다.

"미안해, 술래야."

"나도요."

"아직 애긴데…… 미안하다, 딸아."

그 말이 무슨 뜻인지 다 알아듣는 나를 들키고 싶지 않아 나는 그냥 앉아 있다. 미안하다는 말에 대해 생각한다. 미안하다는 말은, 잘못했을 때나 쓰는 말이다. 아무리 생각해도 우리의 잘못이 뭔지는 잘 떠오르지 않는다. 나는 앞으로, 어떻게 해야 할까.

"아빠."

"……."

"내가 아빠 옆에 있는 거 맞죠?"

"그럼."

"계속 아빠 옆에 있는 거죠?"

"그럼."

"우린 계속, 쭉 같이 있는 거죠?"

"그럼."

아무 일도 없었지만 아빠는 나를 끌어안는다. 나를 끌어안은 아빠의 숨이 가쁘다. 나는 아빠의 품에서 열린 창문으로 햇빛이 하얗게 쏟아져 들어오는 걸 보고, 한 무리의 아이들이 떠들며 지나가는 소리를 들으며, 아빠의 몸이 흔들리는 걸 느낀다. 아빠는 지금 슬픈 모양이다. 살아 있다는 건 이런 거구나. 보고 듣고 느끼는 거. 보고 듣고 느낀다고 말하는 거. 그리고 몸을 떨며 슬퍼하고 숨을 몰아쉬며 울음을 참는 거. 나에게 그것들에 대해 말할 수 있는 자격이 있을까. 이상하지만, 나는 여전히 아빠의 심장이 두근거리는 소리가 들리고 그 소리가 따뜻하게 느껴진다. 당연한 일이면서 그건 정말 이상한 일이다. 거짓말도 진짜라고 믿으면 진짜가 될까. 간절히 바라면, 바라는 것이 이루어질까. 그러나 나는 왜 외롭다는 생각이 들까. 고향과 동생을 잃은 건 영복인데 왜 내가 자꾸 고아처럼 쓸쓸할까. 영복이는, 왜 내 앞에 나타난 걸까. 아니, 왜 나는 영복이에게 말을 걸었던 걸까. 우리는 왜, 서로를 보았던 걸까.

"영복아. 내가 진짜로 보여?"
"어째 말이 요상하다. 왜 기렇게 묻니?"
"나쁜 꿈을 꿨거든, 어제."
"얼마나 요상한 꿈을 꿨길래 기러는 거이니?"
"영복아."
"왜 기렇게…… 똑 부러지게 부르는 거이니?"
영복이는 잔뜩 긴장한 표정이다. 이렇게 겁이 많은 애가 어떻게 살던 곳을 떠나 여기까지 왔는지 정말 신기하다. 우리에게 나중이라는 것이 있다면, 영복이에게 꼭 물어봐야지. 어떻게, 여기까지 올 수 있었냐고. 나는 영복이에게 손을 내밀며 묻는다.

"손 한번 잡아봐도 되니?"

"……."

"악수하자고."

"이거이…… 도대체 왜 이러니?"

"친구니까 악수는 해도 되잖아."

나는 영복이를 빤히 쳐다본다. 잔뜩 주름이 잡힌 미간과 콧등에 송송 땀이 솟고 있다. 영복이는 마지못해 쭈뼛쭈뼛 내 손을 잡는다. 작고 거칠고 따뜻하고 축축한 손이다. 나는 마주 잡은 그 손을 가볍게 흔든다. 악수란, 원래 그렇게 하는 거니까.

"왜 기러는 거이니, 도대체."

"그냥, 궁금해서."

"……."

"네 손은 참 따뜻하구나."

"당연한 거 아이니?"

"그치? 그럼 내 손은 어때?"

아주 잠깐이지만, 영복이는 망설이는 거 같다. 겁만 많은 게 아니라, 거짓말도 잘 못하는 애다. 영복이는 발밑의 돌부리를 걷어차는 시늉을 하며 애써 내 시선을 피한다.

"왜 기렇게 당연한 걸 묻는 거이니?"

"말했잖아. 어제 나쁜 꿈을 꿨다고."

영복이가 고개를 갸웃거리며 나를 쳐다본다. 늘 우리가 만나는 놀이터에는 어제까지 없던 꽃들이 만발해 있다. 그것이 꽃이라는 걸 알 뿐, 그 꽃들 중 내가 아는 꽃은 하나도 없다. 나는 사방을 둘러본다. 담장 대신 심어놓은 작은 가지에 눈처럼 소복하게 핀 저 꽃은 뭐라고 부를까. 또 벚나무 밑에 심긴, 어제까지 보이지 않던 붉고 작은 꽃의 이름은 뭘까. 왜 영복이가 틈만 나면 손톱을 물어뜯는 걸 나는 몰랐을까. 어제까지 나는 뭘 보고 무슨 말을 했을까. 뒤늦게 궁금해진 세상이 궁금하고, 내가 그래도 되는 건지 몰라서 다시 무섭다. 나는 한동안 눈을 감는다. 다시 눈을 뜨면, 어제까지의 세상으로 되돌아가기를 간절히 바라지만 물론 그건 불가능할 것이다. 아마, 이 세상에는 그걸 표현할 수 있는 말은 없을 거다. 말은 살아 있는 사람들의 것이고 나는 돌아오며 많은 걸 잃어버렸으니까. 그건 우리 모두가 알고 있지만 입 밖으로 꺼내지 않는 비밀이다. 나는 여전히 잘 살고 있다. 끝난 이야기 속에서 아무도 모르게 다시 시작되는 이야기가 되어.

2.

광식이는 내내 잠만 잤다. 벌써 이틀째였다. 죽은 듯 잠든 것 같기도 하고 잠든 듯 죽은 것 같기도 해서 나는 그 곁을 떠날 수가 없었다. 이마를 짚어보거나 가슴에 귀를 기울여 심장 소리를 살피기도 했지만, 별다른 이상은 없어 보였다. 녀석은 그냥, 깨어나지 않을 뿐이었다.

자세한 사정까지는 다 알 수 없지만, 저물녘이면 알아서 꼬박꼬박 돌아가던 녀석이 저렇게 잠만 자는 건 무슨 내력이 있을 것이었다. 나는 애써 그렇게 생각했다. 그사이 피자 배달부가 왔다. 한 달에 두 번, 내 일상에 정기적으로 찾아오는 방문객이었다.

문밖에서 오토바이 엔진 소리가 나고 탕탕, 대문을 두 번 두드리면 나는 문을 열고 피자를 받고 도로 문을 닫았다. 지난겨울 갑작스럽게

내린 폭설 때문에 바퀴 달린 모든 것들이 운행을 멈췄던 딱 하루를
제외하면 벌써 일 년 넘게 반복된 일이었다. 물론 배달부와 나 사이에
는 어떤 유대도 생기지 않았다. 배달부는 한 번도 내 눈을 똑바로 쳐
다보지 않았고 그건 나도 마찬가지였다. 다만 매번 피자를 받을 때마
다, 아무리 대문을 두드려도 내가 문을 열지 않는 어느 날이 온다면,
그가 문을 밀고 들어와 죽은 내 몸뚱이를 발견해주길 간절히 바랄 뿐
이었다.

광식이도 나에게 바라는 일이 있다면 그런 게 아닐까. 나는 피자 상
자를 잠든 광식이 앞에 내려놓으며 생각했다. 아직도 따뜻한 피자와
광식이를 번갈아 보았다. 아무래도 먹을 마음이 생기지 않았다. 나는
상자 뚜껑을 닫고 밖으로 나왔다. 잠든 사람 곁에서는 마땅히 할 일이
없었다. 물론 밖으로 나와도 할 일이 없기는 마찬가지였다.

나는 늘 그렇듯 마당에 앉아 내가 버린 것들, 혹은 내 기억에 없는
것들이 낡고 녹슬어 늙어가는 걸 바라봤다. 그렇게 꼼짝하지 않고 있
으면 뭔가를 기록하는 사람의 심정이 되곤 했다. 계절의 변화는 바람
의 방향이 바뀌는 것에서부터 시작된다거나, 녹은 사물의 가장자리에
서부터 슬기 시작한다는 사소한 사실들이었지만, 기록은 시간을 성실
히 할애해야만 가능한 것이었다. 또한 시간을 절대로 앞서 갈 수 없는
사실들에 관한 것이기도 했다. 어떤 사실을 알게 된다는 건, 그 사실이
가진 시간을 통째로 안다는 말이었다. '안다'는 게 얼마나 무서운 말인
지를 알게 된 건 오래전 버스 안에서였다.

버스에 올라탄 외팔이는 다짜고짜 사람들에게 볼펜을 돌리기 시작했다. 자신의 일부를 전쟁터에서 잃어버리고 돌아온 사람들에게 변변한 보상조차 없어, 먹고살기 위해서는 구걸이라도 해야 하던 시절이었다. 그중 몇몇은 불특정 다수를 향해 분풀이를 하거나 거리로 나와 물건을 강매했다. 빈 바짓단이나 소맷자락을 펄럭이며 말이다. 나는 그가 팔을 잃은 지 얼마 되지 않았다는 걸 눈치챘다. 그의 표정이 매일 아침 거울을 통해 확인하는 내 얼굴과 비슷했다.

외팔이의 등장으로 버스 안은 순식간에 조용해졌다. 사람들은 경직된 표정으로 창밖을 바라보거나 고개를 숙이고 잠든 척했다. 누구랄 것도 없이 짜증으로 잔뜩 굳은 어깨를 하고 있었다. 나는 이쪽도, 저쪽도 아닌 심정이었다. 누가 뭐라고 한 것도 아닌데 자꾸 어깨가 움츠러들었다. 버스는 신경질적으로 달리기 시작했다. 그나마 남은 한 손에 볼펜을 잔뜩 쥔 외팔이는 위태로워 보였다. 두 다리에 바짝 힘을 주고 균형을 잡으려 애썼지만 달라지는 건 없었다. 외팔이는 내 예상대로 바닥에 나뒹굴었다. 그러나 그 모습을 본 사람들의 눈빛이 달라진 건 전혀 예상하지 못한 일이었다.

곧 내릴 것처럼 안내양 앞에 서 있던 남자가 갑자기 바닥에 누운 외팔이의 등을 걷어찼다. 나는 내 눈을 의심했다. 곧이어 약속이라도 한 것처럼 또 다른 사람이 외팔이를 밟았을 때는 입을 막았다. 순식간에 일어난 일이었다. 작정한 듯 누가 먼저랄 것도 없이 버스 안에 있던 대부분의 승객들이 한꺼번에 외팔이 주위로 모여들었다. 그들은 바닥에 누운 외팔이를 밟고, 걷어차고, 침을 뱉었다. 아무도 입을 여는 사람은 없었다. 사람들에 가려 보이지 않는 외팔이의 신음이 간간이 들려올 뿐이었다.

몇 개의 정류장을 지나친 버스가 마침내 멈춰 섰을 때, 사람들은 재빨리 자신의 매무새를 수습했다. 사람들은 조금 전 일에 대해서는 아무것도 모른다는 표정으로 각각 버스에서 내려 자신이 가야 할 곳을 향해 걸어갔다. 목격자는 버스 바닥에 여기저기 흩어진 볼펜뿐이었다. 한참 만에 겨우 몸을 일으킨 외팔이는 누구와도 눈을 마주치지 않았다. 짧은 순간이었지만 나는 그때 본 외팔이의 얼굴을 아직도 기억한다.

한쪽 입꼬리를 희미하게 들어 올린 외팔이의 눈은 광기로 번득였다. 그건 낙오된 자들만이 지을 수 있는 표정이었다. 낙오는 곧, 죽음이다. 정글을 지날 때면 소대장은 입버릇처럼 소리쳤다. 전쟁이 한창인 곳을 지나온 사람이라면 누구나 다 아는 사실이었다. 낙오병은 차라리 죽는 게 낫다는 걸 말이다. 그 사실을 내가 아는 것처럼, 외팔이 또한 아는 게 분명했다. 우리는 너무 비싼 대가를 치르고, 몰라도 좋을 것들을 알게 된 사람들이었다.

내가 맞은 것도 아닌데 온몸이 아프고 식은땀이 흘렀다. 나는 버스의 맨 뒷자리에서 가능한 한 어깨를 움츠리고 몸을 만 채 앓았다. 낙오되지 않기 위해 창자를 쏟고도 살아서 돌아왔는데, 결국 이곳에서 나를 기다리는 것도 낙오뿐이라는 사실에 뼈가 저렸다.

그 후 이따금 외팔이는 내가 되어 내 꿈속에 나타났다. 나는 꿈속에서 외팔인 나의 등을 걷어차고 나를 짓밟았으며, 광기로 번뜩이는 얼굴을 향해 침을 뱉었다. 그러다 나는 칼을 꺼내 외팔인 나의 배를 갈랐고, 한 팔로 바닥에 쏟아진 내장을 배 속에 주워 담으며 울었다. 제발 죽여달라고, 나에게 애원했다. 나와 외팔이가 한 몸이 되어 벌이는 싸움은 끔찍했다. 그런 밤을 지난 아침이면, 내가 도대체 왜 이러는지 알지 못해 답답했다. 좁은 계단이나 햇빛이 들지 않는 공간에 들어설 때마다 죽을 것처럼 괴로웠고, 길거리를 지나다가도 사소한 소리에 놀라 귀를 막고 주저앉는 횟수가 점점 빈번해졌다. 꿈에서 그랬던 것처럼 차라리 죽었으면 좋겠다는 생각을 하기 시작한 것도 그즈음이었다. 그 와중에 내가 타자기를 훔친 건, 순전히 우연이었다.

민방위 훈련이 있는 날도 아닌데 멀쩡하던 하늘 끝에서 갑자기 전투기가 치솟았고, 공습경보가 도시 전체에 울렸다. 길을 가던 사람들도 영문을 몰라 우왕좌왕했고, 그런 사람들의 머리 위에서 전투기들이 굉음을 내며 날아다녔다. 공포가 밀려왔다. 전쟁은 아주 오래전에 끝났지만, 나는 여전히 혼자 전쟁 중이었다. 숨을 곳이 필요했다. 귀를 막고 뛰기 시작했다. 그러다가 한 건물의 뒤쪽에 세워진 짐차를 보았다. 책상과 의자, 사무용품들이 어지럽게 널려 있을 뿐 사람은 보이지 않았다. 나는 그 짐차 뒤에서 귀를 막고 눈을 감은 채 몸을 떨었다. 피비린내와 화약 냄새가 머릿속에서 자욱했다. 숨을 쉬기가 어려웠다. 바닥에 쏟아진 내 내장에서 모락모락 솟아오르던 핏빛 아지랑이가,

환영처럼 눈 속을 떠돌았다.

그곳에 얼마나 오래 앉아 있었는지는 정확히 알 수 없다. 다만, 내가 그 자리에서 일어선 건 눈앞의 타자기 때문이었다. 매끈한 몸체가 실낱같은 가을 햇빛에 반짝거렸다. 그것의 용도에 대해서는 알고 있었지만 실체를 본 건 그때가 처음이었다. 나는 다가갔다. 검은 자판에 선명하게 박힌 자음과 모음들이, 어쩌면 나를 구원할 수 있을 것만 같았다. 내 머릿속을 떠도는 무시무시한 말들을 입 밖으로 꺼낼 수 있다면, 내가 느끼는 두려움과 답답함을 기록할 수 있다면, 어쩌면 무리 속으로 돌아갈 수 있을 거라는 생각이 들었다. 처음부터 훔칠 생각이었던 건 아니지만, 정신을 차렸을 때는 이미 타자기를 어깨에 짊어진 채 뛰고 있었다. 내 생애 최초의 도둑질이었다.

나는 오랫동안 별 가책도 없이 그걸 방구석에 놓아두고 바라보았다. 밥을 먹을 때도, 잠들 때도, 참혹한 기분으로 아침에 눈을 떴을 때도, 오랫동안 걷다가 마침내 돌아왔을 때도 타자기는 거기에 있었다. 나는 그걸 쳐다보며 할 말을 떠올렸고, 머릿속에서 기억을 옮겨 적었다가 지우고 다시 쓰기를 반복했다.

불현듯 나는 벌떡 일어났다. 타자기를 사용한 기억이 없는 것과 마찬가지로 그것을 버린 기억도 없었다. 분명 집 안 어딘가에서 낡아가고 있을 것이었다. 그리고 오랫동안 열지 않은 벽장 구석의 이불 더미 밑에서 타자기를 발견했다. 광식이가 유령처럼 부스스 방문을 열고 걸어 나온 건 그 옛날에 그걸 들고 어떻게 뛰었나 생각하며 타자기를 바닥에 내려놓았을 때였다. 안도와 반가움이 동시에 밀려와서 부러 무뚝뚝하게 말을 건넸다.

"잘 잤냐?"

"아름답다. 아름다워."

광식이는 멍하니 내 어깨 너머를 쳐다보며 입을 열었다. 이틀 내내 잠만 자다가 일어나 처음으로 하는 말치곤 뜬금없었다. 나는 아직 잠이 덜 깬 건가 싶어 광식이를 살펴보았다. 안색은 여전히 창백했지만, 표정은 이틀 전 대문 앞에서 마주쳤을 때보다 훨씬 편안해 보였다.

"뭐라고?"

"아름다워. 아름답다."

하아, 나는 짧게 한숨을 토했다. 늙은이의 입을 통해 흘러나오는 아름답다는 말을 듣는 늙은이의 기분을 어떻게 표현하면 좋을까. 그건 젊은이의 말투를 흉내 내는 노인의 그것처럼, 어색하고 경망스럽게 들렸다. 아름답다니. 광식이나 나나 평생 아름답다는 말을 한 번이라도 제대로 써봤을까. 모르긴 몰라도 기껏해야 예쁘다는 말이나 몇 번 써본 게 전부일 것이었다. 아름답다는 말은 그렇게 쉽게 할 수 있는 말이 아니었으니까 말이다. 내가 생각하기에 아름답다, 라는 단어는 좀처럼 입에 올리기 어려운, 현실과는 동떨어진 말이었다.

"잘 자고 일어나서 그게 무슨 말이냐."

"인생이…… 아름다워. 아름답다."

나는 타자기는 잠시 잊고 광식이에게로 다가섰다. 아무래도 광식이는 이상했다. 물론 갑자기 세상이 아름다워 보일 순 있었다. 그러나 자고 일어난 직후에 아름답다는 말을 몇 번씩이나 소리 내어 중얼거리는 노인은 아무리 생각해도 정상이 아니었다. 나는 주위를 둘러보았다. 여기는 도저히 아름답다는 말을 떠올릴 만한 곳이 아니었다.

"너 혹시 어디 아프냐?"

나는 광식이의 이마를 짚어보고 손바닥을 쓸어보았다. 이마는 서늘했고 손은 건조했다.

"혹시 지금 머리가 아프거나 토할 거 같지 않으냐? 여기가 어딘지 알겠어?"

지난번 일로 아직 찜찜하기도 했고, 너무 찬 바닥에서 오래 잔 게 아닌가 싶었다. 이러다가 쓰러지기라도 하면 어떻게 하나, 더럭 겁이 났다. 그러나 광식이는 내 말을 못 들은 척, 타자기 앞에 쭈그리고 앉아서 이게 뭐냐고 묻는 듯이 나를 쳐다볼 따름이었다. 하아, 나는 다시 한숨을 쉬었다. 처음부터 예상했지만 좀처럼 익숙해지지 않는 상황이 되풀이되고 있었다. 시시콜콜 따져 묻고 싶지는 않았지만 그렇다고 아무것도 묻지 않을 수도 없는, 그야말로 난감한 상황이었다. 나는 광식이를 한참 바라봤다. 광식이도 그 나이만큼 탁한 눈동자로, 아무것도 모른다는 듯이 나를 올려다봤다.

"아주 오래전에 훔친 거다."

굳이 그 말을 할 필요는 없었지만, 누군가에게 한 번쯤은 털어놓고 싶었다. 별 거리낌은 없었다. 누구라도 만약 나에게 타자기에 대해 물어봤다면, 나는 사실대로 털어놓았을 것이다. 마치 내가 가져가주길 바라는 것처럼 거기 있었던 그 물건과 나에 대해 말이다. 그러나 오랫동안 내가 가진 사물에 관심을 가질 만큼 나를 자세히 알고 싶어 하는 사람은 없었다.

"하필 그게 너냐?"

나는 혼잣말처럼 내뱉었지만, 광식이는 내 말에 별다른 대꾸 없이 눈을 끔벅거릴 뿐이었다. 광식이의 침묵은 그게 뭐 어쨌다는 거냐고 말하는 것 같기도 했고, 왜 그런 짓을 했느냐고 나를 추궁하는 것 같기도 했다. 나는 광식이 옆에 주저앉아 타자기를 손으로 쓸어보았다. 썩는 물건이었다면 진작 썩어버렸을, 오랫동안 침묵 속에 방치되어 있던 것이었다.

"너는 어쩌자고, 저 담을 넘어왔을까."

무슨 말부터 해야 할지를 잠시 고민하다가, 결국 그렇게 말했다. 털어놓는다고 달라지는 것은 없었다. 말을 하고 나면 온 세월 동안 끌어안고 살던 시간의 무게가 조금은 가벼워질지도 몰랐지만, 그렇다고 광식이의 말대로 세상이 아름다워질 리는 없었다. 어쩌면 아름답다는 말은 이 세상에 없는 말인지도 몰랐다. 가끔 한없는 회한에 잠기는 건 죽음이 가까워지는 늙은이의 일반적인 감상에 불과했다. 세상은 지루하거나 추한 곳이었다. 나는 광식이에게 물었다.

"피자나 먹을 테냐?"

광식이는 여전히 내 말은 못 들은 척, 타자기를 더듬더니 검지로 자판을 꾹꾹 눌렀다. 그러고는 금속 봉이 튀어 오르는 게 신기했는지, 다시 누르고 또 누르기를 반복했다. 신기하기는 나도 마찬가지였다. 오랫동안 그걸 가지고 있었고 그 용도에 대해서 알고 있었지만, 어떻게 쓰는지는 몰랐기 때문이다. 글자들이 튀어 오르다니. 아무것도 아닌데 이상하게 가슴이 두근두근 뛰었다.

3.

"영복아."

"응."

"다른 사람들은 어떻게 살까?"

"글쎄."

"엄마도 있고, 아빠도 있고, 누구와도 헤어져본 기억이 없는 아이들은 무슨 생각을 하며 살까?"

보이지 않던 세상이 갑자기 모습을 드러낸 것처럼, 어제까지는 궁금하지 않던 것들이 갑자기 참을 수 없이 궁금하다. 내 또래 아이들의 오늘 저녁 반찬은 뭔지, 어떤 하루를 보냈는지, 어떤 꿈을 꾸는지, 어떤 사람이 되고 싶은지, 그래서 그들은 과연 꿈을 이루게 되는지와 같은 것들. 어제까지는 관심도 없던 낯선 삶들이 한꺼번에 수많은 질문으로 되돌아오는 건 아마 내가 새로 시작되어야 하는 이야기이기 때문일 것이다. 그리고 나는 그 이유를 알고 싶은 거다.

"사는 게 뭐 별거겠니. 먹고 싶은 거 배부르게 먹고, 자고 그런 거지."

"너한테는 그게 사는 이유야?"

"꼭 그렇지는 않다."

"그럼 넌 꿈이 뭐야?"

내 질문에 영복이는 우물쭈물 말이 없다. 나는 영복이에게 왜 고향 산천을 버리고 여기까지 왔는지 묻는다. 뭘 버린다는 게, 말처럼 쉽지 않으리라는 생각이 들었기 때문이다. 일주일에 한 번, 재활용 쓰레기를 버리는 날이면 아빠와 나는 그동안 모은 쓰레기를 함께 버리곤 했는데, 그때마다 아빠는 이렇게 말했다.

"함부로 버릴 수 있는 건 생각보다 많지 않단다."

아빠는 그게 기억의 힘이라고 말했다. 어떤 물건을 갖게 되면, 그 물건에 딸린 기억까지 함께 갖게 된다는 거였다. 그래서 내가 세 살 때 처음 그린 그림도, 생애 처음 썼던 편지도, 이제는 너무 유치해서 도저히 가지고 놀 수 없는 장난감도, 모두 소중하다고 했다. 나는 다 알아듣는 척 고개를 끄덕였지만, 그건 사실 어려운 말이었다. 물건에 기억이 깃든다는 말을 이해할 수 있는 아이는 많지 않을 거니까. 그러나 그 알쏭달쏭한 말은 퍽 근사하게 들렸다.

실제로 아빠는 뭐든 버리는 법이 없었다. 내가 놀이방에서 만들어 처음 아빠의 가슴에 달아줬던 종이 카네이션도, 삐뚤삐뚤한 글씨로 적은 생일 카드도, 흔들면 방울 소리가 나는 작은 딸랑이도, 오래된 편지들도, 모두 종이 상자 안에 차곡차곡 쌓여 있는 걸 본 적이 있다. 아빠의 그 상자 안에는 성냥갑도 들어 있었고, 오래된 휴대전화도 들어 있었고, 필름 뭉치와 조개, 돌멩이, 휘갈겨 쓴 메모지와 리본, 종이 포장지 따위도 들어 있었다. 그건 말하자면, 기억의 상자 같은 거다. 나는 의자에서 벌떡 일어난다. 내 행동에 놀란 영복이도 덩달아 일어난다.

"그거!"

"뭐?"

"아빠의 상자."

"그게 뭔데?"

"어쩌면 그 안에 다 들어 있을지도 몰라."

영복이가 푹 한숨을 쉬며 묻는다.

"그 안에 뭐가 들어 있느냐, 그 말이다."

"전부 다."

나는 놀이터를 빠져나와 집을 향해 걷기 시작한다. 더 묻기를 포기한 영복이가 고개를 설레설레 흔들며, 나를 따라온다. 아빠의 상자를 찾을 생각에 마음이 급하다. 문이 열려 있든 말든, 남의 집을 기웃거리는 일 따위는 절대로 할 생각이 없다. 그러나 나는, 멈춰 선다. 문 때문이다. 아파트 단지 가장자리에, 어제까지는 그냥 담벼락이기만 했던 높은 담장 끝에 초록색 대문이 나 있다. 어제까지 보이지 않던 그 문이 흔들린다. 바람도 없는데 문은 스르륵 닫혔다가 열리기를 반복한다. 마치 손을 흔드는 것처럼.

"왜 기러니?"

"저 문."

내가 손으로 문을 가리키자 영복이가 잔뜩 겁먹은 표정으로 말한다.

"문이 왜? 문에 뭐가 보이니?"

"그런 게 아니라 저 문, 언제부터 저기 있었어?"

"저 문이 왜?"

"처음 보는 거 같아서."

"처음부터 저기 있었는데."

"처음부터?"

"응. 처음부터."

나는 처음부터 거기 있었다는 문 쪽으로 다가간다. 왜 처음이라는 말이 이상하게 들릴까. 그리고 처음부터 있었다는 문이 왜 이제야 내게 보인 것일까.

"가까이 가지 마."

영복이가 등 뒤에서 말한다.

"왜?"

"주인이 고약하다."

"봤어?"

"응."

"무서워?"

"응."

영복이는 처음 보는 사람이면 누구든 무조건 무서워하는 애다. 어떨 때는 이제 막 걸음마를 배우는 아이도 무서워하는 것 같다. 그러니 영복이의 말이 사실일지라도, 어쩌면 진짜는 아닐지도 모른다. 나는 그 문 너머에 뭐가 있는지 궁금하다. 물론 그 집에 함부로 들어갈 생각은 없다. 다만, 열려 있는 대문 안을 살짝 구경만 할 생각이다.

"술래야."

목소리를 낮춘 영복이가 자꾸 뒤에서 나를 부른다.

"걱정 마. 보기만 할 거야."

뒤돌아보며 나도 따라 목소리를 낮춘다. 아니, 나는 그럴 필요가 없다. 내가 그 사실을 상기시키고 나서도 영복이는 겁먹은 표정을 거두지 않는다. 그 문 너머에 뭐가 있는지 알고 싶다. 모든 일에는 이유가 있다. 그게 꽃이든, 사람이든, 고양이든, 시간이든, 문이든…… 안 보이던 것들이 보이는 건 내가 달라졌기 때문이다.

초록색 대문은 여기저기 칠이 벗겨지고 녹물이 흘러내려 지저분하다. 나는 조심스럽게 고개를 빼고 안쪽을 들여다보며 영복이에게 문 안의 사정에 대해 말한다.

"사람은 안 사는 거 같아."

마치 고물을 한데 모아 쌓아두는 창고처럼 보인다. 나는 고개를 돌려 영복이 쪽을 흘긋 쳐다본다. 멀찌감치 떨어진 채 서 있는 영복이는 가까이 올 생각이 전혀 없는 듯하다. 겁쟁이, 나는 속으로 중얼거린다.

"아, 저 에미나이가."

탄식처럼 중얼거리는 영복이의 말은 아무래도 욕이 틀림없는 거 같지만, 지금은 내 사정이 우선이다. 기어이 마당으로 들어선 나는 놀란 입을 다물지 못한다. 한눈에도 수명을 다한 듯 보이는 물건들이 작은 동산을 이루고 있다. 문짝이 떨어져 나간 냉장고와 바퀴가 찌그러진 자전거, 서랍이 없는 서랍장, 오래된 세탁기, 전구가 없는 등, 모서리가 깨진 욕조, 변기, 책과 신문, 라면 봉지……. 눈앞에 쌓인 그것들의 이름을 일일이 늘어놓기에는 내가 가진 말이 턱없이 부족하다. 아빠가 말한 대로 모든 물건에 나름의 기억이 깃들어 있는 것이라면, 이 물건들의 주인은 기억이 많은 사람임이 분명하다. 얼핏 버려진 물건처럼 보이지만, 나는 어쩐지 그것들이 차마 버려지지 못하고 거기 있는 것처럼 여겨진다. 그중 내 관심을 끈 건, 여러 개의 동그란 버튼이 달린 네모난 기계다. 그 동그란 버튼에는 글자가 박혀 있는데, 그 글자라는 게 완전한 모양이 아니라 글자를 만들기 위한 글자처럼 보인다. 다른 것들은 뒤죽박죽 엉켜 있는 데 비해, 그 기계는 좀 전까지 누군가 쓰다가 고이 놓아둔 것처럼 말짱하다. 그건 마치 그곳을 지키는 것 같다. 아주 먼, 옛날 같은 곳이다. 고물들 속에, 버려진 의자처럼 앉아 있던 할아버지도 그래 보인다. 내가 있다는 걸 아는지 모르는지 미동이 없다. 그저 주위에 쌓인 고물들처럼, 고물의 일부처럼, 멍하니 눈앞을 응시할 뿐이다. 냉장고와 자전거 사이를 지나, 욕조와 서랍장을 넘어, 할아버지에게로 걸어간다. 할아버지가 나를 부르는 것 같다. 이리 오라는 듯, 내 쪽을 향해 팔을 뻗었기 때문이다.

"저, 말이에요?"

나는 큰 소리로 묻는다. 그렇게 바보 같은 질문을 하게 될 날이 올 줄은 꿈에도 몰랐지만, 묻지 않을 수가 없다. 나를 향해 손을 뻗는 사람에게 달리 뭐라 물을 수 있을까.

"미안하다."

할아버지가 말한다. 밑도 끝도 없는 그 말은 분명히 나를 향한 말이 아닐 거다. 우리는 처음 만난 사이니까. 할아버지는 다만 나쁜 꿈을 꾸고 있는 것 같다. 그 악몽을 깨울 도리는 없다. 악몽도, 산 사람의 일이니까.

"미안해."

주름 때문일까. 표정이 잘 보이지 않는다. 바람이 부는데도 할아버지는 자꾸 땀을 흘린다. 눈물 같기도 하다.

"그만…… 데려가주렴."

할아버지가 왜 미안하다고 하는 건지, 누구에게 하는 말인지, 어디로 가고 싶은 건지, 왜 거기 앉아 우는 건지, 나는 알 수 없다. 그런데도 어쩐지 큰 비밀을 알게 된 것처럼 마음이 무겁다. 눈물은 쉽게 전염되는 모양이다. 내 눈에서도 눈물이 자꾸 흐른다. 영문을 모를 시간이 내 몸속에 들어와 제멋대로 흘러간다. 나도 모르는 내가 할아버지의 뺨에 손을 가져다 댄다. 등 뒤에서 대문은 여전히 저 혼자 스르륵 열렸다가 닫히기를 반복한다. 아무도 모르는 하루가 또 지나간다.

4.

우리는 늙은 고양이마냥 햇빛이 쏟아지는 창가에서 이마를 맞대고 앉아 있었다. 타자기의 자판을 하나씩 누르고, 금속 봉이 튀어 올랐다가 제자리로 돌아가는 걸 바라보는 중이었다. 광식이의 입가에서 침이 흘러 앞섶에 떨어졌다. 노년의 삶이란 뭔가를 흘리고 빠뜨리고 잊어버리는 시간이었다. 나는 ㅇ을 누르며 광식이에게 말을 걸었다.

"광식아."

"……."

"집에 안 가냐? 벌써 이틀쨌데 아들이 걱정할라."

광식이가 히히, 소리 내어 웃으며 ㅜ를 눌렀다. 이가 빠진 자리에서 바람 소리가 들리는 것 같았다.

광식이는 내가 묻는 말에 그저 웃거나, 창밖을 멍하니 바라보다가 다시 잠들기만을 반복했다. 그사이 광식이가 한 말이라고는 아름답다, 라는 말뿐이었다. 나는 어떻게 해야 좋을지 판단이 서질 않았다. 계속 이렇게 녀석을 두고 보기만 할 수도 없고 그렇다고 쫓아낼 수도 없는 노릇이었다. 나는 곤히 잠든 광식이의 뒷모습을 바라보며 해병전우회를 찾아가봐야 할지, 녀석의 집으로 찾아가야 할지에 대해 생각했고 오래 망설였다.

집을 나선 건, 그림자가 늘어지는 오후 무렵이었다. 어쨌거나 광식이의 보호자는 녀석의 아들이었다. 아들의 허락 없이 내가 임의로 뭔가 행동을 해서는 안 될 것 같았다. 나로서는 해병전우회를 상대하는 게 한결 편했지만, 해병전우회가 광식이의 가족은 아니었다. 무엇보다 해병전우회는, 광식이의 상태에 별 도움이 되지 않을 것이 뻔했다.

나는 아파트 경비실을 지나 건물들에 둘러싸인 놀이터를 지나쳤다. 널찍하긴 하지만 모래밭에 달랑 미끄럼틀과 그네 하나가 전부라 놀이터라고 하기에는 놀 것이 거의 없는, 초라한 곳이었다. 전과 달라진 게 없었다. 그네는 한쪽 줄이 떨어져 있었고, 모래밭에는 여기저기 개똥이 보였다. 나는 쯧쯧, 소리 나게 혀를 찼다. 일 년 전 광식이를 따라왔을 때나 지금이나 이곳은 놀이터를 가장한 애완동물들의 화장실쯤으로 보였다. 그나마 내가 기억하는 건 거기까지였다. 광식이의 집을 찾을 수 없었다.

나는 당황했다. 몇 번이나 15층 복도를 오락가락했다. 집집이 창문도, 현관문도 모두 똑같았다. 딱 한 번 광식이를 따라와본 적이 있는 나에게는 그 집이 그 집 같고, 이 집인가 싶다가 또 아닌 것 같기도 했다. 식별 가능한 것이라고는 각각의 문마다 붙어 있는 플라스틱 숫자판뿐이었는데, 그마저도 내게는 별 도움이 되지 않았다. 아파트라는 게 정확한 동과 호수를 모르면 자신이 가고자 하는 집을 제대로 찾아가기 어려운 구조라는 걸, 나는 뒤늦게 깨달았다. 한참을 고민한 끝에, 문에 십자가 표식이 붙어 있는 집은 제외하기로 했다. 광식이나 광식이의 아들 지현이가 종교와 전혀 상관없는 사람들일 거라는, 내 나름의 근거 없는 판단이었다. 15층에 사는 열두 가구 중 문에 아무런 표식이 없는 집은 총 여섯 집이었다. 한 층에 이렇게 많은 사람들이 살다니. 도대체 어떻게 생겨먹은 구조이기에 그게 가능한가 싶었다. 광식이의 집을 찾을 수 있을 거라는 실낱같은 확신도 점점 희미해졌다.

여섯 개의 문을 제외하고 남은 여섯 개의 문도 마찬가지였다. 하나같이 똑같았다. 여기까지 와서 아무것도 하지 못하고 그냥 돌아가야하나, 다시 망설였다. 어떤 희망이 있던 것은 아니지만, 이렇게 아무것도 하지 못한 채 돌아가게 될지도 몰랐다. 15층 복도에서 내가 마지막으로 할 수 있는 일은 여섯 개의 문을 두드려보는 것이었다. 그중 다섯은 빈집이었다. 마지막 문 안쪽에서 인기척이 들렸을 때, 나는 나도모르게 안도의 한숨을 쉬었다. 비록 그 집이 광식이가 사는 집은 아니더라도 광식이의 집을 가르쳐줄 수 있을 거라는 기대 때문이었다. 그러나 문은 열리지 않았고, 대신 갓난아이의 울음소리만 문 사이로 새어 나왔다. 나는 다시 문을 두드리며 말했다.

"말 좀 물읍시다."

내 말이 채 끝나기도 전에 신경질적인 여자의 목소리가 들려왔다.

"누구세요?"

"집을 찾는데, 좀 물읍시다."

"몰라요, 몰라."

"아니, 이 층에 사는 사람을 하나 찾는데."

"아, 모른다니까요. 문은 왜 두드리고 난리람. 짜증 나게."

"……"

"가세요, 가."

"……"

무안했다. 여자의 말투로 보아 내가 뭘 크게 잘못한 것 같았다. 그러나 내 잘못이 뭔지는 끝내 알 수 없었다. 나는 완강하게 닫힌 문을 바라보며 내가 할 수 있는 일이 없다는 걸 알았다. 누군가를 아는 일만큼 어려운 게 누군가를 찾는 일이었다. 결국 나는 엘리베이터를 타고 내려와 뒷짐을 진 채 터덜터덜 놀이터를 가로질렀고, 경비실 문 앞 의자에 앉아 졸고 있는 경비원을 지나쳤다.

대문을 열자, 마당에는 사양이 한창이었다. 광식이가 여태 자는지, 집 안에서는 아무런 기척이 없었다. 자전거 바퀴가 저 혼자 돌아가는 걸 보며 나는 바닥에 주저앉았다. 어디선가 고기를 굽는 냄새가 흘러왔다. 허기가 몰려왔다. 나는 내 배 속에서 나는 소리에 귀 기울였다. 물 흐르는 소리 같기도 하고, 방귀 소리 같기도 했다.

모든 감각이 식욕을 향해 열려 있던 시절도 있었다. 그 시절에는 동네 어느 집에서 밥을 하는지, 밥을 먹는지, 말하지 않아도 냄새로 알아채곤 했다. 전생처럼 아득한 기억이었다. 그리 오래 나가 있던 것도 아닌데, 아주 먼 곳을 다녀온 사람처럼 피로가 밀려왔다.

"저 화상을 어찌할꼬."

나는 중얼거렸다. 결국 허탕을 친 꼴이 됐으나 그렇다고 아무 소득이 없는 건 아니었다. 이유는 알 수 없지만, 광식이를 찾는 사람은 아무도 없었다. 나는 오래전에 문 앞에서 잠깐 마주쳤던 광식이의 아들, 지현이라는 청년을 떠올렸다. 가족의 부재를 견디는 일이 이렇게 쉽다니. 처음부터 별로 마음에 들지 않았던 광식이의 아들이 더 괘씸하게 여겨졌다. 내 일도 아닌데 공연히 서운한 감정이 생기는 건 어쩔 수 없었다. 늙는다는 건, 이렇게 희미한 존재가 되는 것인 모양이었다. 어떤 서글픔이 가슴 한편에서 연기처럼 피어올랐지만, 그것 또한 사라지는 과정 중의 하나라고 생각하니 참을 만했다.

마당에 내놓은 타자기를 바라봤다. 이제 와서 왜 갑자기 그것에 신경을 쓰게 됐는지는 나로서도 설명하기 어려웠다. 자꾸 손가락 끝이 간질거렸다. 마치 말이 고여 빠져나갈 구멍을 찾는 것처럼. 평생 중학교에 다닌 게 학력의 전부고, 일기조차 써본 적 없는 나로서는 신기하기 그지없는 일이었다.

말이 되지 못한 말이 과연 글이 될 수 있을까.

나는 눈을 감았다. 매번 어떤 생각에 사로잡힐 때마다 그랬듯, 눈을 감고 뜨거운 눈동자를 지그시 눌렀다. 대문이 빼가닥거리며 밀리는 소리가 들렸다. 눈을 뜨고 소리가 나는 쪽을 살폈다. 살갗에 서늘한 촉감이 감기는가 싶더니 온몸에 소름이 돋았다. 바람이었다. 그 바람 사이로 한 소녀가 걸어오는 게 보였다. 나는 몸을 떨었다. 머리카락이 한꺼번에 쭈뼛 서는 것 같았다. 그건 평생 지우고 떠올리고, 다시 지우고 떠올리기를 반복하던 기억이었다.

나는 길고 긴 세월 동안 수도 없이 나에게 물었다. 겁에 질려 토악질을 하던 내 앞에 그들이 나타나지 않았더라면, 나는 별일 없이 돌아와 잘 살았을까. 소녀 뒤에 숨은 어린 소년은, 어린 소년을 등 뒤에 숨긴 그 소녀는, 전쟁터를 무사히 지났을까. 또한, 그날이 유난히 뜨겁고 습한 바람이 코를 막는 우기의 어느 날이 아니었더라면 나는 교본대로 행동할 수 있었을까. 부질없는 질문이었다. 그걸 확인할 방법은 세상에 존재하지 않았다. 다만 내가 그 남매를 꾸이넌이나 냐짱의 부대 주변 어디쯤에서 만났더라면 그들을 향해 총을 쏘는 대신, 머리를 쓸어주고 사탕이나 초콜릿을 쥐여줬을 거라는 건 분명했다. 그러나 우리는 불길이 솟는 숲 속 마을 한가운데서 느닷없이 마주쳤다. 전쟁터는 모든 기억을 조작하고 묵인하는, 그야말로 선과 악의 구분이 존재하지 않는 공간이었다. 오로지 죽지 않는 것만이 유일한 선이었다. 그 남매가 내 앞에 나타난 건, 살고 싶다는 욕망이 극에 달한 순간이었다. 온 마을은 이미 화장터처럼 뜨겁고 처참했다. 달리 숨을 곳도 없었다. 나는 살이 타는 냄새 때문에 제정신이 아니었다. 죽을까 봐 두려웠다. 아무도 모르게 개처럼 죽고 싶지 않았다. 악착같이 살아남아야 했다. 그게 전쟁터에서 배운 유일한 정의였다. 그런 욕망이 나로 하여금 그들을 향해 방아쇠를 당기게 했다. 그날의 일은 나만 잊어버리면, 지구상에 존재하지 않는 사건이었다. 그러나 평생 입 밖으로 꺼내지 못한 기억이 가슴속에서 돌멩이처럼 굴러다녔다.

언제나 내가 문제였다. 아이의 이마에 달라붙어 있던 까만 머리카락을, 겁에 질린 눈의 동공이 벌어지던 순간을, 손끝에서 느껴지던 무거운 탄력을, 그 반동을, 불에 탄 육신의 냄새를, 사방에서 간헐적으로 들려오던 총성을, 도저히 지울 방법이 없었다.

"미안하다."

나는 목에 걸린 가시를 헤집어 꺼내듯 소녀의 환영을 향해 말했다.

"미안해."

다시 말했다. 평생 도망치고 싶었으나 도망칠 수 없었던 기억에 대한, 너무 늦은 사과였다.

해가 기운 사방에서 금세 어스름한 저녁이 차올랐다. 이제 내가 할 수 있는 일이라고는 다가오는 기억을 똑바로 바라보는 것뿐이었다. 나는 소녀를 향해 떨리는 손을 내밀었다.

"그만…… 데려가주렴."

소녀는 눈물을 흘리며 오랫동안 내 곁에 앉아 있었다.

5.

지나치게 많아서 심란한 것들이 있다. 찾는 것이 분명하지 않을 때
는 더욱. 나는 주변을 돌아보며 한숨을 쉰다. 상자가 너무 많다. 눈앞
에 산더미처럼 쌓여 있는 손전등 상자 외에도 내용물을 짐작할 수 없
는 상자들이 집 안 구석구석에 붙박이 가구처럼 박혀 있다. 그것들을
하나씩 열어 내용물을 확인하기 전에는 '아빠의 상자'를 찾을 수 없으
리라는 건 뻔하다. 그 안에 내가 찾는 게 있을 거라는 보장도 없다. 솔
직히 고백하자면 찾아야 하는 것이 뭔지도 나는 모른다. 그냥 포기해
야 할까. 아무것도 기대하거나 꿈꾸지 않는 게 실망하지 않을 수 있
는 가장 좋은 방법이니까. 나는 영복이가 내 눈치를 보며 아빠의 손전
등을 꺼내 불을 켜는 걸 바라본다. 손전등을 손에 쥘 때마다 영복이는

뭔가에 홀린 듯한 표정이다. 바보 같다.

"영복아."

영복이가 재빨리 두 손을 뒤로 숨긴다.

"난, 보기만 했다."

"누가 뭐래?"

"……."

"영복아."

"자꾸 안 불러도 다 들린다."

"사람이 사는 데 왜 이렇게 많은 것들이 필요한 걸까?"

"기거이 뭔 말이라니?"

"상자가 너무 많잖아."

"상자가 많아서, 필요한 게 많아지는 거 아닐까?"

"무슨 말이야?"

"전에 아바지랑도 그런 말을 한 적이 있다. 북에 살 때는 세간이 많지 않았거든. 비누 하나면 세수도 하고 머리도 감고 몸도 씻었다. 중국에서 숨어 살 때는 아무것도 없었던 적도 있고. 긴데 여기 오니까 비누로 세수하고 샴푸로 머리 감고, 빨랫비누도 하나가 아니라 별별 게 다 있었다. 보는 게 많아지니까 필요한 것도 점점 많아지더란 말이다. 아바지가 그때 그런 말을 했다."

"너희 아빠, 참 똑똑하신 거 같아."

"이래 봬도 우리 아바지가 학교 선생님이셨다."

186

"진짜? 북한에도 학교가 있어? 그런데 넌 왜 지금 학교 안 다녀?"

"무슨 말을 기렇게 하니. 북도 사람 사는 곳인데. 있을 건 다 있다."

"그런데 왜 학교 안 다니냐고."

"학교를 안 다니긴 왜 안 다녀."

"지금 안 다니잖아."

내 말에 영복이는 또 한참 우물쭈물 말을 잇지 못한다. 나는 예전처럼 짜증을 내거나 다그치지 않고 영복이의 대답을 기다린다. 설령 아무 말도 하지 않더라도 할 수 없는 일이라고 생각한다. 뭔가 중요한 걸 알기 위해서는 참을 줄 알아야 한다는 사실을 조금씩 배우는 중이다.

"하기 어려우면 말 안 해도 돼."

"……조롱거리가 되는 게 싫었다."

"무슨 말이야?"

"내가 입만 열면 애들이 웃었다. 그리고 내가 말을 안 하면 와서 건드렸다 이 말이다. 말해보라고."

"……."

"그래서 한 놈을 때렸는데, 걔네 아바지가 학교에 고발을 해서……."

"진짜 때렸어?"

"미워서, 제정신이 아니었다."

"지금도 미워?"

"지금은 잘 모르겠다."

불과 며칠 전까지만 하더라도 때리고 싶을 만큼 미운 감정이 어떤 것인지 나는 몰랐다. 그러나 이제 영복이가 말한 감정이 어떤 건지 알 것 같다. 누군가를 미워한다는 건 절대적인 거다. 미움에는 어떤 이유도 없다. 그건…… 생각이 시키는 게 아니라 마음이 시키는 거니까. 나는 주저앉는다. 사방이 온통 백지처럼 창백하기만 하다. 내 목을 조르던, 어떤 눈동자가 떠오른 거다. 어떤 것도 읽을 수 없는, 그야말로 고요한 눈빛이었다. 나는 몸을 떤다. 아무것도 보이지 않는다. 공포가 내 숨을 막고 내 혀를 길게 빼서 나를, 죽게 할 거 같다. 누군가 나를 흔든다. 영복이다. 영복이가 내 몸을 흔들고 어깨를 두드린다. 나는 두렵다. 내가 믿는 것이 사실이 아닐까 봐. 내가 보고 있는 세상이 사라질까 봐. 영복이가 내 뺨을 친다. 내 팔과 다리를 주무른다. 나는 감각 없이 영복이를 바라본다. 죽은 사람처럼, 죽다 살아난 사람처럼.

"무서운 생각을 한 거이니?"

"고마워."

"……"

"꿈은 반대라는 말…… 믿어도 되는 말이겠지?"

"웬 꿈 타령이라니."

"무서운 꿈을 자꾸 꿔."

"여기 온 후 나도 한동안 기렸지 않니. 괜찮아질 거다."

영복이는 아빠가 선물한 손전등을 만지작거리며 말한다. 손전등이 산처럼 쌓여 있다는 건 손전등이 필요한 사람이 산처럼 많다는 말일 거다. 세상에는 빛이 필요한 사람들이 많다. 내게도 아직 더듬어야 할 어둠과 빛이 남았을까. 어둠을 두려워하지 않는 내가, 두렵다. 이제 나는 꿈꿀 길도, 잠들 방법도 없다. 솔직히 말하면 나는 잠드는 게 두렵다.

"손전등이 그렇게 좋아?"

"그럼. 불을 켜면 마치 다른 세상에 있는 것 같다."

다른 세상을 꿈꾸는 사람과 어떤 세상도 꿈꾸고 싶어 하지 않는 사람이 할 수 있는 얘기는 결국 이곳에 대한 것뿐이다. 이 동네가 세상의 전부인 나와 이 동네를 세상의 마지막이라 여기는 영복이가 나누는 많은 얘기들이 우리의 처지로 돌아오는 것도 그 때문이다.

"중국은 어떤 곳이야?"

"못 믿을 곳이다."

"왜 못 믿어?"

"너무 넓고, 사람도 많고, 우리 동포도 아니니까."

"그렇게 넓어?"

"응. 한번은 기차를 탔는데 꼬박 일주일을 달렸다."

"우와, 나는 기차 한 번도 못 타봤는데."

"재미없다."

"왜 재미가 없어?"

"몰래 탔으니까."

"왜? 돈이 없어서?"

"아니. 공안에게 잡혀갈까 봐."

"왜?"

"그게 조국을 버린 사람들의 운명이다."

과연 운명이 뭔지 제대로 알고 있는 건지 의심스럽기는 하지만, 그런 걸 일일이 따져 묻고 싶지는 않다. 친구는 무슨 일이 있어도 같은 편이어야 한다는 아빠의 말 때문이다. 아빠가 그 말을 했을 때, 나는 내가 세상에서 아빠를 가장 잘 아는 사람이지만 동시에 아빠에 대해서 아는 게 별로 없는 딸이라는 걸 깨달았다. 내가 아는 것이라고는 아빠의 꿈이 남을 웃기는 사람, 이라는 것뿐이다. 아빠에게도 친구는 있는지, 아빠의 아빠나 엄마는 누군지, 고향이 어딘지 나는 모른다.

"아빠에게도 친구가 있어요?"

"그럼. 원마트 박 사장 아저씨도 친구고, 마을버스 장씨 아저씨도 친구지."

"그런 친구들 말고요. 오래된 친구 말이에요."

"다들 사는 게 바쁘잖니. 그렇다고 해서 친구가 아닌 건 아니야."

아빠는 부정했지만, 아빠에게는 안부를 묻지 않아도 서로의 사정을 훤히 알거나 마음 놓고 비밀을 나눌 수 있는 친구가 없었다. 오다가다 길거리에서 만나 안부를 주고받거나 기약 없는 약속을 하고 헤어지는 친구들 말고, 묻지 않아도 서로에 대해 잘 아는 그런 친구 말이다. 그래서 아빠의 지갑 속에서 사진 하나를 발견했을 때, 사진 속의 인물에 대해 묻지 않을 수 없었다. 사진을 지갑에 넣고 다닐 정도라면 분명 아빠에게 중요한 사람일 거였다. 내 유치원 졸업 사진 앞에 끼워진 사진 속의 남자는 웃는 얼굴이었다. 사진이 작아서 잘 보이지는 않았지만, 그의 어깨에 걸린 건 수평선 같았다. 남자의 머리와 이마에 드리워진 햇살 때문이었을까, 행복하고 따뜻해 보였다. 보고 있는 나도 덩달아 행복해지는 것 같았다. 설거지를 하던 아빠가 신경질적으로 내 손에서 지갑을 낚아채기 전까지는 적어도, 그랬다.

"함부로 아빠 걸 뒤지는 거 아니야."

약간의 배신감마저 들었다. 사진 한 장 본 게 그렇게 잘못한 일인가 싶었다. 아빠답지 않았다.

"뒤진 게 아니라 우연히 본 거라고요."

볼멘소리로 억울함을 호소했지만, 아빠는 들은 척도 하지 않고 행주를 빨았다. 빤 걸 다시 빨고 또 빠는 동안 나를 한 번도 돌아보지 않는 아빠 때문에 나는 그만 사진 속의 남자에 대해 까맣게 잊어버렸다. 그 뒤로 그 사진은 지갑 속에서 사라졌고 내 머릿속에서도 사라졌다. 영복이로 인해 나는 다시 그 지갑 속의 사진을 떠올린다. 그 남자가 누군지 그때보다 더 궁금해지는 건 아빠 때문이다. 한때는 나에게 아빠가 세상의 전부이고, 아빠에게 내가 세상의 전부인 게 당연한 일이라 생각했던 적도 있다. 하지만 영원히 그렇게 지낼 수는 없다. 그건, 아빠와 내가 아는 모든 사실 중 가장 분명한 사실이다.

"영복아."

"응."

"나 좀 도와줄 수 있어?"

"뭘 도와줘야 하는 거인데?"

"뭘 찾아야 하는데, 어쩌면 오래 걸릴 수도 있을 거 같아."

"뭘 찾는데?"

"나도 잘 몰라."

"넌 왜 자꾸 요상한 짓을 하려고 하니."

미간에 깊은 주름을 새긴 채 한숨을 내뱉으며 영복이가 말한다. 그러나 영복이는 나를 도와줄 거다. 우리는 친구니까. 나는 아빠에게 잃어버린 기억을 찾아주고 싶다. 그게 비록 가능한 일인지는 알 수 없지만 노력은 해야 한다. 내가 선물한 수박 모자를 마르고 닳도록 쓰고 다니는 영복이는 내 마음을 알 거다. 그 모자는 영복이에게 잘 어울렸다. 나는 이제 멀리서도 영복이를 알아볼 수 있고, 영복이는 어디서든지 나를 향해 손을 흔들며 뛰어온다. 어디서든 알아볼 수 있고, 언제든지 서로에게 뛰어갈 수 있는 사이. 그게 친구다. 이윽고 영복이가 모자를 돌려 쓰고 팔을 걷어붙이며 말한다.

"시작해보자."

손전등 상자를 제외하고 우리가 확인해야 할 상자는 총 열다섯 개다. 베란다 구석에 쌓여 있는 상자가 아홉 개, 옷장 위의 상자가 네 개, 그리고 책상 밑에 있는 상자가 두 개다. 우선 가장 쉽게 볼 수 있는 책상 밑부터 확인한다. 내용을 확인할 수 없는 시디 몇 개, 고장 난 키보

드와 마우스, 오래된 영화 테이프, 컴퓨터 사용 설명서, 앨범 두 권, 마스크 두 개와 목장갑, 낡은 배낭이 전부다. 앨범을 제외하고 나면 필요해서 보관한 물건들이 아니라 다만, 미처 버리지 못한 물건들이다. 막상 상자 안의 내용물을 확인하고 나니 맥이 빠진다. 유일하게 위안이 되는 건 이제 상자가 열네 개 남았다는 사실이다.

먼지 때문인지 영복이가 연거푸 재채기를 해댄다. 나는 상자 안에 들어 있던 마스크를 선물로 준다. 앞부분에 웃는 입 모양이 크게 그려진 마스크다. 내 것은 아니지만, 그렇다고 아빠가 사용하는 것도 아니다. 수박 모자를 쓴 영복이가 마스크를 쓰니 수박이 웃고 있는 것처럼 보인다. 우울하고 피곤한 영복이보다 웃는 수박을 보는 쪽이 한결 낫다.

"좋아!"

내가 소리친다.

"좋아?"

영복이가 묻는다.

"좋아! 좋아!"

나는 팔짝 뛰며 목소리를 높인다. 그러나 옷장 위의 상자를 올려다보며 우리는 다시 어깨가 늘어진다. 그걸 꺼내려면 의자만으로는 높이가 부족하다. 의자 위에 올라가도 상자에 키가 닿지 않는다고 생각하니 애가 탄다. 오랫동안 굶은 고양이가 음식물 쓰레기통 주변을 어슬렁거리듯 옷장 밑을 왔다 갔다 하며 상자를 노려보다가 내가 생각해낸 방법은 의자 위에 책을 쌓는 것이다. 그건 드라마 속의 여주인공들이 잘하는 짓이다. 이상하게도 위험한 일은 친구들이 아닌 여주인공이 도맡아 하고, 그럴 때마다 어디선가 갑자기 멋진 남자가 나타나 도움을 준다. 비록 남자 주인공이 되기에 영복이는 지나치게 겁이 많지만, 없는 것보다는 낫다. 아니, 사실은 영복이가 곁에 있어서 든든하다.

"꺼낼 수 있겠어? 네가 그걸?"

가끔 영복이는 은근히 나를 무시하는 말을 한다. 아빠의 표현을 빌리자면 그 말은 위험한 발언이다. 나는 눈썹을 치켜뜨며 퉁명스럽게 대꾸한다.

"잘 받아주기나 하셔."

어떤 상자는 무겁고, 또 어떤 상자는 가볍다. 쉽지 않은 일이지만 옷장 위에 팔을 뻗어 상자를 끌어 내리는 그 일이 두렵지는 않다. 나는 아빠가 말한 것보다 훨씬 더 씩씩하고 똑똑한 사람이 되어야 한다. 아무도 모르는 이야기를 다시 만들기 위해서는 그래야만 한다. 그 길만이 먼지처럼 가볍고 희미한 나를 분명하게 할 거다.

"여기 있기 위해서는 어떻게든, 뭐라도 해야 해."

나는 나 자신에게 다짐하듯 말한다. 영복이에게는 안 들리는 소리로. 영복이는 여기 있다는 말이 뭔지 모를 테니까. 우리는 같은 공간 안에 있지만, 아주 멀리 있는 사람들이다. 모든 위로는 결국 스스로를 향한 말이라는 걸 영복이는 알까. 나는 허술하게 쌓은 책 더미에서 내려와 의자를 딛고 바닥으로 내려선다. 영복이는 벌써 상자 중 하나를 열어보는 중이다.

첫 번째 상자에서는 만화책이 잔뜩 나왔다. 한눈에도 십 년은 넘어 보이는 것들이다. 책장을 넘기자 오랫동안 볕을 쬐지 못해서인지 이상한 냄새가 난다. 열 살에서 시간이 멈춘 내가 십 년이 넘은 책을 들여다보고 있자니, 어쩐지 이상한 기분이 든다. 내게 주어진 시간이 고작 십 년뿐이었다는 사실은 어디서나 튀어나온다. 영복이는 내 기분을 아는지 모르는지, 상자 안에 담긴 만화책들을 꺼내 뒤적거리느라 정신이 없다. 만화는 누구나 좋아할 만한 것이지만, 나는 한 번도 아빠가 만화책 보는 걸 본 적이 없다.

"우리 아빠는 만화책 안 보는데."

내 시큰둥한 반응에 만화책을 들추던 영복이가 말한다.

"만화 싫어하는 애는 없다."

"우리 아빠는 애가 아니잖아."

"네 아바지도 애였던 시절이 있었을 거 아이니."

"그래 봤자 십 년 정도밖에 안 된 책인데, 우리 아빠가 그때도 애였을 리 없어."

"그때 네 아바지는 몇 살이셨니?"

"스무 살은 넘었을걸."

"그럼 네 아바지가 지금 겨우 서른 살이 넘었단 말이니?"

"아마 그 정도 됐을 거야."

"우리 아바지에 비하면 청년이구나, 청년."

"네 아빠는 몇 살이신데?"

"올해 쉰둘 되셨다."

우리는 손가락을 꼽아가며 각자 아빠의 나이를 더하고 빼본다. 우리가 태어났을 때 영복이의 아빠는 마흔두 살이었고, 내 아빠는 스물한 살이었다. 아빠가 되기에 마흔두 살이라는 나이는 좀 많고, 스물하나라는 나이는 좀 적다.

"네 아바지는 일찍 아바지가 되셨구나."

"네 아빠는 늦게 아빠가 되셨고."

나는 스물한 살의 아빠를 상상해본다. 사실 내가 아는 스물한 살은 연예인뿐이다. 그러다가 스물한 살짜리 남자가 아빠가 된다는 건, 보통 일이 아니었을 거라는 데에 생각이 미친다.

"현아가 스물한 살이야, 스물한 살."

영복이가 내 눈치를 보며 작게 중얼거린다. 영복이도 나와 비슷한 생각을 하고 있는 거다. 나는 눈을 치켜뜨고 묻는다.

"현아가 누구야?"

화들짝 놀라 뺨이 붉어진 영복이가 우물쭈물 대답한다.

"왜 있잖니. 춤 잘 추고 예쁜 누나."

"너 걔 좋아하니?"

"걔가 뭐이니? 너보다 한참 나이가 많은 사람한테."

"그럼 아줌마야?"

"아줌마가 되기에는 너무 예쁘다."

"나보다 예뻐?"

말도 안 되는 내 트집에 영복이는 쩔쩔매며 어쩔 줄 모른다. 예쁜 여자를 좋아하는 것에는 남북의 구분이 없는 모양이다. 아무튼 남자들이란. 나는 고개를 흔든다.

"이 여자는 누구예요?"

가끔 아빠가 넋을 놓고 바라보는 여자가 있다. 방문에 붙은 달력 속의 그 여자는 내가 한 번도 보지 못한 외국 사람이다. 달력으로 만들어질 정도면 꽤 유명한 여자일 텐데, 왜 나는 모르는 걸까.

"옛날 배우야."

"요즘 배우들도 많은데, 왜 옛날 배우 달력을 걸어놨어요?"

"요즘 배우들보다 좋으니까."

"왜 좋아요?"

"예쁘니까."

"나보다 더요?"

물론 이런 말도 안 되는 질문을 할 생각은 아니었다. 아빠 입에서 서슴지 않고 예쁘다는 말이 나와서 나도 모르게 발끈한 거다. 내 질문에 아빠는 빙긋 웃는다. 예의 그 발바닥 각질 벗기기 신공을 발휘하며 말이다. 나는 다시 묻는다.

"몇 살이에요?"

"몇 해 전에 죽었어."

"아파서요?"

"아니, 늙어서."

죽음이 늙을 때까지 기다려주는 인생이라면, 그건 행운일 거라는 생각이 든다. 달력 속의 그녀를 들여다본다. 눈썹이 짙고 눈꼬리가 올라간, 전체적으로 고양이를 닮은 얼굴이다. 내가 꼭 아빠의 이상형일 필요는 없지만, 나는 나와 조금이라도 닮은 점을 찾기 위해 달력 속의 그녀를 오래오래 더듬는다. 그러나 아무리 찾아봐도 그녀와 나의 공통점이라고는 머리카락 색깔이 검다는 것뿐이다. 나는 쌍꺼풀도 없고, 코도 높지 않다.

나는 도대체 누구를 닮았기에 이렇게 코가 낮을까. 아빠를 훔쳐보며 생각한다. 수염이 거뭇하게 자랐기 때문인지 그늘이 많은 아빠의 얼굴에는 나와 닮은 구석이 거의 없다. 나는 손가락으로 코끝을 밀어올리며 아빠에게 묻는다.

"나는 누굴 닮았어요?"

"내 딸이니까 당연히 나를 닮았지."

"농담할 기분이 아니에요."

"나도 농담할 기분은 아니다."

"내 코는 왜 이렇게 낮아요?"

"지금은 돼지 코처럼 크고 하늘로 들렸구나."

"코가 낮은 사람의 슬픔을 아빠가 알아요?"

"코가 높은 사람의 슬픔도 있단다, 딸아."

"그건 어떤 슬픔인데요?"

"코가 낮은 사람의 슬픔은 어떤 슬픔이니?"

"얼굴이 너무 평평해요."

"그게 뭐 어때서?"

"……."

"다른 사람하고 똑같이 생긴 것보다 그게 낫지 않아?"

"내가 안 예쁘다는 얘기를 하는 거예요."

"예쁜데?"

"정말로요?"

"다른 사람이 뭐라고 해도, 내 눈에는 우리 딸이 제일 예뻐. 그렇게 돼지 코를 하고 있어도 예쁘지. 그리고 말이야……."

아빠는 갑자기 목소리를 낮추고 내 귀에 작게 속삭인다.

"이건 비밀인데, 영복이도 네가 예쁘다고 했어."

우리는 늙어서 죽은 여배우의 달력 사진 밑에 앉아 우리만 아는 얘기를 했다. 그때 나는 오래전 아빠의 지갑 속에 들어 있던 남자의 사진에 대해 묻고 싶었지만 묻지 못했다. 내 손에서 지갑을 낚아채던 아빠의 단호함을 잊지 않았기 때문이다. 평화롭고 따뜻한 느낌을 깨고 싶지 않았다. 언젠가는…… 알게 될 거라 믿었다. 어떤 시간이 분명해지는 건 그 시간으로부터 한참 멀어진 후니까.

오늘에서야 내가 늘 아빠에게 묻고 싶었던 말이 뭔지 떠오른다. 그건 지갑 속 남자에 대한 질문이 아니다.

나는, 엄마를 얼마나 닮았나요?

　영복이가 열세 번째 상자를 연다. 붉은 종이 카네이션이 보인다. 찾
고 있는 상자가 어떤 상자인지 우리는 몰랐지만 영복이도, 나도 뭘 찾
아야 하는지 알았던 거다. 의기양양한 표정으로 영복이가 나를 바라
보며 묻는다.
　"이거 맞지?"
　우리는 보물 상자를 발견하기라도 한 듯이 이마를 맞대고 앉아 상
자 안의 내용물을 살핀다. 내가 아빠에게 썼던 편지와 카드, 사진들이
기억을 실타래처럼 풀어낸다. 특별할 게 없어 잊어버렸던 기억이면서,
누구도 모르는 특별한 기억들이다. 둘이라는 숫자는 가족을 이루기에
모자란 숫자구나, 라는 생각이 든 건 아빠와 함께 찍은 사진을 보고
나서다. 나무 밑에 나란히 서서 아빠는 웃고, 나는 울고 있다. 왜 울었
는지는 기억나지 않는다. 사진을 보며 내가 떠올리는 건 그때 느꼈던
서러움뿐이다. 이유는 사라지고 순간만 남은 사진들. 오래된 기억들은
대개 그런 모습일까. 잊어버린 게 많다는 사실이 나를 조급하게 한다.
엄마는 과연 이 상자 안에 있을까. 내가 쓴 어버이날 기념 카드를 펼
쳐보며 키득거리거나 딸랑이를 흔들어보느라 정신이 없던 영복이가
금세 시무룩한 표정을 짓는다.
　"왜?"
　"뭐가?"

"왜 똥 씹은 표정이냐고."

"아이다, 일없다."

"무슨 일이 없어?"

"괜찮다는 소리다."

"안 괜찮은 거 같은데?"

"부러워서 그런다."

"뭐가?"

"나는 아무것도 없으니까."

"……."

"몸만 나오기도 힘들었다, 나는."

우리는 한동안 말없이 앉아 있었다. 없는 걸 확인하는 일은 언제나 슬프다. 우리는 그게 뭔지 모르면서 누구보다 그것에 대해 잘 알고 있는 열 살들이다. 동시에 이럴 땐 무슨 말을 해야 하는지에 대해서는 잘 몰라서 입을 다무는 열 살들이기도 하다. 그저 짐짓 아무렇지도 않은 듯 서로 딴 곳을 쳐다본다. 영복이는 연신 하품을 하고 기지개를 켜며 몸을 꼼지락거리기 위해 노력하고, 나는 상자 속을 뒤적거리며 뭔가를 찾는 시늉을 하느라 애쓴다. 그러다가 상자 맨 밑바닥에서 봉투 한 장을 발견한다. 편지가 든 것일까. 나는 무심히 봉투를 털어본다. 사진 두 장이 바닥에 떨어진다. 환자복을 입은 앳된 얼굴의 여자와 아빠의 지갑 속 남자. 여자는 갓난아이를 품에 안고 정면을 바라보고, 다른 사진 속의 남자는 여전히 수평선을 배경으로 행복한 표정이다.

이 둘은 왜 같이 있는 걸까. 몸이 조금 떨린다. 나는 여자의 사진을 자세히 들여다본다. 눈두덩이 부석부석한 여자의 얼굴과 붉은 감자 같은 갓난아이의 얼굴과 사진 아래쪽에 적힌 날짜를 말이다.

축 탄생, 2002년 2월 2일 오후 4시.

2월 2일은 내 생일이다. 그렇다면 갓난아이는 나, 일까. 나는 사진을 상자 안에 숨기고 영복이를 쳐다본다. 영복이는 멍한 표정으로 바닥에 누워 있다.
"뭐 하니?"
"꽃 센다."
"너희 집 천장에는 저런 꽃 없어?"
"있겠지, 아마."
"그럼…… 영복아."
"응."
"남은 꽃은 네 집에 가서 세면 안 될까?"

6.

    아침에 눈을 뜰 때마다 햇빛 때문에 죽고 싶었던 적이 있는 사람은 알 것이다. 죽음을 생각하는 시간조차 삶의 일부이고, 벽에 머리를 기대고 가쁘게 숨을 몰아쉬는 순간에도 여전히 살아 있다는 사실의 참혹함에 대해. 그토록 참혹한 햇빛이 자신의 몸을 통과하고 남기는 것은 결국 무게 없는 그림자뿐이라는 사실에 대해.

    나는 창을 등지고 누워 꼼짝도 하지 않았다. 얼마나 시간이 흘렀는지 모른다. 다만 눈앞에서 내 그림자가 길게 늘어나고 희미해졌다가 다시 벽의 얼룩처럼 짙어지는 걸 봤다. 밤에도 새가 울고, 아침에도 새가 울었다. 낮에는 비둘기 몇 마리가 창 밑에 모여들어 내내 푸드덕거렸다. 나는 새가 우는 소리를 들으며, 비둘기가 날개를 푸드덕거리는 소리를 들으며, 시계의 초침이 움직이는 소리를 들으며, 내가 보았던 소녀에 대해 생각했고 소녀에 대해 생각하지 않으려고 애썼다.

이 모든 것이, 그림자처럼 살았기 때문일까. 볼이 얽고 눈매가 선한 여자를 만나 남들처럼 눈을 맞추고 배를 맞춰 아이를 낳고, 가끔 술을 마시고 담벼락에 오줌을 갈기며 그저 살아지는 대로 살았더라면 지금보다 덜 끔찍했을까. 그러나 나는 안다. 어떻게 살았더라도 결과는 마찬가지였을 것이다. 아니, 내 불행을 누군가에게 전이시키는 또 다른 참혹을 낳았을 것이 뻔하다.

새가, 날아온 적이 있었다. 몇 년 전 장마가 한창인 계절이었다. 오전에 집 안으로 들어온 새는 오후가 되도록 날아가지 않았다. 비록 사람은 아니었지만 낯선 존재와 한 공간 안에 있다는 사실이 불편했다. 특별히 나에게 잘못한 것은 없지만 잘못 날아온 새였으므로 돌려보내는 게 맞았다. 나는 집 안의 모든 문을 열어놓고 빗자루로 허공을 휘휘 저으며 녀석을 집 밖으로 쫓기 위해 애썼다. 그러나 형광등 위에 자리 잡은 그 새는 좀처럼 나갈 기미를 보이지 않았다. 나는 등 위에 앉은 새를 오래 쳐다봤고, 녀석은 눈꺼풀을 닫고 까무룩 졸기만 했다. 양 볼에 흰 반점이 있는 작은 박새였다.

형광등이 뜨거워지면 날아가지 않을까. 결국 저물녘이 되어 내가 생각해낸 방법은 그거였다. 그러나 생각만 간절할 뿐 차마 불은 켤 수 없었다. 내게는 그 새의 깃털 하나라도 상하게 할 자격이 없었다. 나는 문을 열어놓은 채 깜박 잠이 들었다. 부디 녀석이 온 곳으로 돌아가기를, 날아가기를 바라며 말이다.

눈을 떴을 때 사방은 어지간히 어둡고, 조용했다. 새가 날아갔는지 확인할 수 없었지만 함부로 불을 켤 수도 없었다. 온종일 열어놓은 창문에서 비가 들이쳐 집 안에는 습기가 가득했다. 나는 어둡고 축축한 집 안을 더듬어 손전등을 찾았다. 고작 잘못 날아온 새 한 마리 때문에 이게 무슨 꼴인가 싶었다. 그러다가 신발장 안에서 손전등을 찾았을 때, 어둠 속에서 바닥으로 뭔가 떨어지는 소리가 들렸다. 한낮이었더라면 들리지 않을 만큼 가볍고 작은 소리였다. 나는 손전등으로 소리가 나는 곳을 비췄다. 새가 바닥에 누워 있었다. 두 발을 하늘로 가지런히 모은 채였다. 새는 잘못 날아온 것이 아니라 죽기 위해 이곳으로 날아온 것이었다. 나는 무릎을 꿇고 아직 온기가 남아 있는 새를 집어 올렸다. 비로 진창이 된 흙을 파고 새를 묻었다. 그것이 그 죽음에 대해 내가 표할 수 있는 최소한의 예의였다. 어느 어스름한 초여름 저녁이었다.

노인의 잠이라는 게 대개 그렇지만, 그날 밤은 유난히 잠이 거칠었다. 며칠째 그치지 않는 빗소리와 밤새 창밖에서 들려오는 어떤 울음소리 때문이었다. 나는 얕은 잠 속에서 내내 허우적댔다. 잠 속까지 따라온 울음소리는 빗줄기처럼 가늘어졌다가 커지기를 반복했다. 투닥투닥 처마 밑으로 빗물이 떨어지는 소리가 들렸고, 아이들이 서로 경쟁하듯 울었다. 밤인데 왜 조용해지지 않는 거지? 나는 몇 번이나 뒤척거리며 중얼거리다가 번쩍 눈을 떴다. 날카로운 울음소리가 나를 완전히 잠 밖으로 끌어냈다. 가르랑거리며 어둠을 할퀴는 소리는 아이의 그것이 아니었다. 심장이 벌렁거리는 걸 느끼며 자리에서 일어나 창문을 열었다. 야광 해파리처럼 어둠 속을 떠다니던 파란 빛들이 일시에 나에게로 향하는 걸 느꼈다. 고양이구나. 나는 창문을 닫고 돌아서다가 마당으로 뛰어나갔다. 저녁때 물푸레나무 밑에 묻은 새, 새와 고양이, 젖어 무른 흙, 파랗게 빛을 내는 눈동자들. 한꺼번에 내 머릿속에서 떠오르는 장면들이 의미하는 게 뭔지 깨달았기 때문이다. 내 기척에 어둠 속에 떠 있던 네댓 개의 빛들이 사방으로 흩어졌다. 어떤 일이 벌어졌는지 보지 않아도 훤했다. 새는 이미 지상에서 완전히 사라졌을 것이었다. 다가가 확인할 엄두가 나지 않았다. 이슬비가 얼굴을 간질이는 걸 느끼며 그냥 서 있었다. 비가 그치지 않았음에도 불구하고 주위를 에워싼 아파트 사이의 허공이 희미하게 밝아오기 시작했다.

살면서 누구나 한 번쯤 겪었을 법한 사소한 기억에 불과했다. 따지고 보면 아무것도 아닌 일이었다. 새도, 고양이도 본능에 충실했을 뿐이다. 그러나 어지럽게 널린 고양이 발자국과 파헤쳐진 흙과 깃털 몇 개가 떨어져 있는 물푸레나무 밑을 바라보며 나는 몸을 떨었다. 이 모든 게 노인의 쓸데없는 감상 때문에 벌어진 일인 것 같았다. 비록 내가 한 일이라고는 죽은 새를 묻어준 것밖에 없었지만 어떤 경우에라도 내게는, 죽음을 애도할 자격이 없었다. 무엇을 돌본다는 것 자체가 거짓이었고 위선이었다. 내게 남은 진심이 있다면, 그걸 인정하는 것이었다. 새가 떨어져 죽든 말든, 나는 털끝만큼도 관여하지 말았어야 한다.

천당이라도 가고 싶었던 게냐.

나는 나를 조롱했다. 스스로의 목숨을 지키기 위해 타인에게 총구를 들이대던 순간부터 나는 내가 미웠다. 물론 정당방위를 주장하며 세상을 속이는 건 쉬웠다. 내가 저지른 일에 관심을 두는 사람은 없었으니까. 그러나 평생 노력했음에도 불구하고 나는 스스로를 속일 만큼 단단하고 뻔뻔할 수 없었다. 기억이 나에게 준 형벌은 바로 부끄러움이었다. 그게 겨우 나를 살게 했다. 그러니 나는 나를 동정하거나 변명하지 말아야 한다. 그것만이 내가 사람일 수 있는 최소한의 자격이었다. 또한 아무것도 선택하지 않는 삶을 지키는 것이 내 마지막 선택이었다.

나는 눈을 감았다. 누군가 내 어깨를 흔들었다. 광식이였다. 어느 틈엔가 깨어난 녀석은 쪼그려 앉은 채로 나를 들여다보고 있었다.
"죽은 게 아니면, 그만 일어나라."
광식이의 목소리는 맞는데, 내가 아는 광식이가 아닌 것 같았다. 말투 때문이었다.

"뭐라고 했냐?"

"죽은 게 아니면 그만 일어나라고 했다."

"너 광식이 맞지?"

"나다. 나야."

광식이가 싱긋 웃었다. 앞니가 있어야 할 자리에 검은 구멍이 나 있
는, 광식이였다. 나는 얼떨떨한 표정으로 자리에서 일어났다. 그리고
낯선 곳에서 잠이 깬 사람처럼 사방을 둘러보았다. 꿈인 것처럼 여겨
졌지만, 꿈은 아니었다.

"너야말로, 이제 다 잔 거냐?"

"자고 나니 세상이 아름다워졌다."

"또 그 타령이냐."

"봐라, 또 해가 떴잖아. 새소리도 들리고."

평소 광식이의 입을 통해 흘러나오는 말들은 앞뒤가 댕강 잘린 단
어 몇 개가 전부였다. 거기에 비해 눈앞의 광식이는 너무 멀쩡해 보였
다. 사고 때문에 반푼이가 된 거라고 했으니, 이게 원래 광식이의 모습
일지도 몰랐다. 문제는 왜 갑자기 광식이가 멀쩡하게 보이느냐 하는
것이었다. 뭘 확인해야 하는 건지 몰랐고, 달리 확인할 방법도 없었다.
나는 최근 광식이에게 가장 많이 되풀이했던 질문을 다시 꺼냈다.

"너, 괜찮은 거지?"

"배고픈 거 말고는 괜찮다."

"내가 누군지 알아보겠냐?"

"푹 잤더니 세상이 좀 분명해 보인다. 분명해졌어."

나는 내가 이상해진 것 같았다. 죽을 날이 가까워지기는 했지만, 보이는 것과 보이지 않는 것들을 혼동한 적은 한 번도 없었다. 그런데 뭔가가 자꾸 어긋나고, 그 균열 사이에서 다른 세상이 보이는 것 같았다. 광식이의 일도 마찬가지였다. 나는 멀쩡한 광식이가 낯설었다. 달라진 광식이가 자연스러워 보이지 않았다. 내가 생각하기에 갑자기 달라지는 건 이 세상의 질서에 맞지 않았다. 혹자는 그것을 기적이라고 불렀는데, 기적은 자연스러운 현상이 아니라 자연이 만들어낸 돌연변이 같은 것이었다. 그런 일이 내 주위에서 일어날 확률은 없는 자식이 살아 돌아올 확률만큼이나 희박했다. 이런 내 복잡한 심사는 아랑곳하지 않고 광식이는 천연덕스러웠다.

"이거 좀 볼래?"

나는 광식이가 내민 전단을 받아 들었다. 너무 가까이 들이댄 탓인지 글씨가 잘 보이지 않았다. 이미 오래전에 먼 곳은 가까워지고 가까운 것들이 멀어졌다는 걸, 나는 아직도 걸핏하면 잊곤 한다. 나는 손에 든 종이와 내 눈과의 거리를 조금씩 넓히며 초점을 맞추기 위해 애썼다. 그런 나를 보고 있던 광식이가 답답하다는 듯 다시 종이를 낚아챘다.

"뭐라고 쓰여 있느냐면 말이야. 2013년 6월 21일 금요일, 지역 주민들을 위한 특별 시사회, 입장료 이천 원, 이라고 쓰여 있어."

"그게 뭔데?"

"싼값에 영화를 볼 수 있다는 말이지."

"영화 구경을 가자고?"

"왜? 싫어?"

"그런 곳에 가본 적 없는데."

"그러니까 가보자고."

"난 싫다, 사람 많은 곳."

내 말에 광식이는 어깨를 축 늘어뜨리고 방을 나갔다. 다시 며칠 전의 광식이로 돌아간 것 같았다. 저렇게 쉽게 표정을 바꾸는 건 역시 아무나 할 수 없는 일이라고 생각했다. 나는 도로 자리에 누워 이마에 팔을 얹고 눈을 감았다. 며칠 전 소녀의 환영을 본 이후로 나는 지독한 무기력에 시달리고 있었다. 아무것도 하기 싫었다. 숨을 내쉬고 들이쉬는 일마저 귀찮았다. 그냥 자다가 죽을 수 있기를 바랐지만, 내가 그리 운이 좋았던 적은 없으니 아마 그건 어려운 일일 것이었다. 그때 다시 방문이 열리는 소리가 들렸다.

"이렇게 죽을 거야?"

저러다 말겠지 싶어 나는 대답하지 않았다. 그러자 광식이가 더 큰 소리로 물었다.

"이렇게 살다 쥐도 새도 모르게 죽을 거냐고."

광식이와 만난 이래, 이런 식의 대화를 주고받은 적은 단 한 번도 없었다. 먼저 말을 꺼내는 사람은 나였고, 광식이는 어린애처럼 짧게 대답을 하거나 내 말을 반복적으로 따라 할 뿐이었다. 그런데 지금은 광식이가 묻거나 제안하면 내가 되묻거나 확인하고 있었다. 도대체 어떤 잠을 자고 나면 저렇게 사람이 변하는 것일까. 나는 이마에 얹었던 팔을 내리고 눈을 떴다. 광식이가 문가에 서 있었다.

"어떻게 알았냐, 그게 내 꿈인걸."

"그것보다는 말이야, 내가 좀 생각해봤는데……."

말을 멈춘 광식이가 숨을 크게 들이쉬었다. 뭐 대단한 얘기를 하려고 저러나 싶었다.

"우리에게 남은 축복은 객사라는 생각 안 들어?"

"……죽으러 극장에 가자는 말이냐?"

"여기보다 거기가 나을걸. 실제로 거기서 죽은 사람도 있을 거야."

"안 죽으면?"

"또 가지."

"죽을 때까지?"

"달리 할 일도 없잖아."

그게 얼마나 황당한 얘긴지, 길 가는 노인 한 명만 붙잡고 물어보면 분명하게 알 수 있을 것이었다. 객사라니……. 내가 알기로 죽음 중에 가장 흉한 것이 객사였다. 당신에게 객사는 축복이라는 말을 듣고 고개를 끄덕일 노인이 있을까. 분명히 뺨을 맞거나 미친 영감 취급을 받고 말 것이다. 노인에게 그 말은 저주나 다름없으니까.

"제정신이냐?"

"아무도 모르게 죽는 것보다 그게 낫잖아."

"그렇다고 길에서 죽어?"

"죽으러 가자는 건 아니야. 놀러 가자는 거지."

"행여나, 어디 가서 그런 말 하지 마라. 뺨 맞을라."

"가자, 가자."

녀석은 혼자라도 나갈 기세였다. 녀석의 최근 상태로 보아 아무나 붙잡고 정신 나간 소리를 지껄일 가능성이 충분했다. 일관된 구석이 전혀 없었던 것이다. 반푼인가 싶었는데 어떤 경우에는 너무나 멀쩡했고, 또 멀쩡한 것치고는 이상한 면이 많았다. 나는 끙, 하는 신음을 내며 자리에서 일어났다. 내가 마지못해 자리에서 일어나는 것을 본 녀석은 세수를 하고 머리를 감는다고 법석을 떨었다. 세수를 하고 머리를 감는 게 이상한 행동은 아니었지만, 광식이가 그러는 건 역시 이상했다. 안 하던 행동을 하면 곧 죽을 징조라던데. 찜찜한 기분으로 문 앞에서 광식이를 기다리다가 현관 옆 신발장 위에 해병전우회가 걸어 놓고 간 달력을 보았다. 큼직한 숫자 밑에 절기와 음력과 만조와 보름이 표시된 달력이었다. 오늘은 2013년 6월 21일 금요일이었고, 음력으로는 5월 13일이었다. 5월 13일은…… 하짓날이었다. 그래, 옛날에 어머니가 그랬지. 아무리 기다려도 밤이 오지 않았다고. 사방이 어두웠으면 마음껏 용이라도 썼을 텐데, 첫아이라 용쓰는 소리도 부끄러웠다고. 그게 하짓날이었다고. 해가 유난히 길어 만삭의 여자가 진통을 하면서 맘껏 소리도 지르지 못했던 날. 마지못해 자정 무렵에서야 내가 태어난 날.

날짜를 헤아리지 않은 지는 오래됐다. 오늘은 다만 일 년에 한 번씩 돌아오는 24절기 중 하루일 뿐이었다. 이 나이에 생일 운운하는 건 꼴사나운 짓이었다. 나는 광식이를 불렀다. 한 번, 두 번, 세 번째 불렀을 때에야 세수를 하고 머리를 감은 광식이가 내 앞에 나타났다. 나는 실소를 터뜨렸다. 듬성듬성한 머리카락을 8 대 2 가르마로 갈라 곱게 빗어 넘긴 모습이 마치 늙은 변사처럼 허술하고 촌스러워 보였다.

"그렇게 좋으냐?"

광식이가 고개를 끄덕이며 말했다.

"빤쓰를 좀 사야겠어."

"왜?"

"똥 묻은 빤쓰를 입은 채 사람들에게 발견되고 싶지 않으니까."

지역 주민을 위한 특별 시사회에서는 영웅이 지구를 구한다는 내용의 영화를 상영 중이었다. 명절마다 특선으로 방영하는 텔레비전 영화와 별 차이가 없었다. 게다가 수시로 의자 등받이를 차대는 뒷줄의 어린 녀석 때문에 통 집중할 수가 없었다. 단체 관람이라도 온 모양인지 사방이 어린애투성이였다. 나는 옆에 앉은 광식이를 흘끔흘끔 훔쳐보았다. 대형화면에서 쏟아지는 빛이 광식이의 얼굴에서 번쩍거렸다. 녀석은 손뼉을 치며 웃기도 했고, 미간을 찌푸리며 심각한 표정을 짓거나 훌쩍거리며 눈물을 찍어내기도 했다. 그 모습을 보며 나는 일말의 낭패감이 들었다. 나는 역시 자연스럽게 무리에 섞이기 어려운 사람일까. 꼭 오지 말아야 할 곳에 온 사람처럼 불편했다. 손자뻘 되는 어린애들 틈에 끼어 앉은 광식이도 그다지 자연스러워 보이지 않았다. 나는 아이들과 소음과 크고 어두운 공간에 익숙해지기 위해 노력했다. 그러나 방광만 점점 뻐근해질 뿐이었다. 영화를 보러 들어오기 직전에 물을 마시는 초보적인 실수를 했던 것이다.

"화장실에 다녀올 테니까 꼼짝 말고 여기 있어."

나는 광식이에게 귀엣말로 이르고 자리에서 일어섰다. 뒷줄에 앉은 녀석들이 의자를 거칠게 발로 차댔지만 가능한 한 느릿느릿 어둠을 더듬었다. 본데없는 녀석들에게는 본데없이 구는 것이 도리일 테니까.

방광을 비웠지만 주변을 어슬렁거리며 영화가 끝나기를 기다렸다. 내가 앉았던 자리를 찾아갈 엄두가 나지 않았기 때문이다. 영화를 전용으로 상영하는 극장이 아니라 문화센터였으므로 다른 목적으로 오가는 사람들이 많았다. 어디선가 장구를 두드리는 소리가 들렸고, 다른 한쪽에서는 깽깽이 소리나 누군가의 노랫소리가 들리기도 했다. 신기했다. 내가 사는 동네가 이렇게 여유로운 사람들로 넘쳐나는 곳이었나 싶었다. 악기 소리나 노랫소리가 들린다고 그게 꼭 여유와 직결되는 건 아니지만, 이곳에서 들리는 악기 소리나 노랫소리가 먹고 사는 문제와 직결되는 게 아닌 것은 분명했다. 도시의 끝에서 밀려난 사람들은 다 어디로 갔을까. 그리 오래되지 않은 옛날을 생각하며 널찍하고 환한 복도를 걸었다. 검은 양말에 샌들을 신고 등산복 조끼를 걸쳐 입은 늙은이에게 관심을 기울이는 사람은 없었다. 그래서 발레복을 입은 어린 소녀가 지나가고, 한복을 입고 빨간 루주를 바른 초로의 여자가 다가오고, 양팔 가득 꽃을 든 젊은 여자가 종종걸음으로 계단을 오르내리는 것을 마음껏 바라볼 수 있었다. 다들 왜 저렇게 즐거워 보이는 것일까. 소리 내어 웃는 사람은 없었지만 다들 행복해 보였다. 행복하지 않은 사람들에게만 보이는 것이 행복이었다. 부럽다기보다는 신기했다. 이상한 나라에 들어온 것처럼 어리둥절했다.

몸속에서 느닷없는 신호가 온 건 광식이에게 돌아가기 위해 계단을 내려설 때였다. 가슴 언저리에서 날카로운 통증이 파문처럼 퍼져가는 걸 느꼈다. 나는 물에 빠진 사람처럼 허우적대며 난간을 붙잡고 주저앉았다. 숨이 잘 쉬어지지 않았다.

"할아버지, 괜찮으세요?"

누군가 내 팔을 건드리며 물었다. 내 기억에 그런 질문을 받은 건 처음이었다. 행복한 줄도 모르고 행복한 사람들은 타인에게 말도 쉽게 건네는 모양이었다. 나는 고개를 들어 소리가 나는 쪽을 쳐다보았다. 귀마개처럼 생긴 장식품을 목에 건 청년이 나를 바라봤다.

"괜, 찮, 소."

나는 가능하면 괜찮아 보이고 싶어, 한 글자씩 끊어가며 대답했다. 심장약을 거르면 언제 어디서 죽게 될지 아무도 모른다던 의사의 말이 떠올랐다. 그게 내가 바라던 것이었는데, 왜 지금 이 순간에 그 말이 떠오른 걸까. 머릿밑이 간질거렸다. 땀이 솟아 얼굴로 흘러내렸다.

심장에서 시작된 통증이 희미해지는가 싶더니 으슬으슬 몸이 떨렸다.

"안색이 안 좋으세요. 119라도 부를까요?"

나는 황급히 손을 내저었다. 그 정도는 아니었을 뿐만 아니라 구급차를 타고 싶지도 않았다.

"잠깐 현기증이 난 거뿐이라오."

"그럼, 어디 가서 좀 편하게 앉기라도 하세요."

청년은 나를 부축했다. 이 친절이 도무지 불편했지만, 불행히도 당장 내게는 거절할 기운이 없었다. 내 겨드랑이에 팔을 끼운 청년은 나를 복도 끝으로 이끌었다. 청년에게서 풀 냄새가 났다. 아마 내게서는 궁핍과 독거의 냄새가 났으리라. 그건 살아 있는 동안에는 가능하면 아무도 눈치채지 않기를 바란 것들이었다. 그러나 삶은 바람난 마누라처럼 번번이 내 바람을 배신했다. 나는 내 의지와 상관없이 자꾸 청년에게 기대는 내 몸을 저주하며, 그가 이끄는 대로 끌려갔다. 청년이 나를 데리고 들어간 방은 창가에 놓인 가습기에서 흰 수증기가 분수처럼 피어오르는 보건실이었다. 밝고 환한 빛에 눈을 뜰 수가 없었다. 간이침대에 쓰러지듯 누운 건 그 때문이었다. 온몸이 자꾸 떨렸다.

"할아버지, 빨리 쾌차하세요. 불편하시면 여기 계신 분에게 꼭 얘기하시고요."

풀 냄새가 나던 청년이 인사를 건넸지만, 나는 고개를 끄덕거리기만 했다. 달리 할 것이 없었다. 불행히도 타인과 어떻게 친절을 주고받는지 배우지 못했기 때문이다. 그가 나가자 하얀 가운을 입은 여자가 내 이마를 짚고 체온을 재고 혈압을 체크했다.

"혈압이 높으시네요. 드시는 약은 있으세요?"

나는 고개를 끄덕이며 대답했다.

"조금만 누워 있다가 갈 테니 걱정 마시오. 좀 어지러운 것뿐이라오. 괜찮소."

여자는 나를 잠시 쳐다보다가 얇은 시트를 가슴께까지 덮어주었다. 나는 시트에서 나는 희미한 약 냄새를 맡으며 한동안 누워 있었다. 어디선가 노랫소리가 들렸다.

자동차, 핸들, 2인용 자전거.

비탄에 잠긴 기념일.

낙하산, 군화, 2인용 침낭.

감상적인 파티.

사세요, 사세요,

가게 진열장엔 그렇게 씌어 있고.

왜, 어째서,

진열장의 고물들은 말하네.

촛대, 벽돌, 오래되고 새로운 어떤 것.

당신과 나에 관한 기억들.

사세요, 사세요,

가게 진열장엔 그렇게 씌어 있고.

왜, 어째서,

진열장의 고물들은 말하네.

　여자가 라디오에서 나오는 노래를 작게 따라 불렀다. 내가 있다는
걸 잠깐 잊은 모양이었다. 왜, 어째서, 진열장의 고물들은 말하네. 몇
번이나 계속되는 후렴구처럼 한결같이 내 삶을 따라다니는 말. 왜, 어
째서, 나는 여기 누워 있을까. 오늘은 비탄에 잠긴 기념일도 아니고,
평생 감상적인 파티 따위는 생각조차 해본 적 없는 하짓날일 뿐이었
다. 그런데 오늘 나는 왜 나와 어울리지 않는 이곳에서, 진열된 고물처
럼 누워 있을까. 도대체 왜, 어째서.

　노래가 끝났고, 나는 그 방에서 나왔다. 문 앞까지 따라 나온 여자는
나에게 꼭 병원에 가보라고 당부했다. 나는 건성으로 고개를 끄덕이며
돌아섰다. 갑자기 마음이 급했다. 광식이가 기다린다는 걸 깜박 잊고
있었다. 영화가 끝나고도 한참 지났을 시간이었다. 녀석을 혼자 놔두는
게 아니었는데. 나는 서둘러 걸었다.
　극장 안은 이미 캄캄했고, 화장실도 텅 비어 있었다. 나는 광식이를
불렀다. 내 목소리가 로비에서 쩡쩡 울렸다. 누군가의 이름을 이렇게
큰 목소리로 부르게 될 줄은 꿈에도 몰랐지만 달리 도리가 없었다. 혼
자 집에 갔을 리는 없는데. 돈 한 푼 없이 녀석은 어디로 가버린 걸까.
자책감이 들었다. 어린애를 찾듯 광식이의 이름을 계속 불렀다. 로비

를 뛰어가던 아이들이 나를 쳐다보았다. 영화 보던 할아버지를 보지 못했느냐고 묻는 게 멍청한 짓이라는 걸 알면서도 아이들에게 그렇게 물을 수밖에 없었다. 가르마를 8 대 2로 갈라 곱게 빗어 넘긴, 키가 작은 할아버지를 보지 못했느냐고, 앞니 빠진 어린애처럼 웃는 그를 본 적 없느냐고 나는 거듭 물었다. 그러나 아이들은 멀뚱히 서서 고개를 흔들더니 복도 끝으로 사라져버렸다. 방송이라도 해야 하나. 누구에게 부탁을 해야 하나. 자꾸 다리가 후들거렸다. 그때 극장 안의 어둠 속에서 누군가 허둥지둥 걸어 나왔다.

"나 여기, 여깄다."

광식이였다. 나는 녀석을 발견하자마자 버럭 소리를 질렀다.

"거기서 뭐하고 있어. 영화 끝났으면 나와야지."

억울하다는 듯이 광식이가 대답했다.

"꼼짝하지 말랬잖아."

광식이는 내 말을 곧이곧대로 듣고 화장실을 가고 싶은 것도 참았노라고 했다. 그때 녀석이 쌩하니 화장실로 달려가지 않았더라면, 내가 그곳을 다시 찾는 일은 아마 없었을 것이다. 모든 우연은 사소함에서 시작된다. 그 사소함이 만들어내는 파장이 온 생을 바꿀 수도 있다는 사실을 아는 데, 나는 아주 오랜 시간이 걸렸다.

생각해보면 내가 광식이를 기다리며 문화센터 현관 앞에 붙어 있던 포스터를 본 것도 아주 사소한 우연이었다. 문화센터에서 운영하는 강좌들이 인쇄된 포스터였다. '2/4분기 수강생 모집'이라고 대문짝만

하게 써놓은 걸 보면 계절마다 사람들을 모집하는 모양이었다. '집 안에서 정원 가꾸기'나 '내 인생 최고의 노래' 따위의, 여유로운 사람들을 위한 강좌가 대부분이었다. 정원을 가꿀 마음이나 노래를 좋아할 여유가 없었던 나는 낯선 담장 안을 슬쩍 넘겨다보듯, 강좌의 제목들을 훑다가 '고백의 글쓰기'라는 제목과 맞닥뜨렸다. 잠깐 숨을 멈췄던 것도 같다. 고백이라니. 읽는 것만으로도 무서웠다. 잠시 잊고 있던 오한이 전신으로 퍼져나갔다. 두 손이 떨렸다. 한심한 일이지만 사실이었다. 나는 평생 아무 말도 하지 않기 위해 노력했던 사람이다. 그러나 이제 도망치기에 나는 너무 늙고 지쳤다. 또한 뭐든 지금보다 더 나빠지지는 않을 것 같았다.

"한번 해봐라, 해봐."
어느새 돌아온 광식이가 말했다.
"뭘, 뭘 해봐."
"아무거나, 뭐든 해봐라, 죽기 전에."

나는 주머니에 손을 넣은 채 한참을 서 있었다. 오래됐지만 새로운, 어떤 하짓날이었다.

220

7.

    몇 가지 생각들이 물속에 떨어진 잉크처럼 천천히 가슴속으로 퍼져
간다. 그림자처럼 존재하던 엄마가 고작 사진 한 장으로 구체적인 모
습을 갖게 된다는 사실이 신기하기 그지없다. 그러나 여전히 나는 엄
마에 대해 아는 것이 없다. 주저하며 다시 사진을 들여다본다. 엄마는
아이처럼 앳된 모습이다. 사진 속에서 어깨를 늘어뜨린 채 나를 응시
하는 엄마를 보며 나도 어깨가 늘어진다. 내가 그렇게 무거웠어요? 나
는 묻고 엄마는 말이 없다.
    내가 어렵게 말을 꺼낼 때마다 아빠에게서 돌아오는 대답은 나중
에, 였다. 아빠는 그 부분에 대해서는 철저하게 침묵으로 일관했다. 왜
어른들은 그렇게 비밀이 많을까. 언젠가 영복이와 그것에 대해 얘기

한 적이 있다.

"그건 우리도 마찬가지 아이니?"

영복이가 당연하다는 듯 대답했다.

"그래? 넌 비밀이 많아?"

"꼭 그런 건 아이지만 설명하기 어려운 것들은 가끔 비밀이 되기도 할 거다, 아마."

"무슨 뜻이야?"

"어휴, 아무리 잘 설명하려고 해도 설명하기가 어려울 때가 있지 않니? 그런 게 비밀이 된다는 말이다."

"네가 짜장면 그릇을 기웃거리는 이유처럼?"

"여기서 그 얘기가 왜 나오니?"

얼굴이 붉어진 영복이가 짐짓 화난 사람처럼 목소리를 높였다. 역시 영복이는 짜장면에 약하다. 짜장면이라는 단어만 나오면 어쩔 줄 몰라 하는 영복이를 보면, 짜장면 때문에 고향 산천을 버린 게 아닐까 의심스러울 정도다.

우리의 얘기는 늘 적당히 초점을 벗어나 다른 길로 흘러갔다가 다시 원점으로 돌아오곤 한다. 그건 열 살이라는 나이가 갖는 한계인 것 같다. 왜, 라는 질문이 우리를 아프게 하고 자라게 하고 어른이 되게 만들 거다. 아빠가 없는 빈집에서 아빠를 기다리며, 나는 여전히 내 주위를 떠도는 수많은 왜, 들에 대해 생각한다. 왜 손전등은 아무리 팔아도 늘 그대론지, 왜 시곗바늘은 오른쪽에서 왼쪽으로 도는지, 왜 만나고 싶은 사람을 만나는 게 이렇게 힘든지, 본 적 없는 사람이 왜 날이 갈수록 더 보고 싶어지는지, 왜 그것에 대해 아무도 말해주지 않는지……. 그런 생각을 하다 보면 이상하게 목이 아팠다. 누군가 손으로 목을 조르는 것처럼.

나는 마룻바닥에 아무렇게나 드러눕는다. 머리가 터질 것 같다. 사진을 통해 알게 된 것이 많지만, 그것으로 인해 이전보다 훨씬 더 많은 것들이 궁금하다. 그 궁금증을 풀어내기에 내가 가진 단서들은 너무 보잘것없다. 왜 엄마는 사진을 남겼을까. 이 사진은 과연 아빠가 찍은 걸까. 왜 엄마는 금방이라도 울 것 같은 표정일까. 내가 태어난 게 슬펐던 걸까. 짧은 시간 동안에 많은 것들을 알게 되었지만, 아무것도 모를 때보다 훨씬 더 아는 게 없어진 느낌이다. 나중에는 아빠가 과연 내 아빠가 맞는지조차 의심스러울 지경이다. 이럴 때는 어떻게 해야 할까. 지금 내가 떠올릴 수 있는 방법은 두 가지뿐이다. 똑바로 물어보거나 그냥 묻거나. 아빠는 여전히 아무 말도 하고 싶어 하지 않을 게 분명하다.

"알면 다쳐."

아빠는 웃으며 그렇게 말했다. 누가 다치느냐고 물어도 못 들은 척하거나 웃을 뿐이었다. 오히려 아무것도 모른 채로 지내는 이 나날들이 훨씬 더 나를 답답하고 아프게 한다는 걸 아빠는 정말 모를까.

나는 바닥에서 벌떡 일어난다. 희망을 버리기에는, 아직 아무것도 한 일이 없다. 내가 발견하지 못한 뭔가가 상자 안에 들어 있을지도 모른다. 그게 뭔지 알아낼 수만 있다면, 행복한 이야기를 만들 수 있을 것 같다. 물론, 열 살인 나로서도 그게 쉽지 않은 일이라는 건 알지만 그래도, 그래도 어쩌면 말이다.

아빠는, 나를 사랑한다. 상자를 밑바닥까지 탈탈 터는 동안 든 생각은 그거다. 내가 처음 썼던 글씨가 얼마나 엉망이었는지, 놀이방에서 아빠를 기다리던 나는 어떤 모습이었는지, 재롱잔치에서 어떤 춤을 췄는지, 아빠의 가슴에 달아줬던 카네이션이 해가 갈수록 어떻게 바뀌었는지, 아빠는 하나도 빠뜨리지 않았다. 그러나 그뿐이다. 상자 안에는 이제는 절대로 쓸 일이 없을 딸랑이와 예방접종 내역을 기록한 육아수첩마저 고스란히 들어 있지만 내가 모르는, 혹은 내가 기대하는 그 어떤 것도 없다. 한편으로 내 전 생애가 고작 작은 상자 하나 분량밖에 되지 않는다는 사실에 잠깐 서글프기도 했다. 나는 갓 태어나 예방접종을 하던 때의 나와 다섯 살 때의 나와 여섯 살 때의 내가 기록된 수첩들을 살폈다.

비가 오면 미열이 납니다. 해열제를 챙겨 보내주세요. (……) 오늘은 뒷산으로 소풍을 갔어요. 아버님이 싸준 김밥을 몇 번이나 자랑했습니다. (……) 아이들과 잘 지내기는 하지만, 혼자 노는 걸 더 좋아해서 걱정입니다.

수첩 속의 나는 비가 오면 미열이 나고, 지금처럼 여전히 아빠를 사랑했고, 아이들과 잘 어울려 놀지 않던 아이였다. 그건 분명히 나였지만 지금의 나로서는 잘 기억나지 않는 나였고, 떠올리는 것 자체가 신기한 나였다. 상자 속에는 온통 나뿐이었지만 그로 인해 내가 알게 된건, 더 이상 그 '나'가 여기 없다는 사실이다. 나는 이제 예전의 나로 돌아갈 수 없고, 돌아갈 수 없다는 사실을 확인하는 사람이다. 영복이가 내린 비밀의 정의가 무슨 뜻인지 알 것 같다. 도저히 말로 설명할 수 없는 것들은 비밀이 된다. 그걸 인정하자 모든 사실은 놀랍도록 정연해진다. 내가 술래라는 사실과 아빠의 딸이라는 사실, 그건 어떤 일이 있어도 변하지 않는 사실이다.

"나는 술래다."

소리 내어 중얼거린다.

"나는 술래니까…… 괜찮아."

나는 나를 위로한다, 때로 비밀을 지키기 위해서는 위로가 필요하다. 그걸 안 건 최근이다. 간직한 비밀을 지키기 위해서 아이들은 빨리 어른이 되고 싶어 하는지도 모른다. 어른이란 자신을 위로하며 외로움을 견디는 사람이니까. 아빠도 그런 사람들 중 하나인 것 같다. 아빠는 내가 외롭냐고 물어보면 한사코 고개를 흔든다. 물론 보이지 않는걸 지키기 위해서라는 걸 안다. 딸에게 술래라는 이름을 지어주는 아빠답다.

보이지 않는다고 없는 건 아니야. 아빠는 가끔 그렇게 말한다. 그건 나도 아는 사실이다. 단순히 보이는 것보다 훨씬 많은 얘기들이 이 동네를 이루고 있다는 걸, 나는 동네 고양이들을 통해서 알았다.

"갑자기 왜 그런 말을 하니."

영복이는 들고 있던 떡꼬치를 떨어뜨리며 말했다. 몸은 이미 나에게서 한 발짝 뒤로 물러선 상태였다.

"뭐가?"

나는 정말 몰라서 물었다. 별말도 아니었다. 막 지나온 화단 앞에 누워 있던 노란 줄무늬 고양이 가필드가 한 말을 옮긴 것뿐이었다.

"네가 기랬지 않니, 누가 죽었다고."

"그게 뭐. 그냥 들은 대로 전한 거야."

"그걸 어떻게 알았느냐, 이 말이다."

"가필드가 말해줬어."

"어떻게 고양이하고 얘기를 하니? 그게…… 들리느냐 그 말이다."

나는 그걸 영복이에게 설명할 길이 없었다. 설명은 우리에게 어울리지 않는 말이었다. 그냥 믿어주길 바랄 뿐.

"누가 죽었는데?"

"할아버지."

"어떤 할아버지?"

"그건 나도 몰라. 그냥 좋은 할아버지래."

영복이는 나와 간격을 벌리고 걸었다. 다른 때 같았으면 바닥에 떨어진 걸 주워서 흙을 털고 다시 먹겠다고 고집을 부렸을 텐데, 그날은 바닥에 떨어뜨린 떡꼬치를 이미 잊어버린 지 오래였다. 내가 무심코 뱉은 얘기가 어지간히 충격이었던 듯했다. 아무리 친해도 좁힐 수 없는 거리가 있다는 걸, 나는 종종 잊었다. 한참을 말이 없던 영복이가 다시 입을 연 건, 아파트 주위를 두 바퀴쯤 돌았을 때였다.

"뭐 하나만 부탁해도 되니?"

나는 긴장했다. 내가 기억하는 한, 영복이는 나에게 부탁이란 걸 해본 적이 없었다. 좀 전에 한 말을 열 번쯤 후회하던 나는 고개를 끄덕였다.

"내 앞에서는 절대 무섭게 굴면 안 된다."

"무섭게 구는 게 뭔데?"

"있잖아, 왜."

무슨 말인지 몰라서 나는 고개를 갸우뚱하며 영복이를 바라보았다. 머릿밑에서 흘러나온 땀이 영복이의 목덜미를 타고 흘러내렸다. 그저 햇볕이 좋았을 뿐인데, 영복이는 더운 모양이었다. 콧등에 송송 맺힌 땀방울을 닦으며 영복이가 무슨 말인가 하려다가 말기를 반복했다. 나는 대답을 재촉했다.

"뭔데?"

재촉하고 싶지는 않았지만 영복이가 하도 뜸을 들이는 통에 어쩔 수가 없었다.

"혹시 내가 뭘 잘못하더라도…… 꿈에 나오면 안 된다 그 말이다."

나는 웃음을 터뜨린다. 영복이의 터무니없는 상상은 얼마 전 텔레비전에서 본 영화 때문인 게 분명했다. 언니와 동생이 새엄마에게 죽임을 당하고 나서도 여전히 그 집에 살며 복수를 하는 얘기였는데, 영복이가 하도 소리를 지르는 통에 결국 중간에 꺼버린 영화였다. 그 뒤로 영복이는 내 곁에서 걸핏하면 손톱을 뜯었다. 무서워서 잠을 잘 수가 없다고 했다. 그건 지어낸 이야기일 뿐이라고 아무리 말해도 영복이는 듣지 않는 눈치였다. 하긴, 우리가 가끔 꿈과 현실을 혼동하는 건 당연한 일이다. 사실 현실이 뭔지 잘 아는 사람도 드물 거다. 다만 믿는 대로 사는 것이 현실일 뿐이다. 그러니까 영복이가 믿는 저 무서운 이야기도, 영복이에게는 현실처럼 느껴질 수 있다. 나는 새끼손가락을 걸고 엄지로 도장까지 찍어 영복이를 안심시켰다.

"어떤 일이 있어도, 네가 내 친구라는 걸 잊어버리지 않을게."

아무리 들여다봐도 상자 안에는 한 장의 사진 외에는 별다른 비밀이 없다. 마지막으로 육아수첩을 뒤적거린 건, 내가 기억할 수 없는 나를 확인하고 싶다는 감상에서 비롯된 일이었다. 육아수첩에 기록된 숫자만으로는 태어났을 때의 내가 얼마나 작은 존재였는지 가늠하기 어렵지만, 사소한 기록으로나마 내 흔적이 남았다는 사실은 위안이 됐다.

나는 상관없는 사람의 기록을 훔쳐보듯 수첩의 내용을 읽는다. 키와 몸무게, 혈액형, 기록한 간호사의 이름, 의사의 이름, 처음 예방접종을 했던 날짜까지 정연하게 기록되어 있다. 산모의 나이, 산모의 체중, 산모의……. 나는 멈칫한다. 똑바로 앉아 지금 읽고 있는 글자가 뭔지, 그 단어가 과연 내가 아는 그 뜻이 맞는지 생각한다. 나는 어떤 이름을 소리 내어 읽고, 다시 읽고, 또다시 읽는다. 왜 그 이름이 거기 적혀 있는지 생각하고, 다시 생각하고, 또다시 생각한다.

"찾았다."

나도 모르게 큰 소리로 중얼거린다. 아빠가 엉뚱한 사람의 육아수첩을 챙겨둔 것이 아니라면 그 수첩은 분명히 내 것이 맞고, 그 수첩에 적힌 산모는 분명히 나를 낳은 사람일 거다. 사진과는 비교도 할 수 없을 만큼 분명한 기록이다. 그러나 기록이, 엄마의 표정을 설명해주는 것은 아니다. 막연했던 엄마의 이름과 나이와 체중을 알게 됐는데도, 기쁨보다는 두려움이 앞선다. 뭔가를 알아갈수록 두려움이 점점 커지는 이유가 뭔지 몰라 불안하다. 이야기가 끝난 곳에서 다시 다른 이야기가 시작될지, 여기가 마지막인지 나는 모른다. 다만 막연했던 일들이 분명해지는 순간은, 새로운 두려움과 맞닥뜨리게 되는 시간이라는 걸 알게 됐을 뿐이다. 이제 나는 어디로 가야 할까. 나는 좁은 집 안을 서성거린다. 내일부터 뭘 할 수 있을지에 대해 걱정하며, 걸어갔다가 다시 걸어온다. 멍하니 좁은 집 안을 돌아다닌다. 비밀의 문을 연 내가 할 수 있는 일이라고는, 고작 그것뿐이다.

평소보다 늦게 돌아온 아빠는 오자마자 텔레비전 앞에 앉는다. 그건 아빠답지 않은 일이다. 비록 늘 무좀 때문에 고생하긴 하지만, 아빠는 누구보다 부지런한 사람이다. 그런 아빠가 옷도 갈아입지 않고, 손도 씻지 않고, 심지어 발바닥을 뜯지도 않고 텔레비전 앞에 앉아 있다니……. 온종일 흘린 땀과 피로로 번들번들한 아빠의 얼굴 위로 텔레비전 속 화려한 광고의 그림자가 지나간다.

"술래야."

"네."

"이제 좀 다른 일을 해볼까 싶어."

"무슨 일이요?"

"이참에 정말 웃기는 일을 해볼까?"

아빠가 양말을 벗으며 말한다. 발바닥에 하얗게 일어난 각질과 너덜너덜한 발뒤꿈치를 보자 이제야 아빠 같다. 나는 아빠에게 다가앉는다.

"그럼, 저 많은 손전등은 다 어떻게 해요?"

"나 대신 팔 사람을 찾아야겠지."

아빠가 끌고 다니는 손가방은 다른 날과 마찬가지로 신발장 옆에 놓여 있다. 그러나 손가방의 모양은 평소와 다르다. 아침마다 하루치 손전등을 챙겨 나갔다가 저녁에는 찬거리를 담아오곤 했던 손가방이 오늘은 여전히 불룩하다. 거의 팔지 못한 모양이다. 그런 일이 오늘 처음은 아닐 거다. 왜 나는 아무것도 몰랐을까. 우리는 말하지 않아도 서로를 잘 아는 사람들인데 말이다.

나는 아빠의 등에 몸을 기대고 앉는다. 좋아하는 사람을 마주 볼 수 없는 일이 생겼을 때는 그 방법이 최고다. 아빠는 부쩍 피곤해 보인다. 하루 종일 내가 뭘 하며 보냈는지 도저히 말을 꺼낼 수 없을 만큼. 나는 당분간 오늘 일은 비밀에 부치기로 마음먹는다. 사랑하는 사람들끼리도 모든 것을 다 털어놓을 수는 없다. 나는 잠든 아빠의 뒷모습을 한참 바라보다가 밖으로 나온다. 담담한 슬픔이 계속되는 동안 내게 새로 생긴 습관이다.

계단을 걸어 내려와 경비실을 지나고, 떠돌이 개들이 자주 모여드는 작은 놀이터를 지나 계속 걷는다. 잠깐 초록색 대문을 기웃거려 보지만, 문틈으로 바라본 안은 사람이 살지 않는 것처럼 캄캄하고 고요하다. 돌아서며 나는 할아버지가 손을 내밀던 순간을 떠올린다. 그때 내가 분명히 깨달았던 건, 할아버지가 영복이의 말처럼 고약한 사람이 아니라 죽고 싶은 사람처럼 보인다는 거였다. 아니, 할아버지는 이미 죽은 사람 같았다. 동네를 돌아다니며 아무리 살펴도 그 할아버지처럼 표정 없는 노인을 본 적이 없다. 살아 있는 동안, 어쩌면 죽은 후에도 세상의 모든 감정에서 벗어나기란 쉬운 일이 아니다. 그런데 할아버지는 왜 그런 표정으로 앉아 있었을까. 게다가 그만 데려가달라니……. 할아버지 곁에 앉았던 그때, 아주 잠깐이었지만 세상의 모든 바람이 한 방향으로 불어가듯 우리가 같은 쪽을 향해 흔들린다고 느꼈다. 그건 나란히 앉은 사람들만이 나눌 수 있는 느낌이었다.

나는 머리를 흔들며 아파트를 빠져나와 마을버스 정류장 쪽으로,

무작정 걷는다. 가까운 곳에서 고양이가 야옹야옹 운다. 나는 뒤돌아보지 않는다. 때론 희망이 외로움보다 더 아프다는 걸 안다.

　마을버스 정류장에 앉아 오토바이 몇 대가 요란한 소리를 내며 지나가는 걸 구경한다. 원마트 앞에 앉아 맥주를 마시는 아저씨들의 시시덕거리는 말소리가 길을 건너온다. 아저씨들이 하는 얘기는 대부분 여자에 관한 것들이다. 띄엄띄엄 들리는 대화를 요약하면 대략 여자와 마누라는 전혀 별개이며, 마누라는 가족이기 때문에 손만 잡고 자야 한다는 내용이다. 무슨 말인지 잘 알아들을 수가 없다. 마누라와 여자를 구별하는 이유나 손을 잡고 자야 하는 가족의 의미가 뭔지 나는 모른다. 아직도 이 세상에는 알아야 할 것이 많다.

　먼 곳에서 폭죽 터지는 소리가 들린 건 맥주를 마시던 아저씨들이 자리에서 일어날 즈음이었다. 풍선이 연속적으로 터지는 소리 같기도 했다. 맥주를 마시던 아저씨들은 잠시 그 소리에 귀를 기울이다가 어둠 속으로 뿔뿔이 흩어졌고, 택시에서 내려 비틀거리며 걷던 젊은 남녀는 가로등 불빛이 닿지 않는 화단 안쪽으로 사라졌다. 이제 마을버스는 운행을 멈췄고 상가의 불빛도 모두 꺼졌다. 한 무리의 아이들이 캄캄한 놀이터에 모이는 것은 언제나 이즈음이다. 곧 느닷없이 나타난 아이들이 낄낄거리며 적막한 동네를 가로지른다.

　"인생은 일방통행로래."
　내 말에 영복이는 눈을 끔벅거리며 나를 쳐다본다.

"그게 뭐이니?"

"돌아갈 수 없다고."

"뭔 말인지 통 모르겠다, 야."

"돌아갈 수 없으니까 잘, 가야 한다는 뜻 아닐까."

영복이는 불과 며칠 사이에 다른 사람이 된 것처럼 보인다. 눈 밑에 검은 그림자가 생기고 볼이 옴폭 패인데다가 길게 자란 머리는 사방으로 뻗쳐 있다. 꼭 버려진 새집 같다. 아무도 돌봐주는 사람이 없다는 건 고향 산천을 버린 것보다 더 쓸쓸한 일이 분명하다. 우리는 들꽃처럼 흔들리며 길가에 앉아 있다. 지나가는 사람 중 우리에게 관심을 기울이는 사람은 없다. 한참 만에 영복이가 묻는다.

"누가 그런 말을 했는데?"

"저기 저 할아버지가."

나는 횡단보도 앞에 서 있는 할아버지를 가리킨다. 빨간 모자에 자주색 조끼를 걸친 그 할아버지는 노란 깃발을 들고 아침, 점심으로 동네 아이들의 교통 지도를 한다. 왜 거기서 그런 일을 하는지는 알 수 없지만, 나는 가끔 곁에서 할아버지가 깃발을 올렸다 내렸다 하는 걸 지켜보곤 한다. 깃발이 절도 있게 허공에서 펄럭거릴 때의 할아버지는 더없이 근엄하고 늠름하다. 마치 마법에 걸린 왕자처럼 말이다. 물론 그 시간은 그리 길지 않다. 아이들의 등교 시간이 지나면, 할아버지는 언제 그랬냐는 듯이 본래의 쭈글쭈글한 모습으로 돌아간다. 나는 깃발을 지팡이 삼아 땅을 짚으며 돌아서는 할아버지의 뒷모습을 볼 때마다 언젠가 동화책에서 보았던 갑옷을 벗은 늙은 기사를 떠올린다.

내가 그 할아버지에게 관심을 갖게 된 건 말투 때문이었다. 할아버지는 '사실적으로다가'로 말을 시작하는 버릇이 있는데, 한번 입을 열었다 하면 그 자리에서 열 번은 기본이었다. 한마디로 할아버지를 요약하자면, 필요 없는 말을 너무 많이 하는 사람이다. 간혹 받아 적고 싶을 정도로 인상적인 말을 하기도 했지만 그런 말은 대개 실수로 튀어나온 말이고, 그렇게 튀어나온 말들도 대부분 '사실적으로다가'에 묻혀버리기 일쑤였다.

인생은 일방통행, 이라는 말은 할아버지가 원마트 사장 아저씨에게 한 말이었다.

"사실적으로다가 생각해보면, 인생은 한 방이 아니라 일방이야. 한번 길을 잘못 타면 끝이라고. 갈아탈 길이 없으니까…… 사실적으로다가 생각하라고."

할아버지는 그렇게 말했고, 원마트 사장 아저씨는 말이 없었다. 다들 쉬쉬했지만, 사장 아저씨가 이혼 소송 중이라는 것은 동네에 널리 알려진 사실이었다.

"그 말을 왜 나한테 하는 거이니?"

영복이가 묻는다. 이유를 말해야 할지, 말아야 할지 망설여지지만 말을 하는 게 나을 거 같다.

"어제 널 봤어. 그저께도, 지난주에도."

"매일 만나니까 그건 당연한 거 아이니?"

"만난 거 말고 본 거 말이야."

"그거랑 그게 뭐가 다르다는 거인지 모르겠다."

영복이는 내내 시치미를 뗀다. 내가 절대 모를 거라 생각하는 눈치다.

영복이는 지난밤에도 한 무리의 끄트머리에, 뭔가 하다 만 말처럼 서 있었다. 어두워 확실히 보이지는 않았지만 어깨를 늘어뜨리고 팔자로 걷는 모양이 영복이 같았다. 게다가 큼지막한 수박이 수놓인 모자는 흔히 볼 수 있는 게 아니었다. 그 모자를 왜 여기서 보게 된 걸까. 그들은 하나같이 챙이 있는 모자를 쓰거나 옷에 달린 모자를 뒤집어 쓰고 검은 비닐봉지를 든 채 동네를 가로지르는 중이었다. 어지간히 늦은 밤이었다. 특별히 눈에 띄는 행동을 한 것은 아니었지만, 한밤의 그 행렬은 이상했다. 나는 그들을 따라갔다. 그들이 아파트 주차장에서 무엇을 할지 예상한 건 아니었다. 그래서 아이들이 주차장으로 들어오는 차를 향해 들고 있던 비닐봉지를 내던졌을 때는 소리를 지를 뻔했다. 비닐봉지 안에 들어 있던 건 음식물 쓰레기였다. 엉망이 된 차에서 내린 운전자는 욕을 하며 아이들을 찾았다. 아이들은 이미 사방으로 뿔뿔이 흩어진 뒤였다. 그게, 그 밤에 영복이를 비롯한 그들이 벌인 놀이였다. 믿을 수 없었다. 내가 아는 영복이는 도저히 그런 짓을 할 만한 애가 아니었다. 내가 아는 영복이는, 내가 아는 한 영복이는, 내가 본 영복이는, 절대로…….

나는 영복이에 대해 얼마나 알고 있는 걸까. 우리는 많은 비밀을 함께 나눈 사이니까 할 수 있는 말은 많았다. 그와 동시에 내가 모르는 영복이도 얼마든지 가능하다는 걸 인정해야 했다. 평생 같이 산 아빠에 대해서조차 내가 자신 있게 말할 수 있는 건, 나를 진심으로 사랑한다는 것 정도였다. 나는 아빠가 어떤 삶을 살았는지, 누구를 만나 어떤 사랑을 했는지, 지금은 어떤 생각을 하는지, 어떤 미래를 꿈꾸는지 모른다. 영복이에 대해서도 마찬가지다.

내가 지난밤 일에 대해 얘기하는 동안 영복이는 한 번도 끼어들지 않았다. 다만 손톱을 물어뜯거나 한숨을 내뱉었을 뿐이다. 그 모습을 보며 나는 말을 잇는다.

"다 마찬가진 거 같아."

"뭐가?"

"우린 친구지만, 그래도 다 알 수는 없다는 거 말이야."

말을 한 건 난데, 말을 해놓고 보니 갑자기 외롭다. 그건 잠든 사람의 등을 밤새 지켜봐야 하는 것과 비슷한 느낌이다. 누군가 아주 멀리 가버린 사람의 뒷모습을 지켜봐야 한다는 거. 이렇게 많은 사람들이 날마다 많은 얘기를 하며 지내는데도 불구하고 외로움을 느낀다는 건, 참 이상한 일이다. 나는 횡단보도 앞에서 깃발을 휘두르며 차를 막고 아이들의 길을 건네주는, 빨간 모자를 쓴 할아버지를 바라본다. 그 할아버지는 이 임대 아파트의 어느 집에 누가 사는지, 그 사람의 고향은 어딘지, 그 집 자식들의 됨됨이는 어떤지에 대해 속속들이 알지만, 늘 자신이 아는 것보다 더 많은 것을 알고 싶어 하는 사람이다. 그게 자신이 살아 있다는 사실을 증명하는 길이라고 믿는 모양이다. 끊임없이 소문을 듣고, 소문을 만들고, 소문을 확인하는 일로 남은 시간을 보내는 건 아마 그 때문일 거다.

다들 자신이 외롭다는 사실조차 모른 채로 내내 외롭구나. 내가 이런 생각을 하는 와중에도 내 곁의 영복이는 주머니에서 손전등을 꺼내 켰다가 끄기를 반복했다. 자신을 지켜주는 게 그거뿐인 것처럼.

영복이는 에스컬레이터를 좋아한다. 남쪽에 와서 가장 신기했던 것도 그거라고 했다. 물론 우리 아파트에는 에스컬레이터가 없다. 최근 들어, 새로 생긴 아파트 주위를 맴도는 이유다. 얼마 전부터 입주를 시작한 새 아파트. 그 아파트의 중앙에 있는 에스컬레이터를 타기 위해 우리는 호시탐탐 기회를 엿본다. 중국집 배달부나 세탁소 아저씨가 중앙 현관에 서서 호출을 하면 문이 열린다. 아주 잠시 동안만 열리기 때문에 정신을 집중해야 한다. 일단 아무렇지도 않은 표정으로 배달부나 세탁소 아저씨를 따라 현관 안으로 들어서면 성공이다. 실내 공터 중앙으로 난 계단이 하늘나라로 올라가는 입구처럼 우리를 기다린다.

나는 그 계단 위에서 점점 발밑으로 내려가는 지상을 보고, 영복이는 침을 꼴깍꼴깍 삼키며 주변을 두리번거린다. 공중을 나는 것처럼 몸이 붕붕 떠오르는 기분을 만끽하며 말이다. 물론 우리는 우리의 한계가 1층에서 2층까지라는 걸 안다. 잠시나마 영복이와 함께 지상을 떠난다는 사실이 중요하다. 비밀을 털어놓기에 그보다 더 멋진 장소는 없다. 나는 에스컬레이터 위에서 영복이의 귀에 대고 소곤거린다.

"엄마 이름을 알아냈어."

영복이가 나를 쳐다본다. 이름이 어떤 이유로 생겨난 것인지는 모르지만, 영복이라는 이름이 영복이를 가장 영복이처럼 보이게 하는 것과 마찬가지로 엄마도, 엄마의 이름과 닮은 사람일 거다. 이름은 그 이름을 부르는 순간부터 특별해진다. 엄마의 이름을 입안에서 굴려보며 알게 된 사실이다. 이제야 내가 진짜 엄마 딸인 것 같다. 보람이라는 엄마. 보람이라는 엄마의 술래라는 딸. 나는 끝없이 영복이의 귀에 대고 소곤거리고, 영복이는 자꾸 귀를 손바닥으로 문지른다.

"긴데, 술래야. 왜 자꾸 귀에다 대고 말하는 거이니. 간질간질하게."

"비밀은 원래 그렇게 말해야 하는 거야."

우리는 움직이는 계단 위에서 웃는다.

"너 웃으니까 좋다."

내 말에 영복이가 웃음을 멈추고 입을 가린다. 마치 잘못하다 들킨 사람처럼 말이다. 나는 귀밑까지 붉어진 영복이를 보며, 다시 내가 아는 영복이를 생각한다. 비록 내가 아는 영복이가 영복이의 전부는 아닐지 모르지만, 지금 내가 보고 있는 영복이가 가짜인 것도 아니다. 걱정도 많고, 수줍음도 많은 열 살짜리 어린애. 설명할 수 없는 이야기가 비밀이 되는 걸 아는, 설명할 수 없어 비밀을 만드는 늙은 어린애. 나는 내려오는 계단 위에서 나도 모르게 손을 들어 영복이의 비죽비죽한 더벅머리를 쓸어준다. 마치 그렇게 하는 게 자연스러운 일인 양 몇 번이나 말이다. 엄마도 언젠가 내 머리를 이렇게 쓰다듬었을까.

"그건 말이지, 마음이 시켜서 하게 되는 일일 거야."

아빠는 그렇게 말한다. 오랜만에 나는 아빠의 팔베개에 누워 낮에 있었던 일에 대해 말하던 중이다. 물론 늘 그렇듯 대부분 내 얘기지만, 언제나 그랬으니까 상관없다.

"마음이 시켜서 하는 일이 뭔데요?"

"평소에는 잘 보이지 않는, 숨어 있던 마음이 모습을 드러내는 순간 같은 거지. 그러니까 넌 영복이를 위로하고 싶었던 거 아니야?"

"난 그런 생각은 안 했어요. 우린 그냥 좀 웃었을 뿐이에요."

"네가 늘 그런 마음이었을 수도 있어. 마음은 생각하고는 좀 다른 거니까."

"어떻게 다른데요?"

"길을 건널 때는 먼저 뭘 해야 하지?"

"차들이 오나 안 오나 보고, 오른손을 들고 건너야죠."

"그건 어떻게 알게 된 건데?"

"아마 놀이방 다닐 때 배웠을걸요."

"오늘처럼 오랜만에 아빠한테 달려와서 덥석 안긴 건 왜 그런 거야?"

"그러고 싶었으니까요."

"그것도 놀이방에서 배운 거야?"

"에이, 그런 걸 누가 가르쳐줘요."

"그런 게 마음이 시켜서 하게 되는 일이야. 그건 배워서 아는 거랑 좀 다르거든."

아빠의 말이 사실이라면 마음을 아끼고 싶지 않다. 우리는 그저 마음이 시키는 대로 후회하며 울며 웃으며 지나간다. 영복이도 그걸 알았으면 좋겠다. 웃기고, 또 가끔은 울리면서 친구가 되어가는 우리가 알아야 하는 건 그뿐이다.

"네가 잘 모르는 모양인데, 열 살이라는 나이는…… 할 수 있는 일이 많지 않다."

영복이가 한숨을 쉬며 말한다.

"그럼, 열 살이 할 수 있는 건 뭔데?"

"말하기 어렵다."

"어려운 게 아니라 생각하고 싶지 않은 거 아냐?"

"너는 어찌 그리 아는 게 많니?"

"비밀이 많아지면 외롭잖아. 고향 산천을 버린 걸로도 이미 충분할 텐데."

영복이의 길고 가는 눈에 눈물이 고인다. 고향 산천이라는 말 때문이다. 나는 어떻게 해야 좋을지 몰라 우두커니 앉아만 있다. 울리려고 꺼낸 말은 아니다. '사실적으로다가' 할아버지가 말했듯이 우리는 종종 자신도 모르게 가장 가까운 사람의 뒤통수를 치는 모양이다. 이번에도 그렇다. 그래서 영복이가 한쪽 코를 막고 바닥을 향해 콧물을 날릴 때도 아무 말도 하지 않는다. 더러운 짓이지만 참는다. 그게 영복이의 뒤통수를 친 것에 대해 내가 치러야 할 대가다. 눈알이 빠지도록 연달아 양쪽 코를 푼 영복이가 코끝이 빨개진 채로 주먹을 쥘 때도 마찬가지다. 나는 눈을 질끈 감는다.

"때리고 싶으면, 한 대만 때려."

"왜 내가 널 때리겠니."

"때리려던 거 아냐?"

내가 눈을 뜨고 묻자 영복이는 코웃음을 친다. 다행이다. 코웃음도 웃은 거니까 일단 고비는 넘긴 셈이다.

"이래 봬도 내 사나이다."

하아, 영복이가 한숨을 쉬며 말한다. 이렇게 한숨이 자연스러운 열 살이라니. 한숨이 몸에 배면 팔자가 사납다던데. 어디서 들은 말인지 기억나지 않지만 일리가 있는 말이다. 나는 걱정스럽게 영복이를 바라본다. 영복이가 점점 쪼그라드는 것처럼 보인다. 몸 안에서 공기가 다 사라지면 어떻게 될까, 하는 상상은 되도록 하지 않으려고 노력한다.

"······그런 걸 물어봐준 사람은 네가 처음이었다."

무뚝뚝한 말투다. 처음 만난 날부터 지금까지 영복이의 말투는 일관되게 무뚝뚝하다. 그러나 나는 그게 영복이가 자신을 표현하는 방법이라는 걸 어느새 알고 있다. 무뚝뚝하게 말하는 영복이는 수줍은 영복이이고, 외로운 영복이이고, 부끄러워하는 영복이이다. 최근에야 알게 된 사실이다. 마음을 읽을 수 있는 능력은 어떤 시간을 함께 지나고 나서야 비로소 생기는 모양이다.

　어떤 일이든 시작은 사소하다. 영복이는 혼자 그네를 타다가 우연히 어떤 형을 만났고, 그 형은 물론 영복이에게 친절했다. 영복이의 말투를 놀리지 않았을 뿐만 아니라 처지를 위로하기까지 했다. 나는 몰랐지만, 영복이는 짜장면에만 약한 것이 아니라 위로에도 약한가 보다. 거기다가 그 형도 스스럼없이 자기 얘기를 털어놓았으니, 바보 같은 영복이가 얼마나 쉽게 경계심을 거뒀을지는 보나 마나. 그 형이 하는 얘기는 다 진짜인 것처럼 들렸다고 영복이가 말한다. 더 많은 친구들을 소개시켜준다는 말도 외로운 영복이에게는 솔깃한 얘기였을 거다. 인정하고 싶지는 않지만 영복이에게는 다른 친구도 필요하다. 영복이는 그때 함께 먹었던 햄버거 맛을 평생 잊지 못할 거 같다고 고백했다.
　"그거이 너무 맛있었다. 잠깐 내 처지를 잊을 만큼."
　"넌 먹는 걸로 처지를 잊어?"
　"배가 고파 하늘이 노랗게 보인 적이 없는 사람은 모른다. 그게 어떤 거인지."
　"그럼 햄버거 때문에 그런 놀이를 하게 된 거네?"
　"꼭 그런 건 아니다. 처음엔 그냥 재미있었다. 도망칠 때 뒷덜미가 바짝 서는 느낌도 좋았고. 그게 사나이들의 세계라고 했다."

나는 모른다. 사나이들의 그 세계를. 다만 사내아이가 사나이들의 세계를 동경하는 건 아마 계절마다 바람이 바뀌는 것처럼 당연하고 자연스러운 현상일 거다. 나처럼 나이를 잃어버리고 뒤죽박죽의 시간을 사는 여자애와 지내다 보면 그런 세계가 멋있게 느껴졌을 수도 있다. 그건 내가 아무리 노력해도 결코 이해할 수 없는 세계에 대한 문제이므로 할 말이 없다. 그러나 아파트를 돌아다니며 벨을 누르고 도망치는 또 다른 놀이에 대해 들었을 때는 나도 모르게 눈을 부라렸다.

"너 미쳤어? 그런 게 왜 재밌어?"

내가 소리를 지르자 영복이는 다시 우물쭈물하며 말꼬리를 흐린다.

"내가 힘이 센 것처럼 느껴져서리……."

"힘이 세면 좋아?"

"가끔 화가 나면 강해지고 싶다는 생각이 들지 않니?"

"화는 왜 나는데?"

"동네를 돌아다니면서 알게 됐다. 여기도 계급이 있다 그 말이다. 그걸 피해 고향을 버렸는데, 아바지는 계속 아프고 어마니는 생사도 모르고. 배불리 먹고 잘 살 줄 알았다 나는, 여기서."

영복이의 말대로라면 여기도, 행복한 땅은 아니다. 맞는 말일 거다. 지상에 행복한 땅 같은 건 없으니까. 그건 고추나 상추처럼 땅에서 나는 게 아니다. 사실 나는 행복이 뭔지조차 잘 모른다. 그에 비해 영복이는 어떤 꿈이든 가능한 시간을 살고 있다. 가능한 시간, 그건 누구에게나 있지만 잘 보이지 않는 시간이다.

"사나이가 되니까…… 좋아?"

"피곤하다."

"……."

"가끔 잘 모르겠다."

"뭘?"

"이게 살아 있는 건가 싶다. 우리 가족은 남에서나 북에서나 가진 게 별로 없다."

"……."

"잃어버린 게 너무 많다."

영복이의 얼굴에 나뭇잎 그림자가 어른거린다. 어느새 길게 자란 가로수 가지들이 우리의 머리 위에서 그늘을 만든다. 살아 있는 것들은 모두 이렇게 그림자를 만드는구나. 나는 영복이의 그림자를 한참 바라본다. 그건 누구도 빼앗을 수 없는, 온전한 영복이 거다. 나는 영복이가 자신의 그림자를 잘 지키며 살길 바란다. 아빠도, 빨간 모자를 쓴 '사실적으로다가' 할아버지도, 노란 줄무늬 고양이 가필드도. 그리고 나에게 데려가달라고 말하던, 죽은 것처럼 사는 할아버지도.

여전히 살고 있다는 걸 잊어버린 할아버지. 왜 자꾸 그 할아버지가 떠오르는 건지는 알 수 없다. 다만 여전히 살고 있는 동안은 어떻게든 살아야 한다는 걸, 내가 아는 모든 사람들이 잊지 않길 바랄 뿐이다. 차가운 두 손으로 얼굴을 가리고 나는 꿈꾼다. 거짓말도 진짜라고 믿으면 진짜가 되는 꿈. 내가 바란대로 소녀가 되고, 꿈꾸는 대로 예쁜 여자가 되는 그런 거짓말 같은 꿈. 내가 지상에서 바라는 건 그게 전부다. 그러나 나는 안다. 알지만 아직 인정할 수 없는 어떤 이야기. 그게 나를 끊임없이 걷고 생각하고 얘기하고 달리게 하는 힘이다. 걷고 생각하고 얘기하고 달리는 동안에는, 나는 이 세상에서 살 수 있다. 나는 손바닥 속에 숨어 나를 위로한다. 그래도 나는 기적이잖아. 쉬지 않고 이 년을 걸어 결국 돌아왔잖아.

내 머리에 닿는 뭔가가 잠깐 머뭇거리더니 이내 봄볕처럼 내 머리를 쓸고 다시 쓴다. 나는 고개를 든다. 영복이다. 우리의 어깨 위에 늘어진 나무 그늘은 그사이에 한층 더 짙어져 있다. 여름이 다가온다. 나는 내내 하려던 말을 꺼낸다.

"내가 태어난 병원에 가봐야겠어. 더 늦기 전에."

8.

'나는'이라고 쓰고 창밖을 내다보았다. 어느덧 희끄무레한 운무가
마당 가득 내려앉은 새벽이었다. 이슬이 내렸는지 물비린내가 희미하
게 풍겨왔다. 찌그러진 자전거 바퀴와 무성한 잡초 사이로 안개가 떠
도는 것을 보았다. 눈앞의 현실이 잠시 비현실적인 공간으로 바뀌는
시간이었다. 여기로부터 아주 먼 곳에 있는 것 같은 착각이 들었다. 나
는 고개를 돌려 다시 눈앞의 공책을 보았다. 그리고 내가 써놓은 '나
는'이라는 글자 위에 힘을 주어 두 줄을 그었다. 내가 밤새 깨어 되풀
이한 일이라곤 그게 다였다.

"자기를 소개해보세요."

강사가 내준 숙제는 간단했다. 그러나 스스로를 소개하는 일만큼

쑥스러운 일이 또 없다는 걸 아는 데는 그리 오랜 시간이 걸리지 않았다. 나는, 누굴까. 나는 과연 나에 대해 한마디라도 제대로 쓸 수 있을까. 밤새 생각했지만 어디서부터 무엇을 어떻게 써야 할지 알 수 없었다. 그건 평생 한 번도 해보지 않은 일 중 하나였다. 나를 모르는 누군가에게 내 얘기를 한다는 건 어쩌면 불가능한 일일지도 모른다. 도대체 자신을 응시한다는 게 가당키나 한가. 허리가 아파왔다. 밤새 앉아 있었던 탓이었다. 나는 자리에서 일어나 허리를 두드리며 마당으로 나갔다. 마당의 흙이 촉촉이 젖어 사위는 선선했다. 제법 이른 시간임에도 불구하고 집을 에워싼 아파트 창들이 띄엄띄엄 불을 켜고 있었다. 하루를 살았고, 다시 하루가 시작되는구나. 시간이 아깝지는 않으나 헛짓을 하고 있는 것 같았다.

첫날 강의실에서, 나는 그 세계에 어울리지 않는다는 걸 깨달았다. 강사의 말은 외국어가 아니었지만 외국어 같았다. 그가 듣도 보도 못한 말을 뱉어낼 때마다 나는 공책에 단어를 적어가며 의미를 되짚어야 했다. 도대체 응시나 내면이나 자기치유 같은 말을 쓰는 사람이 있다는 게 이상했다. 그건 내가 사는 세계에는 없는 말이었다. 광식이나 내가 자주 쓰는 말이라고는 빤쓰나 피자, 끼니, 죽음, 시간, 노망 같은 말들이 대부분이었다. 한 시간도 채 지나지 않아 나는 내가 그들에게 연필 쥐는 법조차 까먹은 지 오래된, 무식하고 주책 맞은 노인으로 보일 거라는 걸 알았다. 강사는 나의 '열정'을 칭찬했지만 말이다.

"그 연세에도 새로운 도전을 하시는 모습이 정말 보기 좋습니다."

사람들은 고개를 끄덕이며 손뼉을 쳤다. 나는 글쓰기가 도전이라는 걸 왜 진작 알지 못했을까, 하고 생각했다. 나는 도전 같은 건 할 생각이 전혀 없었다. 낭패감으로 등줄기가 후끈 달아올랐다.

"그럼 왜 그런 마음을 먹은 거야?"
광식이가 물었다.
"잘 죽는 데 도움이 될까 하고."
"변했구나."
"뭔 소리냐."
"잘 죽고 싶다는 생각을 한 게 변한 거지."
"지은 죄가 많아서 그런 생각을 한번 해봤다. 죽을 때가 돼서 노망이 난 걸 수도 있고."
"죄 없는 사람이 어딨냐. 다들 모른 척하고 살 뿐이지."
너도 죄를 지은 적이 있느냐고 묻지 않았다. 다만 괜한 짓을 했다는 후회뿐이었다.
"때려치우련다, 그냥."
"때려치울 때 치우더라도, 숙제는 해라. 한번 해봐라."
"될까?"
"안 될 것도 없지, 어차피 죽을 건데."
광식이는 노인들에게 가장 용기를 주는 건 죽음이 얼마 남지 않았다는 사실이라고 했다. 어떻게 그 머리에서 그런 말이 나오나 싶어 나는 잠시 광식이를 쳐다보았다. 녀석은 자기가 무슨 말을 했는지 전혀 의식하지 못한 채 텔레비전 시청에 여념이 없었다. 그 속으로 들어가기라도 할 것처럼 입을 헤벌쭉 벌리고 화면에 코를 박은 폼이 꼭 얼빠진 녀석 같았다. 채널을 이리저리 돌려가며 영화를 골라 보는 일이 최근 녀석의 일과였다. 그중에서도 반쯤 벗은 사내들이 등장하는 시대극을 좋아했는데, 주인공들이 근육을 꿈틀거리며 칼을 휘두르거나 격투를 벌이는 장면이 나올 때면 황홀한 표정까지 지어 보이곤 했다. 무슨 바람이 들었는지 알 수 없는 노릇이었다.

"재밌냐?"

"오냐."

"부러우냐?"

"아름답잖아."

"뭐가?"

"살아 있다는 게."

"좋겠다, 아름다워서."

타박을 주거나 말거나, 녀석은 신경 쓰지 않았다. 아름답다는 말이 입버릇이 된 지 이미 오래였다. 녀석이 처음 그 말을 꺼냈을 때만 해도 잠에 취해 우연히 꺼낸 말인 줄 알았다. 그러나 그 뒤로도 광식이는 틈만 나면 서슴지 않고 그 말을 썼다. 마당에서 은행나무를 감고 뻗어가던 능소화가 처음 꽃을 피웠을 때도, 아파트 사이로 해가 질 때도, 느닷없이 번개가 칠 때도, 심지어는 바람에 날아오르는 나뭇잎들을 보면서도 광식이가 한 말은 아름답다, 였다. 그 말을 할 때 광식이의 표정은 진심으로 뭔가에 홀린 것 같았다. 이 난데없는 입버릇을 어떻게 받아들여야 할지 난감했지만, 신기하게도 나는 곧 익숙해졌다. 이제는 광식이가 말없이 홀린 듯한 표정을 지어 보이면 그 대상이 뭔지 슬그머니 궁금하기까지 했다.

나는 광식이 곁에서 다시 '나는'이라고 적은 다음, 망설이다가 한 문장을 완성했다.

나는 입버릇처럼 아름답다, 라고 말하는 친구와 함께 살고 있습니다.

써놓은 것을 눈으로 읽은 다음 다시 소리 내어 읽었다.

"입버릇이 아니라 실제로 아름다운 거다."

여전히 화면에서 눈을 떼지 않은 채로 광식이가 말했다. 나도 몇 번이나 본 그 영화는 치명적인 급소를 들킨 영웅이 처참하게 쓰러지는, 한마디로 인간적인 영웅이 등장하는 영화였다.

"주인공이 죽는 건 안 아름다운 거 아니냐?"

"무슨 소리. 모든 건 끝이 있어서 더 아름답다."

낮도깨비 같은 말을 툭툭 내뱉을 때마다, 나는 어떤 번개탄을 피우면 바보가 됐다가 저렇게 유식해질 수 있는 건가 싶었다. 나는 고개를 설레설레 흔들며 다시 한 문장을 적었다.

나는 입버릇처럼 아름답다, 라고 말하는 친구와 함께 살고 있습니다. 그 친구는 모든 것에 끝이 있어서 더 아름답다고 말합니다.

그리고 덧붙였다.

　그리고 저는 내내 죽음을 기다리며 살았습니다.

　광식이의 말대로, 나는 변했는지도 모른다. 안 하던 짓을 충동적으로 시작한 건 그 때문일 것이다. 남은 시간이 얼마 없다는 사실. 그 사실을 실감한다는 사실. 어쩌면 광식이의 말대로 죽을 날이 가까워졌다는 게 용기를 준 걸지도 모른다. 몇 주 전 문화센터에서 느꼈던 흥통은 오래된 몸뚱이에 자연스레 수반되는 통증과는 전혀 다른 차원의 것이었다. 이미 경험한 적이 있는 나에게 다시 찾아온 그것은, 사자가 보낸 전언 같은 것이었다. 나는 한동안 눈앞의 공책을 바라보았다. 방구석에 오랫동안 처박아두고 바라보기만 했던 타자기가 떠올랐다. 아주 오래전 타자기를 훔쳤던 그날부터 나는 내 죄를 고백할 날을 꿈꿨던 것 같다. 내가 바라는 것은 이제 선한 죽음밖에 없다.
　"광식아."
　"오냐."
　"지현이는 어디 멀리 간 거냐?"
　"잘 모른다, 몰라."

"머물 수 있는 친척 집은 혹시 있냐?"

"없다, 없다."

"……."

"서두르지 마라. 예정된 시간에 떠나는 건 기차뿐이니까."

"너나 나나 당장 어떻게 돼도 이상할 게 없는 나이야. 준비를 하는 것도 나쁘지 않지."

"매일매일 빤쓰만 잘 갈아입으면 된다."

광식이가 코털을 뽑으며 대답했다. 그 무심하고 간단한 논리 앞에서 내가 할 수 있는 거라고는 실소를 짓는 것뿐이었다. 광식이의 논리대로라면 우리가 죽음을 준비하는 데 걸리는 시간은 채 십 분이 되지 않을 것이다. 그러나 느닷없는 죽음이라면 몰라도, 과연 죽음을 그렇게 간단하게 맞이할 수 있을까. 또 나는 잘 해낼 수 있을까. 내가 생각하기에 나는 평생 단 한 번도 뭔가를 잘 해낸 적이 없는 사람이었다.

눈앞의 공책을 멀찌감치 밀어내고 얼굴을 쓸어내렸다. 지난 시간들이 활동사진처럼 차근차근 머릿속을 스쳐갔다. 쓰는 것보다 쓰기 위해 생각하는 시간에 의미를 두라고 했던가. 강사는 분명히 그렇게 말했다. 처음에는 뭔 개소린가 싶었지만 그 말뜻을 알 것 같기도 했다. 나는 처음으로 기억들을 불러 모으고 있었다. 이런 시간이 아니었으면 아마 죽을 때까지 기억을 되감아보려는 노력 같은 건 하지 않았겠지. 결국 이게 내가 생의 마지막에 해야 할 일인 모양이었다. 이제 더이상 도망칠 곳도 없었다. 내가 고백을 하려는 이유였다. 아무도 듣지

않는다고 하더라도, 꼭 한 번은 입 밖으로 꺼내야 하는 말. 나는 말을
더듬는 심정으로 다시 더듬더듬 쓰기 시작했다.

나는 입버릇처럼 아름답다, 라고 말하는 친구와 함께 살고 있습니
다. 그 친구는 모든 것에 끝이 있어서 더 아름답다고 말합니다. 그
리고 저는 내내 죽음을 기다리며 살았습니다. 전쟁터에서 만난 아
이들 때문이었습니다. 저는 어린 오누이를 쐈고, 그들이 오랫동안
제 꿈에 찾아왔습니다.

나는 언제나 과거형이었다. 고작 이 짧은 문장을 쓰기 위해 아주 긴
시간을 과거형으로 살았던 것이다. 잊어버리려고 애쓰는 기억일수록
점점 더 깊이 빠져든다는 걸 알면서도 떨치지 못했던 건, 아마 지금이
라고 말할 만한 때가 없었기 때문일 것이다. 억울하거나 아쉬운 마음
이 없는 것은 아니었으나 써놓고 보니 한결 마음이 가벼웠다. 고작 글
자 몇 개였지만 이제야 나를 똑바로 볼 수 있을 것 같았다. 벽에 기대
눈을 감았다. 다른 날과 마찬가지로 삶의 기척은 결코 담장 안으로 넘
어오지 못했다. 그래도 담장 밖 소리들은 들려왔다. 아이들이 떠드는
소리, 누군가 노래를 부르며 지나가는 소리, 창문을 여닫는 소리, 그리
고 무엇인가 문에 부딪히는 소리. 한 번, 아니 두 번, 세 번. 반사적으로
나는 눈을 뜨고 소리가 나는 쪽을 바라보았다. 바람이 부는 듯 대문이
가볍게 흔들렸다. 그리고 똑똑, 다시 똑똑. 나는 대문 쪽을 향해 큰 소

리로 물었다.

"누구요?"

문밖은 조용했지만 누군가 있었다. 나는 다시 담장 밖을 향해 물었다.

"누구요?"

"저기, 저는 리영복이라고 합니다."

작고 마른 소년이 꺼질 것처럼 문 앞에 서 있었다. 문고리를 쥔 채로 나는 꿈을 들여다보는 사람처럼 눈을 끔뻑거리며 아이에게 물었다.

"그게, 네 이름이냐?"

"네."

"무슨 일이냐?"

"그거이…… 그러니까 그거이…….."

아이는 자꾸 곁눈질을 하며 말을 더듬었다. 아이의 이마를 덮은 머리카락이 젖어 있었다. 더운 모양이었다. 아닌 게 아니라 아이가 입은 옷은 답답해 보였고, 표준어를 쓰려고 노력하는 기색이 역력했으나 그로 인해 말투는 더 어색하게 들렸다. 긴팔 운동복을 입기에는 더운 계절이었다. 여기 아이가 아니구나, 하고 나는 생각했다. 이 집을 에워싸고 있는 임대 아파트에 탈북자들이 산다는 말을 들은 적이 있었다. 탈북자가 이상한 시절은 아니었지만, 아이가 내 집의 문을 두드린 건 이상한 일이었다.

"공이라도 주우러 온 거냐?"

"아이요, 그런 거이 아이라."

웅얼거리듯 아이가 말했다.

"부탁이……."

"부탁이 있다고?"

아이는 땅을 보며 고개를 끄덕였다. 땀이 흘러 번들거리는 목덜미가 보였다. 긴장을 한 탓인지, 날씨 탓인지는 알 수 없었다. 다만 영문을 알 수 없었다. 난데없이 찾아와 땀을 흘리며 다짜고짜 부탁이 있다니.

"나를 찾아온 게 맞냐?"

우물쭈물하며 자주 곁눈질하거나 힐끔거리며 내 눈치를 보던 아이는 마침내 눈을 찔끔 감고 입을 열었다.

"그거이, 사연이 좀 길어서리……."

"그러니까, 그 사연이 뭐냐?"

"친구가 부탁이 있다는데, 그걸 저에게 부탁했시요."

아이의 말은 두서없었다. 부탁을 부탁받았다는 말이 얼마나 이상하게 들리는지 전혀 알아채지 못하는 것 같았다. 아니, 어떻게 설명해야 할지 몰라 쩔쩔매는 쪽인 것 같았다. 답답하기는 나도 마찬가지였다. 나는 뒤를 돌아보았다. 함부로 보여줄 것도 없지만 그렇다고 별로 숨길 것도 없는 풍경이 어제 그랬던 것처럼, 그제 그랬던 것처럼 마당에 널려 있었다.

"들어오너라."

나는 반쯤 열었던 문을 활짝 열었다. 그리고 마당의 가장자리를 돌아 현관 앞에 앉았다. 쭈뼛거리면서도 녀석은, 나를 따라 들어와 두 손을 모으고 내 앞에 섰다. 이상한 일은 마당에 산더미처럼 쌓인 고물들을 보고도 전혀 놀라거나 신기해하지 않는다는 거였다. 분명히 처음 보는 광경일 텐데도 녀석은 별 내색이 없었다. 희한한 녀석이었다. 두말없이 나를 따라 들어온 걸 보면, 뭔가 대단히 어려운 부탁을 하러 온 모양이었다. 어찌나 땀을 흘리는지 보는 내가 다 안쓰러울 지경이었다. 나는 아이를 바라보며 말했다.

"몇 살이냐?"

"열 살…… 아니, 실은 열두 살이요. 여기 오며 아바지가 제 나이를 깎아 열 살이 됐시요."

"그래, 알았다. 무슨 얘긴지나 들어보자."

내 말에 아이가 긴 한숨을 내쉬며 어깨를 축 늘어뜨렸다. 열두 살 아이의 한숨치고는 깊고 길었다. 뿐만 아니라, 패인 볼이나 미간에 잡히는 주름은 또래의 그것 같지 않았다. 나는 끈기 있게 기다렸다. 달리 이유는 없었다. 아이가 있든 없든, 여기 앉아 바라보는 게 내 일이었으므로 아무것도 하지 않았을 뿐이었다. 마침내 아이가 더듬더듬 입을 열었을 때도 나는 그냥 바라보기만 했다.

"제 친구가요. 병원에를 가야 하는데요. 거기가 너무 멀어서 어른이랑 같이 가야 하는 지경에 친구가 영감님 얘길 했시요. 전 안 된다고 했는데."

"병원은 왜?"

"어마니를 찾으러요."

"네 엄마 말이냐?"

"아니, 그게 아이고요. 제 친구 어마니요."

"친구 엄마를 왜 병원에서 찾냐? 개 엄마가 간호사냐? 그런데 내가 왜 거길……."

"아니, 그게 아이고요, 수첩에 기렇게 쓰여 있어서리."

아이의 말에 나는 스무고개를 하는 기분으로 계속 장단을 맞췄다. 밑도 끝도 없는 얘기였지만, 계속 묻고 대답하며 아이와 나는 그럭저럭 대화 비슷한 걸 하고 있었다. 그 와중에도 아이는 계속 혼잣말처럼 중얼거리며 곁을 흘끔거리곤 했다. 마치 곁에 누가 있기라도 한 것처럼 말이다. 처음에는 주의가 산만한 녀석인가 싶어 무심히 넘겼지만, 시간이 지날수록 녀석의 행동을 예사로 보기 어려웠다. 살짝 돈 건가 싶기도 했다. 처음 문을 열었을 때 눈을 한번 치켜떴으면 그걸로 끝이었을 텐데, 괜한 짓을 했다는 후회가 밀려왔다. 너무 오래 장단을 맞춰 준 감이 없지 않았다. 아이의 사연을 다 알 수는 없었지만 그건 어디까지나 아이의 문제였다.

"얘야."

"네."

"그래서 하고 싶은 말이 뭐냐?"

"그거이 병원에 같이……."

"날 어떻게 알고?"

"그러니까 술래가 한번 여기 왔는데 그때 영감님을 봤다고 했시요."

"술래가 누구냐?"

"제 친구요."

"걘 어디 있는데?"

"그거이 여기 같이 왔는데……."

말끝을 흐린 아이는 금방 울 것 같은 표정을 지어 보였다. 원래 그런 건지, 아니면 내 앞이라 그런 건지 알 수는 없지만 답답했다.

"네 친구는 안 보이는구나. 그리고 무슨 말인지는 알겠다만, 거길 같이 가는 건 좀……."

"제 말이 이상하게 들리겠지만 여기, 여기……."

내 말이 끝나기도 전에 매달리듯 아이가 말했다. 황당한 노릇이었다. 그냥 집 안으로 들어가버릴까 생각했지만, 어떻게든 아이를 돌려보내는 게 맞았다. 나는 못 들은 척 일어섰다. 아이가 다급하게 말을 이은 건 그때였다. 내내 어색하게 들리던 말투가 어느새 바뀌어 있었다.

"얼마 전에 영감님이 여기 앉아 있는 걸 봤다고 했시요. 그때 영감님이 술래한테 손을 내밀면서, 그만 데려가달라고 했다고 그랬시요. 저래 절대 돈 게 아니야요."

나는 멈칫했다. 언젠가 잘못 날아왔던 새, 아니 죽기 위해 날아왔던 새가 떠올랐다. 그런 날이 있었지. 아마, 죽은 새를 떠올리며 죽고 싶었던 즈음이었지. 그런데 어떻게 이 녀석이 그 얘길 하는 걸까. 그건 분명히 한여름 낮잠처럼 슬프고 뜨거운, 꿈이었을 뿐인데. 내 일이었고, 한 번도 입 밖으로 꺼낸 적이 없는 기억인데. 그걸, 어떻게 아는 걸까.

"무슨 말이냐?"

"술래가 기렇게 말하면 알 거라고 했시요. 영감님은 모르겠지만, 자기가 눈물도 닦아줬다고. 절대로 지어낸 말이 아니야요."

나는 다시 아이를 마주 보고 앉았다. 어디선가 구름이 몰려와 아이의 얼굴에 짙은 그림자를 드리웠다. 이 아이는 자신이 하고 있는 얘기가 무슨 말인지 잘 모르는 것 같았다. 다만 어찌할 바를 모르는 강아지처럼 엉거주춤 서 있을 뿐이었다. 나는 아이의 낮은 콧등과 짧은 인중에 송골송골 맺힌 땀방울을 보았다. 왜 이 상황에서 그런 것이 보이는지는 알 수 없었지만, 한 번도 누군가의 얼굴에서 솟는 땀방울을 자세히 바라본 적이 없었던 것 같았다. 아직도 처음인 일들이 있다는 게 신기했다. 생은, 왜 이제 더 이상 미련이 없다고 생각할 때마다 새로운 얼굴로 나타나는 것일까.

"그 술래라는 아이는 어디 있냐?"

아이는 더 안절부절하더니 내게 바짝 다가와 속삭이듯 말했다.

"저기, 혹시 귀신을 믿으세요?"

"왜? 걔가 귀신이라도 되냐?"

아이는 크게 고개를 끄덕거렸다. 그러고는 더 낮은 목소리로 말했다.

"이건 비밀이야요."

나는 아이를 멀뚱히 쳐다보았다. 귀신도 그렇고, 비밀이라니. 무슨 말인지 알아들을 수 없었다.

"술래는 아직 모르는 눈치야요, 자기 처지를."

아이는 이제야 속이 후련하다는 듯이, 긴 숨을 내뱉었다. 물론 나는 눈에 보이는 것만 믿거나 보이지 않는 세계에 대해 맹목적으로 믿는 편은 아니었다. 여전히 이 세상에서는 아무도 모르는 일들이 일어났고 또 무언가 사라졌다. 그것들이 나타나고 사라지는 이유를 알든 모르든 말이다. 그러나 그 또한 오랫동안 나와는 상관없는 일이었다.

"그래, 그 애가 그러든? 나를 찾아가보라고?"

"네. 믿어주고 도와줄 사람이, 영감님밖에 없을 거 같다고 그랬시요."

"희한하구나, 정말."

나는 혼잣말처럼 중얼거렸다. 만약 그때 내가 정말 뭔가를 본 게 맞다면, 그건 내 죄의식이 만든 환영일 거라 생각했다. 생생하고 슬프고 고통스러웠던 기억이 더 이상 오래된 육체를 감당하지 못하고 몸 밖으로 튀어나와 허상을 만든 거라고 믿었다. 그럴 만도 했다. 나 자신도 견딜 수 없던 나를 오랫동안 끌고 살았으니까, 이제 그런 일이 생길 때도 됐다고 생각했던 것이다. 그런데 난데없이 내 눈앞에 나타난 아이가 그날 내가 보았던 일을 다시 새로운 이야기로 만들고 있었다. 나는 점점 내가 그날 본 아이가 어쩌면 술래라는 아이일지도 모른다고 생각하기 시작했다. 비겁한 일이었지만, 또다시 새로운 비겁을 저지르고 있었지만, 나는 이 나이에도 또 나로부터 도망치고 싶은 모양이었다.

"걔는 원래 알던 애냐?"

"아이요, 그리 오래되지 않았시요. 떠돌다 만난 친구야요."

"동갑이었던 모양이구나."

"술래는 여덟 살에 죽어 이제 열 살이 됐지만, 갸래 나이가 중요한 것도 아니고……."

나는 너무나 아무렇지도 않게 죽음이라는 단어를 입에 올리는 아이의 말을 들으며 생각했다. 과연 죽는다는 것이 뭔지 알까. 알고도 저렇게 쉽게 말할 수 있을지 궁금했다. 그도 그럴 것이 열두 살짜리 아이의 입에서 나오는 죽음이라는 말이 마치 산책 가는 소년의 걸음처럼 가벼웠던 것이다. 죽음은 이처럼 늘 어디서나 튀어나오는 말이었지만, 안개 너머에서 보일 듯 말 듯한 먼 세상의 말이기도 했다.

"어쩌다가 그랬다니."

"저도 확실히는 잘 모르는 일이야요. 나쁜 아저씨 꼬임에 빠졌다고만 했시요."

"가족들은 있더냐?"

"가족이라야 달랑 술래 아바지뿐인데, 그거이……."

"그 양반이 슬펐겠구나."

"그래도 참 늠름한 양반이야요. 손전등도 팔고, 짜장면도 사주고."

내가 묻는 말에 꼬박꼬박 대답하던 아이가 갑자기 입을 막았다. 그러고는 고개를 좌우로 흔들며 중얼거렸다. 녀석의 하는 꼴이 도무지 이해가 되지 않았다.

"너 아까부터 뭐라고 혼자 그렇게 중얼거리는 거냐? 정신 나간 녀석같이."

내 말투가 퉁명스럽게 들린 모양이었다. 아이는 다시 내 눈치를 보기 시작했다. 원래 눈치란 태생적인 것이라기보다 어느 사이에 몸이 알아서 익힌 습관이었다. 내가 아는 것이라야 텔레비전을 통해 얻은 단편적인 사실들이 고작이었지만, 살던 곳에서 여기까지 오는 길이 녹록지는 않았을 것이었다. 게다가 아이는 이제 고작 열두 살이었다. 그 사정을 내가 함부로 짐작할 수는 없었다. 그럼에도 불구하고, 설핏설핏 보이는 아이의 행동은 오해를 받기에 충분했다.

"그거이…… 자꾸 말을 시켜서리. 저래, 절대 정신 나간 게 아니야요."

"뭔 말이냐, 그게. 누가 말을 시켜."

"술래 말고 또 누가 있겠시요."

"정말로 개가 여기 있냐?"

"정말로 있시요."

"계속 여기에 있었다는 말이구나."

"네, 계속 여기에 있었시요."

나는 고개를 돌려 집 안을 둘러보았다. 보이지 않는 뭔가가, 아니 누군가가 내 곁에 있다는 사실이 섬뜩하기보다는 이 공간을 통째로 낯선 곳으로 만들었다. 그것은 어쩌면 늘 여기 있었지만 내가 까맣게 모르던, 이 세상에 관한 얘기였다. 폐지에서 피어오르는 오래된 곰팡내가 누군가 흘린 땀내처럼 끼쳐왔고, 터진 자전거 안장에서 비어져 나온 스펀지가 가루가 되어 모래처럼 날리는 걸 보며 나는 멍하니 서 있었다.

바람도 담을 넘어 들어오지 않는 조용하고 화창한 초여름 오후였다. 수없이 많은 초여름이 매해 다를 것 없이 지나갔고, 나는 오랫동안 이 마당에서 그걸 지켜보았다. 그것에 대한 감상 따위는 없었다. 다만 지나갔고, 지나가길 바랐고, 어서 끝이 나길 기다리며 보이는 대로, 보이는 것만 보며 살았다. 맹세컨대 아깝다는 생각은 한 번도 해본 적이 없었다. 그러나 그사이 많은 것들을 놓치고 버렸다는 사실은 알지 못했다. 버렸다는 사실도 잊어버리고 산 세월이었다.

그동안에도 아이는 눈앞의 파리를 쫓으며 내내 땀을 흘렸고, 종종 한숨을 쉬었다. 관절이 시원찮은 사람처럼 행동이 굼뜬 것도 그랬고, 말을 할 때마다 미간에 주름이 잡히는 것도, 한숨처럼 길게 숨을 내뱉는 폼도 아이답지 않았다. 그 조로(早老)의 원인에 대해 나는 아무것도 아는 게 없었다. 슬픔의 내력이란 으레 아주 개인적이고 사소한 기억에서부터 시작되는 것이었으니까 말이다. 그래서 누군가를 안다는 건 그토록 어려운 일이었다. 또한 누군가 나를 알아줄 거라는 희망도 가능하면 버리는 것이 좋았다. 평화는 그 긴장의 경계에서 생기는 것이었다. 노인 같은 아이 곁에서 진짜 노인인 내가 할 수 있는 일이라고는 고작 아이가 가진 근심과 걱정이 녀석의 삶 전체가 되지 않길 바라는 것 정도였다. 그 정도가 내가 가질 수 있는 연민의 최대치였다.

끝내 나는 거절도, 승낙도 하지 않았다. 다시 오라고 일렀을 뿐이다. 나는 아이가 서 있던 자리를 잠시 바라보다 집 안으로 들어왔다. 집 안은 컴컴하고 서늘하고 조용했다. 창문으로 들이치는 석양을 향해 앉아 있자니 붉은 햇빛 속에서 먼지들이 반짝거렸다.

내 앞에 놓인 자기소개서는 아직, 미완성이었다. 처음 그 숙제를 받았을 때는 고작 종이 한 장으로 나를 소개하는 일이 불가능할 것이라 여겼다. 한때 누구보다 많은 일을 겪었고 많은 시간을 살았고 많은 불행에 대해 알고 있다고 생각했다. 그래서 평생 내 것이 무엇인지, 내가 누구인지 모른 채 눈을 감고 귀를 막고 시간을 흘려보냈다. 늘 시간 안에 살고 있었지만, 평생 아무것에도 관여하지 않고 그저 구경으로 일관했다. 짐을 늘리지 않으려 애썼고, 늘어나는 짐을 부담스러워했고, 버리기에 급급했다. 모두 헛짓이었다. 나는 매일 뭔가를 버렸다고 생각하며 눈앞에 그것들을 쌓아놓고, 그게 거기 있다는 걸 확인하며 산 꼴에 지나지 않았다.

"아깝지 않냐? 인생이?"

어둠 속에서 광식이가 불쑥 말을 던졌다. 이제는 그리 놀라운 일도 아니었다. 나는 부러 퉁명스럽게 대답했다.

"왜, 또 아름답지는 않고?"

모습을 드러낸 광식이가 이를 드러내고 히히, 소리 내어 웃었다. 하루 종일 코빼기도 보이지 않던 녀석은 어디서 뭘 하다 왔는지 더할 수 없이 편하고 즐거워 보였다. 우리는 서로에게 바라는 것이 아무것도 없었다. 거기 있다는 걸 아는 것만으로도 충분했다. 곧, 누군가는 남고 누군가는 떠날 것이다. 우리에게 남은 마지막 위로는 누군가 자신의 죽음을 지켜줄 사람이 있다는 사실이었다.

나는 입버릇처럼 아름답다, 라고 말하는 친구와 함께 살고 있습니다. 그 친구는 모든 것에 끝이 있어서 더 아름답다고 말합니다. 그리고 저는 내내 죽음을 기다리며 살았습니다. 전쟁터에서 만난 아이들 때문이었습니다. 저는 어린 오누이를 봤고, 그들이 오랫동안 제 꿈에 찾아왔습니다. 사는 것이 죽는 것보다 더 무섭던 시절이었습니다. 그 무서움이 저를 고약하게 만들었다는 걸 최근에 알았습니다. 그걸 알려준 사람 역시 같이 사는 친구입니다.

비가 내리기 시작했다. 나는 마른땅에 검은 점처럼 떨어지는 빗방울을 한참 바라보았다. 어디선가 사이렌 소리가 달려왔다. 빗소리가 점점 커지고 있었다. 여름 장마가 시작될 무렵이었다.

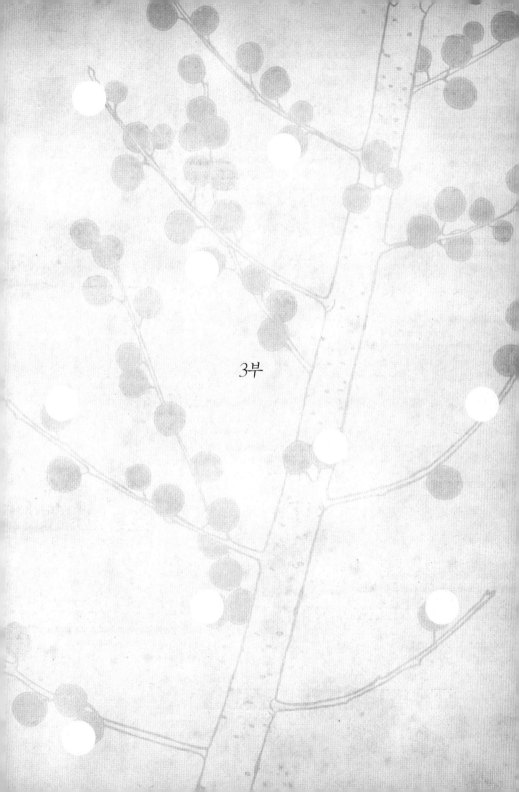

3부

1.

아, 름, 답, 다.

내가 잘못 들은 게 아니라면 나와 영복이를 데리고 온 할아버지가 중얼거린 말은 분명 그거다. 뭘 보고 하는 말인지는 알 수 없다. 창밖으로 향한 할아버지의 눈은 아무것도 보지 않는 사람처럼 초점이 없다. 나는 주위를 둘러본다. 차창으로 흘러내리는 빗줄기는 점점 굵어지고, 버스 안의 사람들은 말이 없다. 특별할 것이 없다. 물론 함께 있다고 해서 모두 같은 것을 보거나 같은 생각을 하는 게 아니라는 걸 안다. 같이 버스를 탄 할아버지와 나와 영복이만 해도 각각 다른 곳을 보고 있으니까.

그게 세상이 재밌는 이유라고 가필드가 말한 적이 있다. 가필드는 지상에서 나를 아이 취급하지 않는 유일한 존재다. 나에게 나중에, 라든가 좀 더 크면, 이나 아마 알게 될 거야, 라는 말도 한 적이 없다. 내가 가필드의 말에 귀 기울이는 이유다. 편견 없는 가필드는 자신이 동네의 서쪽 출입구를 지키는 건 나름의 책임 때문이라고 했다. 무슨 책임? 내가 물었다. 늙은 것에 대한 책임. 그런 책임도 있어? 있지. 왜? 사는 건 대가투성이거든. 가필드는 콧수염을 정리하며 말했다.

나는 눈앞의 할아버지가 중얼거린 아, 름, 답, 다, 라는 말을 곱씹고 영복이는 주머니에서 껌을 꺼내 씹기 시작한다. 단물이 빠질 때까지 씹은 껌에 혀끝을 대어 풍선을 부는 건 최근 영복이가 새로 익힌 놀이다. 입을 오물거릴 때마다 입안에서 터지는 풍선 소리는 영 거슬리지만, 생각이 많은 나는 참는다. 그게 이 짧고 어색한 노정을 견디는 영복이만의 방법이라는 걸 알기 때문이다.

"찾아가려는 곳이 어디냐?"

길에서 만난 할아버지가 밑도 끝도 없이 물었을 때 영복이는 길고 가는 눈을 크게 치켜뜨고 우물쭈물했다.

"무슨 말이신지."

"네 친구가 부탁했다고 하지 않았냐? 어딜 같이 가달라고."

"아, 광명시 하안동이라는 곳이야요."

할아버지는 영복이가 했던 말들을 믿는 게 분명했다. 다행이었다.

"……그냥 내버려두는 게 더 좋을 수도 있단다."

주소를 전해 들은 할아버지는 그렇게 말했다. 그 말이 영복이에게 하는 말인지, 나에게 하는 말인지 분명하지 않았다. 그러나 나는 그 말이 완전하지 않은 희망에 대한 얘기라는 걸 알아챘다. 나는 희망을 갖고 싶은 게 아니라 노력을 하고 싶은 거였다. 괜찮아요, 라고 나는 말했다. 그게 뭔지 잘 모르지만 그래도, 괜찮다고 다시 말했다. 영복이는 띄엄띄엄, 또박또박 내가 한 말을 그대로 따라 했다.

"괜찮습니다. 그래도 괜찮답니다."

그리고 우리는 쫓기듯 버스에 올라탔다. 막 출발하려는 버스의 뒤꽁무니를 두드려 세운 건 할아버지였다. 불과 삼십 분 전에 일어난 그 일이 삼 년 전처럼 아득했다.

"고마워."

나는 영복이의 입에서 잠깐 부풀어 올랐다 터져버리는 작은 풍선을 보며 그렇게 중얼거린다. 영복이의 목덜미에 소름이 오스스 돋는다. 나 때문인지, 버스 안이 춥기 때문인지 알 도리는 없다.

"뭐가?"

영복이는 영문을 모르겠다는 표정이다.

"많이 고맙다고."

영복이의 귓불이 아주 조금 붉어지는 걸 할아버지가 바라본다. 별 관심이 없는 건지, 다 이해했다는 건지 표정만으로는 읽어낼 수 없다. 할아버지는 닳아버린 연필처럼 앉아 있을 뿐이다. 처음의 모습을 기억해낼 수 없는 그런 연필 말이다. 나란히 앉은 할아버지와 영복이를 바라보며 그런 하릴없는 생각을 하는 건, 할아버지의 모습이 내가 결코 보지 못할 아빠의 미래이기도 할 것이기 때문이다. 내가 버스 안의 할아버지와 할머니 들처럼 늙어갈 아빠를 상상하는 동안, 버스 안은 낮잠에 빠진 것처럼 조용하고 비는 내내 그치지 않는다. 이윽고 할아버지가 영복이의 어깨를 짚으며 일어선다. 그러자 할아버지의 앞에 앉았던 볼이 붉은 할아버지가 따라 일어서고 영복이도 일어선다. 목적지에 가까워진 모양이다.

낯선 정류장에 서서 사방을 두리번거린다. 출발한 곳과 별로 다를 것이 없어 보인다. 그러나 이곳은 기억에 없는 내 고향이다. 연어가 된 기분이다. 텔레비전에서 태어난 곳으로 돌아가는 연어 떼를 보고 눈물을 글썽거렸던 기억이 떠오른다. 고향으로 돌아간 연어들 중에도 성한 놈은 거의 없었다. 방향을 감지하는 능력을 상실한 연어들은 고향에 도착하기도 전에 다른 물고기의 먹이가 되어 사라졌다. 고향에 도착한 놈들도 사정은 별로 다르지 않았다. 알을 낳고, 그 알이 새끼가 되는 것도 보지 못하고 죽어버렸다. 물살을 거스른 대가라고 했다. 가필드의 말대로 사는 건 대가투성이인 모양이었다.

"대가라고 생각했어."

할아버지에게 부탁을 하고 돌아오던 길이었다. 이제 뭔가를 인정해야 할 때였다. 그건 그동안 내가 내내 피하고 미루기만 했던 이야기에 대한 이야기였고, 영복이도 알지만 내색하지 않았던 이야기였다. 내가 걸음을 멈추자 담벼락을 손으로 훑으며 딴청을 부리던 영복이도 멈춰섰다.

"뭔 말이라니? 그게."

"돌아오기 위해 치른 대가라고."

"무슨 말인지 통……."

"난…… 살고 있지만 살아 있는 사람이 아니잖아. 넌 알고 있으면서 모른 척한 거고. 나도 알아, 알고 있었어."

그렇게 말할 수밖에 없었다. 영복이는 고개를 숙이고 말없이 발끝으로 땅을 툭툭 걸어찼다. 어떤 이야기는 마음과 달리 흘러간다. 믿고 싶지 않지만 그게 사실이었다. 나는, 죽었다. 인정하지 않기 위해 오랫동안 애썼지만 이제 더 이상 모른 척할 수 없는 이야기였다. 어떻게든 끝이 날 이야기였다. 이야기가 다시 시작되려면, 그 수밖에 없었다.

"언제 알았니?"

"저번에…… 비가 많이 내리던 저번에……."

"……괜찮니?"

코밑에 송골송골 맺힌 땀을 손가락으로 문질러 닦으며 영복이가 말했다.

"왜 말하지 않았어?"

"네 아바지가, 기다려달라고 하지 않았니. 스스로 알게 될 때까지."

스스로 알게 될 때까지 견디며 기다리는 거. 그게 이 세상에 꽃씨처럼 흩뿌려진 우리가 할 일이야. 처음 대가에 대한 얘기를 꺼내던 날

가필드도 그렇게 말했다.

"오늘 안에 돌아갈 수 있겠지?"

내 손을 쥔 영복이가 묻는다. 불안감이 손을 통해 전해진다. 고향 산천을 떠나온 영복이의 마음을 아주 조금 이해할 수 있을 것 같다. 익숙한 곳으로부터 멀어진다는 건 불편하고 두려운 일이다. 설령 그것이 고향을 찾아가는 길이라도 그럴 거다. 나는 대답 대신 고향을 떠나 멀리 온 영복이의 손을 더 꽉 잡는다. 내가 옆에 있잖아, 라고 말하지는 않지만 나는 영복이 옆에 있다. 누군가 옆에 있어서 갈 수 있는 길도 있다는 걸 영복이가 알길 바란다. 앞장선 할아버지가 어떤 가게의 문을 열고 들어갈 때까지 우리는 내내 손을 잡고 걸었다. 할아버지가 들어간 가게의 간판을 읽는다. 대신공인중개사. 뭘 파는 곳일까. 나는 영복이에게 묻는다.

"여기가 뭐하는 덴지 너도 모르지?"

당연한 걸 묻는다는 듯이 이번에는 영복이가 내 손을 꼭 쥔다.

"부동산이야, 부동산."

곁에 서 있던 할아버지가 방긋거리며 말한다. 나는 머리를 산발한 채 처마 밑에 비를 피해 서 있는 볼이 붉은 할아버지를 쳐다본다. 눈이 마주치자 할아버지가 다시 웃는다. 아무 근심 걱정이 없어 보이는 눈빛인데, 이상하게 가슴이 아파온다. 따뜻하지만 슬프다. 따뜻해서 슬픈 것도 있구나.

"아무리 봐도 이거이 우리가 찾는 병원은 아닌 거 같은데요."

영복이는 다시 주머니에서 껌을 꺼내 씹으며 묻는다.

"집을 빌려주고 팔아주고 뭐, 그런 걸 해주는 데야. 그런 데야."

볼이 붉은 할아버지가 내 머리를 쓰다듬는다. 머리를 쓰다듬는 그의 손은 딱딱하고 따뜻한데 나는 자꾸 코가 매워서, 처마 밑으로 들이치는 비에 어깨가 젖는 할아버지를 바라보기만 한다. 볼이 붉은 할아버지의 어깨에서 희미하게 김이 솟는다. 영복이의 입안에서 풍선이 자라난다. 작은 버섯 같은 그 풍선이 점점 부풀어 오른다. 나는 코를 문지르며 그 풍선을 바라본다. 언젠가는 보름달처럼 커진 풍선을 잡고 영복이가 하늘을 둥둥 떠다닐 것 같다. 내가 어디 있더라도 나를 만나러 와줄래? 나는 묻고 싶다.

대신공인중개사에서 나온 할아버지는 잠시 비 내리는 허공을 바라본다. 묻고 싶은 것이 많지만 영복이 없이는 아무 것도 물을 수 없고, 눈치 없는 영복이는 풍선을 부느라 바쁘다. 우리는 내내 함께 있지만 함께 있을 수 없는 사람들이다. 그저 어깨를 늘어뜨리고 멀찍이 서 있을 수밖에. 그때다. 마치 내가 여기 있다는 걸 아는 것처럼 할아버지가 고개를 돌려 나와 눈을 마주친다.

"아주…… 오래된 주소라는구나."

할아버지가 나를 향해 말한다. 이상하다. 아주 잠깐 공중으로 떠오르는 듯하다. 마치 중력에서 멀어지는 풍선처럼 중심을 잡기가 어렵다. 작은 눈을 휘둥그레 뜬 영복이가 멀어진다. 단지 눈을 마주친 것뿐인데 한순간에 이곳이, 이곳이 아닌 곳처럼 느껴진다. 어지럽다. 나는 팔을 뻗어 영복이의 팔을 잡는다. 영복이가 흔들리는 내 어깨를 잡는다. 우리는 빗방울처럼 서로에게 기운다. 요상한 일이라고 영복이가 중얼거린다.

"괜찮아, 괜찮아."

뒤에 서 있던 볼이 붉은 할아버지가 다시 내 머리를 쓰다듬는다. 그 사이에 할아버지는 벌써 저만큼 앞장서 걸어간다. 가는 빗방울이 영복이의 머리카락에 안개처럼 내려앉는 걸 보며 우리는 할아버지를 따라 걷는다. 함께 살아요? 함께 살지. 안 무서워요? 다들 각자 슬픈 거야. 서로 그걸 모를 뿐이지. 입을 여는 사람은 없는데 나는 어느새 볼이 붉은 할아버지에게 말을 걸고 말을 듣고 있다. 이상한 일이지만 이상한 일이 불가능한 일은 아니다. 내내 비가 내리고 그 사이로 뒤죽박죽 바람이 분다.

눈앞의 길은 좁아졌다 넓어지기를 반복한다. 아무리 걸어도 내 눈앞에 펼쳐진 길이 끝날 기미는 보이지 않는다. 병원 이름과 주소만 알면 금방 찾을 거라고 생각한 건 내 착각이다. 영복이가 손으로 배를 문지른다. 본능적으로 먹어야 할 때를 감지한 모양이다.

"배 많이 고파?"

"아이다."

대답이 짧다는 건 배가 고프다는 말이다.

"조금만 참아. 이따 저녁때 우리 아빠한테 얘기해서 짜장면 먹자."

"술래야."

"왜?"

"햄버거."

"알았어."

햄버거라는 말에도 땅이 꺼져라 한숨을 쉰 영복이는 멀어져가는 할아버지를 부른다. 할아버지를 부르며 우리가 지나온 길 쪽을 가리킨다.

"저기, 영감님. 저기 가게가 있시요. 밑져야 본전치기니 한번 물어보기라도 하는 게 어드럴지……."

볼이 붉은 할아버지와 앞서 가던 할아버지는 영복이의 말이 떨어지기가 무섭게 동시에 뒤를 돌아본다. 우리가 지나온 길가에 부동산이라고 적힌 입간판이 소화전처럼 오뚝 서 있다. 그걸 영복이 혼자 본 모양이다. 할아버지가 지나온 길을 되돌아가며 짧게 말한다.

"눈이 밝구나."

할아버지가 부동산에 들어간 사이, 우리는 아까처럼 문 앞에 나란히 쪼그려 앉는다. 멀찍이 서 있던 볼이 붉은 할아버지도 다가와 내 옆에 털썩 주저앉는다.

"정말 눈이 밝네. 이걸 어떻게 본 거야?"

나도 영복이를 추켜세운다. 좀 전 할아버지의 칭찬으로 한껏 부푼 영복이는 우쭐한 표정이다. 볼이 붉은 할아버지가 앞니 빠진 잇몸을 드러내고 다시 히히 웃는다.

"배가 고프면 못 할 일이 없다."

"슈퍼맨처럼 막 기운이 솟아?"

"기거이 뭐이니?"

"슈퍼맨, 몰라?"

볼이 붉은 할아버지는 내 말을 듣자마자 자리에서 벌떡 일어나 날아오르기라도 할 것처럼 하늘을 향해 양팔을 뻗어 보인다. 슈퍼맨을 흉내 내는 거 같다. 그러나 불행히도 슈퍼맨이 되기에는 너무 작고 늙고 배가 나왔다. 꼭 늙은 호빵맨 같다. 나는 웃지만 영복이는 침울한 표정을 거두지 않는다. 어떤 칭찬도 배고픔 앞에서는 그리 오래 효력을 발휘하지 못하는 모양이다. 우리는 눈만 마주치지 않는다면 결코 침묵이 깨지지 않는다는 걸 아는 사람들처럼, 각자 딴 곳을 쳐다보며 말을 아낀다.

부동산에 들어간 할아버지는 내내 무소식이다. 무소식이 희소식이라는 건 사실일지도 모른다. 어쩌면, 뭔가 알아낸 걸까. 영복이는 햄버거 냄새를 상상하며 코를 벌름거리고, 나는 엄마를 상상하며 빵처럼 부푼다. 이윽고 할아버지가 부동산 문을 열고 나왔을 때 누가 먼저랄 것도 없이 일제히 일어선 건 각각이 상상하는 제각각의 기대 때문이었다. 할아버지는 크게 심호흡을 하고 난 뒤에 우리를 보며 말한다.

"우선 밥이나 먹자."

영복이의 입이 햄버거 모양으로 벌어진다. 뭔가 알아냈는지 궁금해서 내가 입을 여는 순간에는 말을 가로채기까지 한다.

"햄버거가 어떻겠시요?"

할아버지가 눈썹을 꿈틀거리며 영복이를 돌아본다. 볼이 붉은 할아버지가 웃는다. 궁금한 사람은 나뿐인 거 같다. 묻고 싶지만 묻지 않는다. 하고 싶은 일을 참으며 사는 어른들처럼, 참는 법을 배워가는 중이다. 참는 것도 삶의 일부니까. 우리는 햄버거 가게를 찾아 온 길을 다시 되돌아 걷기 시작한다. 어느덧 비가 그치고 축축한 바람이 분다. 바람이 우리를 데리고 갈 것이다.

어떻게든, 어디론가.

2.

누군가를 위해 사는 건 바보 같은 짓이다. 누군가 때문에 죽는 것
은 더 멍청한 짓이다. 우리는 그냥 산다. 그게 삶의 정의다. 간혹
사는 것만큼 죽는 것이 두려운 사람도 있고, 죽는 것만큼 사는 것
이 두려운 사람도 있다. 어느 쪽이든 얼마간의 두려움은 감수해야
하는 것이 삶이다. 잊지 말아야 할 것은 내가 살고 있는 오늘이 어
제 죽은 누군가의 내일이라는 것이다.

자신을 전직 주부라 소개한 여자의 글이었다. 나는 진열장 안의 멋
진 물건을 구경하는 심정으로 전직 주부였던 여자의 얘기를 들었다.
자신의 삶에 대해 이야기하는 시간이었다. 사람들은 박수를 쳤다. 강

280

사는 전직 주부였던 여자가 쓴 글의 핵심은 '자아의 확립'이라고 요약했다. 나는 곁에 앉은 남자가 자신의 공책에 강사의 말을 그대로 옮겨적고 밑줄을 긋는 것을 훔쳐보았다. 전직 주부면 지금은 주부가 아니냐고, 함께 강의를 듣던 전직 정육점 사장이 손을 들고 물었다. 사람들은 역시 남의 일에 관심이 많았다. 전직이 없는 사람은 나와 고등학교에 다니는 우울한 표정의 소녀뿐인 듯했다. 나는 석고상처럼 긴장해서 몇 번이나 자세를 고쳤다. 의자가 딱딱해서 엉덩이가 아파왔다.

사람들은 대부분 글을 쓰면서 위로를 받았다고 했다. 전직 정육점 사장은 칼 대신 펜을 쥐게 되어서 기쁘다고 했다. 이들의 말을 듣고 있던 전직 유치원 원장이, 글을 쓰면서 자신이 자신의 일을 얼마나 사랑했는지 알게 되었다고 털어놓았다. 각자의 고백을 듣고 있자니 도저히 내 글을 읽을 용기가 나지 않았다. 보리 서 말에 관한 얘기였다. 나는 공책을 책상 밑으로 숨겼다. 아무도 배고픔에 대해 얘기하는 사람은 없었다. 다들 열심히 살다가 정신을 차려 보니 어느새 늙은 자신을 발견해서 서글픈 사람들이었다. 보아하니 고등학생 소녀도 써온 글이 없는 듯했다. 전직이 있던 사람과 없었던 사람의 차이였다. 그 자리에서 내 글을 읽는 건 어쩐지 옳지 못한 일인 것 같았다. 배고픔이 정의였던 적은 없었다. 밑줄 따위는 한 번도 그어본 적이 없는 나는 책상 밑으로 숨긴 공책에서 읽기로 했던 면을 찢어 주머니에 구겨 넣었다. 숨긴 것을 털어버리고 싶었는데, 오히려 주머니를 더 불룩하게 만든 꼴이 되었다. 집에 가고 싶었다.

"박필순 할아버지는 어떤 글을 써오셨나요?"

강사가 나를 쳐다보며 물었다. 맙소사. 박필순, 그게 내 이름이었다. 누군가 내 이름을 부른 건 몇십 년 만의 일이었다. 나는 긴장했다. 주머니 속에 넣은 것을 다시 꺼낼 수는 없었다. 주머니 속에 든 게 너무 많아 뭘 꺼내야 할지도 알 수 없었다. 나는 고개를 저으며, 잊지 말아야 할 것은 잊어버리고 잊어야 할 것은 잊지 못하는 게 삶 같다고 말했다. 아무렇게나 한 말이었지만 강사는 고개를 끄덕이며 너그러운 표정으로 고유명사에 대해 얘기하자고 말했다. 하지만 나는 고유명사가 뭔지 몰랐고, 강사는 나를 쳐다보며 박필순이라는 예를 들어 고유명사를 설명하기 시작했다. 세상에 하나뿐인 박필순이 집에 돌아가고 싶어 하는 줄도 모르고 말이다. 나는 명사를 많이 획득하는 일이 고유명사인 각자의 글쓰기에 미치는 영향에 대해 알아들었다는 듯이 고개를 끄덕였지만, 다만 집으로 돌아가 눕고 싶었다. 자꾸 몸속으로 바람이 들이치는 것처럼 한기가 들었다. 내 옆에 앉은 전직 이사는 공책에 명사와 고유명사라고 쓰고 느낌표 두 개를 찍었다. 고등학생 소녀는 주섬주섬 가방을 싸기 시작했다.

"원래 아무것도 모르는 사람이 더 잘 쓰는 법이다."

광식이가 나를 위로했다. 눈은 텔레비전 화면에서 떼지 않은 채였다.

"세상에 그런 법이 어딨냐."

"따지긴…… 고약하다."

어쩌면 나는 광식이의 말대로 고약한 사람이었다. 비록 텔레비전에서 눈을 떼지 않고 코털을 뽑는 사람의 위로이기는 했지만, 없는 것보다 낫다는 걸 아는 고약한 사람. 그게 지금 내 모습이었다. 그건 곁에 아무도 없었던 시절을 경험한 사람만이 아는 일이었다. 위로는 하나 마나 한 말이었지만, 그중에는 없는 것보다 있는 게 나은 것들이 많았다.

있는 것 같으면서 없고, 없는 것 같으면서 있는 광식이의 입에서 침이 떨어졌다. 환갑을 훨씬 넘기고도 어린애 같은 광식이가 집중하고 있는 것은 키스였다. 화면 가득 입술을 맞댄 남녀는 좀처럼 떨어질 줄 몰랐다. 광식이의 입이 벌어졌고, 입속에서 흘러나온 침이 명주실처럼 길게 늘어졌다. 새고, 흘리고, 보이는 세계가 어두워지고, 안 보이는 것들이 밝아지는 시간. 그게 노인의 시간이었다.

나는 아직 공책 한 면도 채우지 못한 자기소개서를 떠올렸다. 평생 가슴에 담고 살았던 이야기를 어떻게 써 내려가야 할지 알 수 없었다. 내 얘기를 꺼낸다는 것이 이토록 어려운 일임을 확인하는 게 힘들었다. 옛날을 떠올리는 일이 아직도 아프다는 사실이 놀랍도록 부끄러웠다. 자꾸 오한이 드는 건 그 때문이었다. 나는 평생 비겁한 후레자식이었다. 부모를 원망했고, 세상을 원망했고, 결국 나를 원망하며 시간을 허비했다. 그게 백지 앞에서 내가 깨달은 사실이었다. 가슴 언저리로 면도칼이 지나간 듯 쓰라렸다. 원망이 또 다른 원망을 부른다는 걸, 이제는 인정해야 했다. 나는 자리에 누웠다. 후들거리는 팔다리를 진정

시키기 위해서였다. 좀 자고 나면 떨리는 몸이 나아질 것이었다.

잠에 빠지기 직전에 내 머릿속을 지나간 건 나를 찾아왔던 소년이었다. 부탁을 부탁하러 온 소년. 엄마를 찾는다고 했나. 그래, 엄마라는 말이 있었구나. 그건 오랫동안 내가 잃어버렸던 말이었다. 추를 매단 것처럼 몸이 무거웠다. 엄마, 라고 나는 중얼거려보았다. 바닥 없는 어둠이 나를 끌어당겼다. 엄마, 나는 입술을 달싹거리며 눈을 감았다. 그립다는 말이 간절했다. 그리고 정신을 차린 건 꼬박 하루를 앓고 난 후였다.

이렇게 앓아본 적이 있었나 싶었다. 아픔에 무감각한 편이기는 했지만 이젠 몸이 보내는 신호를 무시할 만한 체력이 남아 있지 않았다. 근육과 관절이 몹쓸 쥐들처럼 몸속에서 제멋대로 날뛰는 느낌이었다. 꿈과 현실이 분간되지 않았다. 여기가 어딘지 생각할 겨를도 없이 나는 내내 뜨겁다가 차갑기를 반복했다. 이대로 자는 듯 죽고 싶다는 마음과 눈을 뜨고 싶다는 마음으로 내 잠은 내내 팽팽했다. 조금만 노력하면, 어떤 쪽이든 가능할 것도 같았다. 그러나 눈을 뜰 수 없었고, 더 깊은 잠 속으로 들어가지도 못했다. 잠 속에서조차 아픔을 자각한다는 게 무서웠다. 그 아픔에 대한 자각이 역설적으로 나를 삶 쪽으로 끌어당겼다. 어쩌면 그건 광식이 때문이기도 했다. 풀무질을 하듯 계속 내 이름을 부르는 소리가 들렸다. 나는 안간힘을 다해 눈을 떴다.

"안 죽었다. 안 죽었어."

죽은 줄 알았다고 광식이가 호들갑을 떨었다. 놀란 모양이었다. 이럴 때 녀석에게 장단을 맞추면 또 저녁 내내 시끄러울 것이었다. 팔이 아프냐, 다리가 아프냐, 심장이 아프냐, 하며 내 뒤를 쫓아다닐 게 분명했다. 나는 내 곁에 바짝 다가앉은 광식이를 바라봤다. 처음 본 사람처럼 낯설고 조심스러운 눈빛으로 말이다. 내 상태를 확인한 광식이가 내 곁에 벌렁 드러누울 때까지 나는 잠자코 녀석이 하는 짓을 보기만 했다.

"아프면 아플 거라고 말을 하든지."

"아픈 것도 말을 하고 아파야 하냐."

"우리 사이엔 그래도 된다. 그래도 괜찮아."

"우리 사이가 어떤 사인데?"

"그렇고 그런 사이지. 뭘 따지냐. 고약하다."

내 말을 눙치는 광식이는 다른 날과 다름없어 보였다. 그런 광식이가 더없이 안심이 되는 건 폭풍 같은 하루를 지났기 때문이었을까. 입이 쓰고 여전히 목이 아팠지만 나는 전에 없이 가볍고 편안한 기분이었다. 어떤 사실을 아는 것과 그 사실을 인정하는 것은 분명 차이가 있었다. 그리고 아는 걸 인정하는 일은 생각보다 훨씬 복잡했다. 내가 뜨거운 꿈속을 헤매고 다닌 건 아마 그 복잡한 심사 때문이었고, 지금 더할 나위 없이 몸이 가벼운 건 그 과정을 지났기 때문이리라. 나는 며칠 전 만났던 아이들을 떠올렸다. 내게 아이라는 생명체는 낯설고 두려운 존재였다. 평생 아이라는 말만으로도 괴로웠다. 이제 그와 같은 존재를 맞닥뜨릴 일은 없을 거라 안심하던 즈음이었다. 그런데 한 소녀가 내 앞에 나타났고, 소년이 나를 찾아왔다. 나는 광식이를 불렀다. 왜 이제 담을 넘지 않느냐고 물었다. 광식이가 풀 죽은 목소리로 대답했다.

"싫다, 이제."

"왜?"

"왜긴. 외롭잖아."

광식이가 딴 곳을 바라보며 내뱉은 그 말의 의미를 나는 알고 있었다. 외롭다는 말은 두렵다는 말과 같았다. 두렵다는 사실을 감추기 위해 노인들은 더 완고해졌다. 노인에게 남은 마지막 무기가 있다면 그것이었다. 그걸 넘어서면 또 다른 세상이 있을까. 나는 궁금했다.

"같이 한번 넘어볼까…… 안 외롭게."

진심이었다. 둘이니 적어도 외롭지는 않을 것이었다.

"혹시 어디 아프나?"

믿을 수 없다는 표정으로 광식이가 되물었다. 그건 내가 늘 광식이에게 하던 질문이었다. 나는 쓴웃음을 지었다.

"싫으면 말고."

광식이가 바짓단을 걷어 올리며 말했다.

"누가 싫대?"

장마철의 시멘트 담장은 축축했다. 엉덩이 밑에서 한기가 올라왔다. 우리는 나란히 앉아 비에 젖은 세상을 바라보았다. 높이 때문인지 세상은 내가 알던 것과 좀 달라 보였다. 아이를 업은 여자가 우리를 흘끔거리며 지나갔고, 가방을 멘 아이들이 우산 사이로 우리를 훔쳐보며 킥킥거렸다. 그들을 향해 손을 흔드는 광식이를 보며 나는 말했다.

"안 외롭지?"

광식이가 히히, 웃으며 되물었다.

"변했지?"

"뭐가?"

"다…… 다."

우리는 경계에 앉아 안과 밖을 바라보았다. 어디로 넘어가든, 이제 별로 중요하지 않을 거라는 생각을 하며 말이다. 내내 이슬비가 내리던 날이었다.

"어딜 좀 다녀와야겠어."

내 말소리가 가는 빗방울처럼 사방으로 날렸다. 광식이는 듣는 둥 마는 둥 두 다리를 허공에서 까딱거렸다.

"같이 갈래?"

광식이는 별다른 대답을 하지 않았다. 그러나 녀석은 또 나를 따라 나설 것이었다. 며칠 보이지 않던 때도 있었지만, 생각해보면 처음 만난 날부터 광식이는 늘 내 곁에 있었다. 마치 내 몸의 일부인 것처럼 굴었다. 나는 눈을 감았다. 이 비가 그치면 뜨거운 여름이 당도할 것이었다. 가는 빗방울이 얼굴을 간질거렸다. 실감이었다.

광식이와 나는 집을 나섰다. 어쩌면 우리 모두에게 처음이자 마지막이 될 여행이었다.

3.

십 년 전 주소로는 더 이상 찾을 수 있는 게 없다고 할아버지가 말한다. 햄버거나 감자튀김을 먹던 사람들은 일제히 창밖을 바라보는 중이다. 일부는 자리에서 일어나 유리창 쪽으로 다가선다. 햄버거를 든 영복이도 그중 하나다. 경계심 많은 영복이답지 않은 행동이다. 나는 영복이를 잡으려고 손을 뻗는다. 이상하다. 영복이의 옷자락이 물줄기처럼 내 손을 통과해 빠져나간다. 가까이 있는 세상이 물속처럼 흐려진다.

"아롱다리…… 아니, 무지개야. 무지개가 떴어."

하늘에 뜬 무지개는 상상했던 것에 비해 초라하다. 아무것도 상상하지 않는 게 눈앞의 상황을 가장 잘 받아들일 수 있는 방법인 모양이다.

나는 각자의 주머니에서 휴대전화를 꺼내는 사람들을 멍하니 바라본다. 더 이상 어떤 상상도 하지 않을 거다. 십 년 전도, 십 년 후도 나에게는 이미 없는 시간이다.

"시간이 좀 걸리겠지만 아주 방법이 없는 건 아니야."

"그래, 그래. 괜찮다, 괜찮다."

눈앞의 할아버지들이 각자의 방식으로 나를 위로한다. 고개를 끄덕이는 것 외엔 달리 할 말이 없다. 슬프지는 않다. 다만 이곳에서 내가 할 수 있는 일이 더 이상 없다는 것을 깨달은 순간부터 이유 없이 허전하다. 뭔가 소중한 걸 잃어버린 사람처럼, 쥐고 있던 손을 놓친 사람처럼 불안하고 허전하다.

"내일 다시 오자. 그리고 또 내일 다시 오자. 오면 돼."

볼이 붉은 할아버지가 팔을 뻗어 내 앞머리를 쓰다듬으며 말한다. 뭐든 두 번씩 말을 하는 그 말버릇이 싫지 않다. 눈앞의 그들은 전혀 다르지만 한편으로는 잘 어울린다. 빛과 어둠처럼, 마치 사물의 앞과 뒤처럼, 다르면서 같은 사람들로 보인다.

"아롱다리를 본 건 생전에 처음이야요."

무지개를 본다고 자리를 떠났던 영복이가 돌아와 앉으며 말한다. 신이 난 표정이다. 햄버거를 두 개나 먹어치웠으니 그럴 만도 하다. 나는 묻는다.

"아롱다리? 그게 무지개야?"

고개를 크게 끄덕이던 영복이가 할아버지들과 내 눈치를 살피더니 웃음을 거둔다. 고개를 숙인 영복이를 향해 할아버지가 무뚝뚝하게 말한다.

"고향의 말을 잊어버리지 마. 그게 좋아."

볼이 붉은 할아버지도 크게 고개를 끄덕인다. 맞는 말이다. 어차피 살면서 많은 기억을 잊어버릴 텐데 일부러 애쓸 필요는 없다. 우리는 뭘 위해 오랫동안 애쓰고 살았을까. 아빠를 생각한다. 마음이 한결 편해진다. 고향은 떠나는 순간부터 잃어버린다는 영복이의 말처럼 집에서 멀어진 순간부터 아빠를 다시 못 보게 될까 봐 나는 내내 불안하고 허전했던 거다. 이제 돌아가고 싶다. 아빠가 있는 곳으로.

"너 여기서 뭐 해? 무슨 일 있었어?"

어느 틈엔가 집으로 돌아온 아빠가 나를 내려다본다. 나는 여전히 현관 앞에 쪼그려 앉은 채다. 좀처럼 자리에서 일어날 수 없다. 하루 종일 빗속을 걸어다녀서 그런지 온몸이 축축하다. 나는 아빠를 향해 두 팔을 벌린다. 다행이라는 말을 어떻게 표현하면 좋을지 몰라서 돌아온 아빠를 더 세게 껴안는다.

"무슨 일이야?"

"좋아서요. 너무 좋아서요."

나는 아빠의 어깨에 얼굴을 묻고 웅얼거린다. 긴 하루를 지났다. 감당하기 어려웠던 하루다. 나는 낮에 보았던 무지개를 떠올린다. 비록 상상보다 초라했지만, 그래도 실제로 본 무지개는 예쁘고 신기했다.

그걸 확인하고 인정하고 고백하는 게 지금 내가 할 일이다.

"낮에 하안동이라는 동네에 갔었어요."

아빠의 몸이 굳는 걸 느낀다. 내 등을 쓰다듬던 손길도 멈추는 걸 알았지만 나는 말하기를 멈출 수 없다.

"중앙시장 근처까지 갔는데 아무것도 없었어요."

아빠가 짧게 물었다.

"거기가 어딘지 알고 간 거지?"

어깨에 얼굴을 묻은 채 나는 고개를 끄덕인다. 아빠는 손을 풀어 나를 바닥에 내려놓고 무릎을 구부려 눈을 맞춘다.

"어떻게 알았니?"

나는 대답 대신 주머니에서 육아수첩을 꺼내 아빠에게 내민다. 그걸 받아 든 아빠가 쓸쓸하게 웃는다. 해가 진 지 한참이었는데 우리는 아직 현관 앞에 선 채다. 잠시 말이 없던 아빠가 신발을 벗고 벽을 더듬어 불을 켠다. 깊은 물속에 누군가 돌멩이를 던져 넣은 것처럼, 갑자기 환해진 세상은 불안하고 소란스럽다.

"저녁 먹자."

등을 돌리고 방으로 들어가는 아빠를 보며 나는 묻는다.

"화난 거 아니죠?"

"배가 고파서 그런 거야."

한참 만에 방문 뒤에서 아빠의 말소리가 건너온다.

다른 날과 마찬가지로 내내 조용하고 무사한 저녁이다. 낮고 나지

막한 노래 같은 빗소리를 들으며 아빠가 빨래를 널고 행주를 삶고 마룻바닥을 닦는 걸 구경한다. 낮에 있었던 일들이 모두 꿈인 것처럼 여겨진다. 가깝게 여겼던 '하안동'은 다시 아주 먼 대륙의 지명이 된다. 사람들에게 고향은 언제나 먼 곳일 수밖에 없다. 살아 있는 동안에는 끝없이 떠돌 수밖에 없으니까 말이다. 영복이도, 오늘 만났던 할아버지들도, 그리고 아빠도 먼 지평선을 바라보듯 자신이 떠나온 곳을 떠올리며 살겠지. 어느새 집안일을 마친 아빠가 내 앞에 와서 쪼그려 앉더니 눈을 맞추고 소곤거린다.

"비도 오는데…… 우리 같이 산책이라도 갈까?"

아빠는 모를 거다. 내가 얼마나 오랫동안 그 말을 기다렸는지 말이다.

우리, 라는 말.

같이, 라는 말.

우산 하나를 나눠 쓴 우리는 동네 가장자리를 따라 걷는다. 이따금 나무가 이고 있던 물방울을 후드득 우산 위로 쏟는다. 아직 아파트의 창들은 환하고 차들은 물보라를 일으키며 도로를 지나간다. 아빠는 이제 손전등은 그만 팔 거라고 한다. 나는 말없이 고개를 끄덕인다.

"외로웠니?"

"언제요?"

"밤마다 살금살금 혼자 밖으로 나갔잖아."

"어떻게 알았어요?"

"네가 하는 건 뭐든지 알지…… 아빠니까."

아빠가 내 어깨에 팔을 두른다. 둘이 하나의 우산을 나눠 쓴 동안에는 서로의 바깥이 젖을 수밖에 없다는 걸 알면서도 아빠는 우산을 자꾸 내 쪽으로 기울인다. 우리는 좁은 산책로와 불 꺼진 학교 앞을 지나 아직 환한 마트를 지나친다. 이 길의 끝이 어디인지 모르지만 집으로부터 아주 멀어져 그곳이 보이지 않게 될 때까지 아빠는 걸음을 멈추지 않는다. 나는 아빠의 옷자락을 잡아당긴다. 집에서 멀어지는 기분이 어떤 건지 알기 때문이다.

"괜찮아, 이제 거의 다 왔어."

빗속에서 그렇게 중얼거린 아빠가 마침내 멈춰 선 곳은 낯선 공원이다. 빗속에서 달큰한 향기가 지나간다. 아카시아 꽃이 피는 모양이다. 나는 주위를 돌아본다. 부드러운 곡선을 가진 미끄럼틀과 나무로 만든 그네와 해나 비를 피할 수 있는 파라솔이 놓인 이곳은 도대체 집으로부터 얼마나 먼 곳일까. 우리는 우산을 접고 파라솔 밑에서 가로등 불빛에 날리는 비를 바라본다. 침묵을 깨고 불쑥 아빠가 입을 연다.

"내 꿈은 내가 사랑하는 사람들이 행복해지는 거였어. 웃기는 사람이 되고 싶었던 것도 그 때문이었을 거야."

"알아요, 아빠."

"술래야."

"네."

"세상에는 여자가 있고, 남자가 있어. 여자는 커서 엄마가 되고 남자는 커서 아빠가 되지. 그럼 엄마가 된 여자와 아빠가 된 남자가 낳은 아이는 커서 뭐가 되면 좋을까?"

"스무고개예요?"

"그냥 네 생각이 궁금한 거야."

"잘 모르겠어요. 아이도 엄마가 되거나 아빠가 되거나, 둘 중 하나 아니에요?"

"많은 사람들이 그렇게 말하겠지? 그럼 그게 정답인 걸까?"

"……."

"말로 할 수 없는 얘기들이 비밀이 된다고 네가 말했던 거 기억하니?"

"영복이가 해준 말이에요."

"그래, 처음부터 비밀을 만들 생각을 하는 사람은 없어. 다만 말을 꺼낼 기회를 찾지 못하다가 비밀이 되는 거지. 엄마도 그랬을 거야."

"그래서…… 떠난 거예요?"

"잘 이해할 수 없겠지만 네가 싫어서 떠난 게 아니야."

"말도 안 돼요. 어떻게 그럴 수가 있어요?"

"그럴 수 있어. 세상에는 정답이라는 게 없으니까. 우린 많은 얘길 했단다. 네가 태어나기 전에도, 네가 태어나고 난 후에도. 엄마는 생각하고 또 생각하고 다시 생각했어. 그건 아빠도 마찬가지였고."

"무슨…… 생각을요?"

"행복하게 사는 것에 대한 생각이었지."

아빠는 엄마가 떠난 게 행복해지기 위해서라고 말하려는 거 같다. 이상한 일이다. 아빠가 있고, 내가 태어났는데 왜 굳이 행복해지기 위해 그렇게 많은 생각들을 해야 했던 걸까. 둘보다는 셋이 더 행복할 수 있었을 텐데, 왜 여기에 없는 것일까. 나는 아빠에게 묻는다. 왜 셋이서는 함께 행복할 수 없는지에 대해서 말이다.

"엄마는 말이야…… 몸에 맞지 않는 옷을 너무 오래 입고 있었거든."

맞지 않는 옷은 벗으면 되지 않느냐고 되묻자 아빠는 몇 번이나 내 머리를 쓰다듬는다. 내가 똑똑한 건 엄마를 닮아서라는 거다. 그리고 자신에게 말을 걸듯 나지막하게 엄마가 먹고 싶어 하던 자두를 찾아 시장을 헤맸던 일이나 내가 태어나던 날 하루 종일 걷히지 않았던 겨울 안개 같은, 사소하면서 특별한 풍경과 얘기들을 떠올린다. 나는 미끄럼틀 밑에 도사린 어둠을 바라보며, 젖은 나무 그네가 희미하게 삐걱거리는 소리를 들으며, 내가 모르는 나와 엄마의 얘기를 듣는다. 그러나 언제나 그랬듯 맨 나중에 남은 건 '그녀'가 여기 없다는 사실이다.

"그 엄마는…… 어디 있는데요?"

"술래야."

"네."

"엄마는 늘 널 지켜보고 있을 거야."

"그건 사실이 아니잖아요."

"눈에 보이는 사실만 사실인 건 아니잖아. 그건 너도 잘 아는 일 같은데."

내가 알고 싶은 건 왜 엄마가 여기 없는지에 관한 것이고, 아빠가 말하지 않은 사실도 그거다. 그러니 아빠는 많은 얘기를 했지만 한마디도 하지 않은 것과 다름없다. 내가 알고 싶어 하는 단 한 가지가 아빠가 말하고 싶지 않은 단 한 가지라는 사실이 괴롭다. 그건 아빠도 마찬가지일 거다. 내가 계속 우리를 괴롭히고 있다는 생각에 이른다.

"미안해요, 아빠."

"뭐가?"

"억지로…… 알고 싶어 해서요. 그런데…… 여전히 알고 싶어요."

가로등 불빛 아래 말없이 서 있는 아빠는 그림자처럼 어둡다.

"어떤 여자는…… 남자가 되기를 꿈꾸기도 한단다. 그런 여자가 남자를 만나 기적처럼 아이를 낳았는데, 기적이 끝난 다음에는 어떻게 살아야 할까?"

"……."

"모두 불행한 거보다는 그 편이 낫다고 생각했어. 엄마 생각도 그랬고. ……그때는 나도 이해할 수 없었단다. 자신과 다른 생각을 하는 사람을 이해하는 건 시간이 많이 걸리는 일이니까. 네가 어른이 될 때까지 비밀로 하고 싶었던 건 그래서야."

"그런데 왜 나를 낳은 건지 물어봐도 되나요?"

아빠가 망설이지 않고 단호하게 말했다.

"늘 말했잖아, 넌 기적이었다고."

사랑과 기적은 무지개처럼 잠깐 나타났다가 사라지는 것일까. 나는 오래전 놀이방에서 보았던 어떤 만화영화를 떠올린다. 올챙이처럼 생긴 씨앗이 헤엄을 쳐 잠긴 문을 열고 방으로 들어가 아기로 자라는 과정을 그린 만화였다. 나에게는 항상 사랑과 기적이 필요해요. 화면 안에서 엄마의 품에 안긴 아이가 윙크를 하며 그렇게 말했다. 사랑과 기적이 별거 아닌 거처럼 여겨졌다. 헤엄을 치던 씨앗도, 아이도, 여자도, 여자 옆에 선 남자도 너무 많이 봐서 눈 감고도 따라 그릴 수 있을 정도였으니까.

우산을 든 젊은 여자가 강아지를 안고 비가 날리는 공원으로 들어온다. 각각 다른 우산을 쓰고 서로를 곁눈질하는 교복 차림의 언니와 오빠가 공원 가장자리를 따라 걷는 것도 보인다. 비가 오는데도 운동을 하는 할아버지는 반바지에 러닝 차림이다. 평범한 그 사람들은 모두 사랑과 기적을 지나온 사람들일 거다. 그리고 모두 자신들이 지나온 게 뭔지 잘 모른 채로 또 다른 사랑과 기적을 기다릴 거다. 기적이 지나간 뒤에는…… 다시 기적을 기다리며 산다. 자신이 기다리고 있다는 사실도 잊고 말이다. 나는 아빠에게 바짝 다가선다.

"다른 기적이 일어날 거예요."

"그럴까?"

"무좀이 다 낫는다면요."

"그럴까?"

"아빠."

"응."

"아빠 지갑 속에 있던 그 사람이요…… 아빠랑 친했죠?"

"그럼."

"지금은 어디 사는지 알아요?"

"아주 먼 나라야."

"미국보다 멀어요?"

"미국만큼 먼 나라."

"나를, 기억할까요?"

"지금도…… 네 사진을 보고 있을 거야, 아마."

아빠가 옅은 웃음을 지으며 말한다. 타닥타닥, 다시 굵어지는 빗방울이 사방에서 튀어 오르기 시작한다.

"이제 무슨 일을 할 거예요?"

"웃기는 일을 할 거야."

"절대로 썰렁하면 안 돼요."

"알아."

"세상에서 제일 웃기는 사람이 되어주세요."

"응."

"꼭이요."

"응."

아빠가 우산을 펴고 나를 자신 쪽으로 끌어당긴다. 같은 우산 속에서 우리는 지나온 길을 되걷기 시작한다. 빗방울이 튀어 올라 발목에 감긴다. 비가 오는 동안은 어쩔 수 없이 감당해야 하는 일이다. 그게 이 세상의 사정이다. 그 속에서 우리가 해야 하는 건 이 비가 그치면 새 계절이 온다는 믿음을 버리지 않는 일이다. 그 믿음만이 또 다른 이야기를 만들 수 있다. 나는 마침내 오랫동안 아빠에게 하지 못했던 말을 꺼낸다.

"고마워요, 아빠."

"뭐가?"

"내가 알 때까지…… 기다려준 거요. 다 알고 있으면서 아무 말도 하지 않은 거요."

"무슨 말이니, 그게."

멈춰 선 아빠가 나를 보며 묻는다. 나는 아빠를 올려다보며 생각한다. 세상에서 가장 웃기면서 웃기지 않는 사람이라고. 전 우주에서 단 하나뿐인 아빠에게 돌아온 건 정말 잘한 일이라고.

"다…… 알고 있었는데 시간이 좀 걸렸어요. 내가 이 세상에 없는 사람이라는 거 말이에요."

아빠가 내 머리를 쓰다듬기 시작한다. 처음 돌아온 날 그랬듯이 이마와 눈썹을 더듬고 어깨와 팔을 지나 손을 쥔다.

"어떻게, 언제…… 알았니?"

"영복이랑 약속이라도 한 거예요? 영복이도 맨 처음에 그렇게 물었어요."

나는 짐짓 가볍게 대답한다. 아빠가 울까 봐 걱정이 된다.

"옛날처럼 업어줄까?"

내게 등을 들이대며 아빠가 말한다. 자신이 우는 걸 보이고 싶지 않은 사람과 상대가 우는 걸 보고 싶지 않은 사람이 함께 걷기에 그거보다 더 좋은 방법이 있을까. 나는 한 손에는 우산을 들고 나머지 한 손을 아빠의 겨드랑이에 찔러 넣는다. 낮게 흐느끼는 빗소리와 아빠의 발소리가 내 몸속으로 흘러든다. 슬프지만 따뜻하다. 그게 내가 찾아야 했던 세상의 비밀인 거 같다. 슬프지만 따뜻한 순간이 나를 돌아오게 했고, 다시 새로운 이야기를 만들어갈 수 있게 했다. 내가 만났던 사람들을 떠올린다. 나를 기다려준 모든 사람들. 내 앞에서 단 한 번도 죽음이라는 말을 꺼내지 않았던 사람들. 나는 빗속에서 그들에게 인사한다. 내 인사가 이 비를 타고 그들에게 가 닿기를 바라며 아빠 귀에 속삭인다.

"비가 훨씬 덜 들이치는 거 같아요. 고마워요, 아빠."

아빠는 자신이 걸어가야 할 길에 대고 소리친다.

"돌아와줘서 고마워, 술래야."

"사랑해요, 아빠."

마침내 나는 아빠에게 인사한다.

잠이 그리워지기 시작한 어느 초여름 밤이었다.

4.

여느 해보다 긴 장마였다. 매일 비가 내렸다. 매번 다른 비였다. 어떤 날은 온종일 새털 같은 비가 폴폴 날렸고, 어떤 날은 국수 다발 같은 비가 내내 오락가락했으며, 이따금 벼락과 천둥소리에 놀라 잠을 이루지 못하는 밤들이 찾아왔다. 비는 이미 고물인 우리를 더 무력하게 만들었다. 광식이는 무릎이나 허리를 쓸며 아이고 아이고, 하고 소리쳤다. 여기저기 쑤시기는 나도 마찬가지였다. 상처는 아물어 사라지는 것이 아니라 단지 흐릿해지는 것이었다. 대기에 가득 찬 습기가 그 상처를 덧나게 하고 새롭게 하는 계절이었다. 덧난 상처들이 화끈거리다가 가렵기를 반복했다. 관절들이 몸 안에서 삐걱거렸다. 아이들과 별 소득 없는 외출을 다녀온 후 멍하니 마당을 내다보거나 누워 지내는 시간이 길어졌다. 내 일은 아니었지만 마음이 쓰였다. 광식이도 자주 문밖을 내다봤다. 아이들을 기다리는 눈치였다. 그러나 이따금 젖은 새들이 무겁게 지나갔을 뿐, 세상은 우울한 그림처럼 조용했다. 종종 눈을 감고 여기가 어딘지 생각했다. 영영 다시 눈을 뜨지 못할 것 같기도 했지만 아직 해야 할 일이 남아 있었다. 나는 잔뜩 물먹은 마당을 둘러보았다. 견적을 내러 왔던 고물상은 마당을 돌아보며 입을 다물지 못했다.

"어이구, 이걸 싹 다 치우고…… 어디 좋은 데로 가시나 봅니다."

"……가야죠."

거짓이기만 한 건 아니었다. 1톤 트럭 세 대 분량이라는 고물상의 말도 거짓말은 아닐 것이었다. 물론 청소까지 하는 여유를 부릴 생각은 없었다. 다만 고물들을 마당에 쌓아놓았던 것이 단순히 방치가 아니라 삶에 대한 미련 때문이었다는 걸 안 순간부터 그것들은, 내가 정리해야 할 기억이었고 흔적이었다. 미련은 저승으로 가지고 갈 수 있는 게 아니었다. 그건 기억도, 삶도 마찬가지였다.

잠시 비가 그치자 기다렸다는 듯 고물상이 트럭을 집 앞에 댔다. 데리고 온 인부 두 명의 품삯은 이미 지불한 상태였다. 나는 문짝이 떨어져 나간 냉장고가 트럭에 실리고, 풍로와 선풍기, 찌그러진 자전거와 서랍이 없는 서랍장 따위가 차곡차곡 그 위에 포개지는 걸 바라보았다. 한때 내가 지났던 길들과 그 길 위에서 나를 향해 불어왔던 바

303

람들을 생각했다. 이 도시의 변두리 어디께, 언덕 위의 허름한 방 한 칸이 떠올랐다. 어느 여름 그 방에서 선풍기를 틀어놓고 혼자 보던 야구 중계도 기억났다. 아마 거인과 호랑이의 싸움이었을 것이다. 거인과 호랑이는 내가 태어난 곳과 자란 곳을 떠올리게 했다. 어느 쪽도 쉽게 편들 수 없었던 나는 마운드에서 공이 날아가고, 응원을 하는 사람들이 던진 두루마리 화장지가 날아다니는 화면을 멍하니 응시했다. 그건 온전히 내가 삶에 지불한 기억이면서, 동시에 그 시절을 보낸 우리 모두의 기억이기도 했다.

"갑자기 왜, 왜…… 죽으려고 작정이라도 한 거냐?"

집 안에서 광식이가 뛰어나오며 소리쳤다.

"작정하고 죽을 나이는 지났잖아. 그냥 청소하는 거다."

"왜, 왜, 하필 왜, 왜."

"하필은 무슨……. 걱정 마라. 죽을 땐 미리 말할 테니까."

"변했구나. 완전, 변했어."

"안 변했어."

"평생 못 하던 일을 저지르는 것도 변해서 그런 거다. 변한 거야."

"그런가…… 그런 것도 같네."

나는 곁에 선 광식이의 어깨를 두어 번 두드려줬다. 고맙다는 말은 하지 않았다. 어쩌면 광식이의 말대로, 나는 변한 건지도 몰랐다. 언제부터였을까. 나는 아이들과 버스를 타고 낯선 동네로 향하던 날을 떠올렸다. 빗방울이 유리창 너머로 흘러내리던 그때, 내가 그었던 수많은 경계들이 나를 지나갔다. 버스는 시의 경계를 넘어서는 중이었다.

내 눈앞에 선 아이의 이름은 술래라고 했다. 술래는 고개를 숙인 채 움직이지 않았다. 그건 아주 잠깐이었지만 그 찰나는 길고 어둡고 깊은 시간과 또 다른 시간 사이에 존재하는 것이었고, 나는 막 어떤 경계를 넘어선 즈음이었다. 되돌아가고 싶은 마음은 들지 않았다. 더는 갈 곳도, 가고 싶은 곳도 없었다. 아이가 고개를 들었다. 자그마한 코가 예쁜, 예쁜 소녀였다. 나는 그 소녀를 오래 훔쳐보았다. 놀래키고 싶지 않았기 때문이다. 왜 어리고 약한 것들은 이렇게 비슷한 눈빛을 가지고 있는 걸까. 오래전, 내가 겨눈 총구 앞에 서 있던 소녀와 소년의 눈망울이 거짓말처럼 머릿속을 지나갔다. 막혔던 혈관 사이로 피한 방울이 새어들듯 가슴이 저릿했다. 실감은 언제나 얼마간의 고통을 감수해야 하는 일이었다. 기적처럼 생과 사를 뛰어넘어 여기까지 온 아이들도 다 아는 일을 나는 평생 회피하기만 했다. 내려야 할 곳이 가까워지고 있었다. 내릴 곳을 알기 위해 이토록 먼 세월을 달려온 것 같았다.

"광식아."

나는 따로 챙겨놓은 타자기를 든 채 광식이를 불렀다.

"왜."

광식이는 내내 퉁명스러웠다.

"아직도 세상이 아름다우냐?"

"지금 이게 아름다우냐? 봐라, 봐라."

"몰랐어. 그 말이 무슨 뜻인지 말이야."

광식이가 어이없다는 표정으로 나를 바라봤다. 그토록 어렵게 느껴지던 일을 정리하는 데 걸린 시간은 불과 몇 시간 남짓이었다. 고물상은 인사도 없이 서둘러 차에 올라탔다. 비좁은 길을 지나 아파트 사이를 가로지르던 트럭이, 멀어지기 시작했다. 나는 대문 앞에 서서 멀어지는 트럭을 바라보았다. 나는 언제나, 멀리 서 있었다. 내 삶에서, 나에게서 가능하면 멀어지기 위해 노력했지만 차마 버리지는 못하고, 서 있기만 했다. 차 꼭대기에 매달린 자전거 바퀴가 젖은 하늘을 향해 헛도는 게 보였다. 그 하늘 밑에서 내가 지나왔던 길들이 지워지고 있었다. 나는 돌아섰다.

살아 있는 동안 결말이란 존재하지 않는다. 세상에서 가장 분명한 결말은 결말에 이르러서야 알게 된다. 그러니 어떻게든, 어느 쪽으로든 움직일 수밖에 없다. 움직임이 정지하는 순간이, 세상의 끝이다.

"이제 좋아? 후련해?"

광식이가 물었다. 나는 대답 대신 마당을 가로질렀다. 미처 거두지 못한 쓰레기들과 깡통 몇 개가 잡초 사이에 처박혀 있을 뿐, 마당은 휑했다. 발에 걸리는 게 없는 이 공간이 낯설었다. 젖은 흙이 발바닥에 쩍쩍 달라붙었다. 나는 이제야 뒤를 바로 볼 수 있을 거 같았다. 내가 만든 발자국을 돌아보았다. 크고 넓적한 발자국과 광식이가 거기에 있었다. 언제부터였나……. 있다, 라는 말이 좋아지기 시작했다. 아직 나에게는 마당이 있다. 수십 개의 채널을 가진 텔레비전도 있다. 그리고 언제나 내 발자국처럼 나를 쫓아오는 광식이가 있다. 이 정도면 가야 할 길이 그리 외롭지 않을 거 같았다. 광식이가 가야 할 길도 그리 심심하지 않을 거라 믿고 싶었다.

"정 없는 영감탱이!"

광식이가 허공을 쳐다보며 큰 소리로 말했다.

"……어차피 치워야 할 거였잖아."

나도 혼잣말 같은 변명을 중얼거렸다.

"그래도 고약하다. 엄청 고약해."

"누구 덕분이다."

"덕 보자고 한 일 아닐 거야. 분명해, 분명해."

"그게 진짜 덕이지. 그게 진짜 좋은 거다."

광식이가 소리 나게 방문을 닫으며 소리쳤다.

"덕은 개나 먹으라고 해. 배 터지게 먹으라고 해."

광식이가 없는 이 공간을 상상해보았다. 쉽지 않았다. 상상이라는 걸 해본 적이 없어서일지도 몰랐다. 그래서 광식이를 모르던 시절을 떠올려보았다. 긴 시간이었다. 그토록 긴 시간 동안 나는 뭘 하고 살았는지 잘 기억나지 않았다. 아무리 생각해도 반평생 동안 내가 한 일이라고는 공사판을 따라 떠돌거나 방에 처박혀 텔레비전을 본 것뿐이었다. 고개를 들어 위를 올려다봤다. 누런 얼룩투성이 천장에서 새 얼룩이 번지고 있었다. 명치에서 희미한 통증이 일렁거렸다. 고작 출생과 죽음의 기록이 내 흔적의 전부겠지만, 이 세계는 기록에 남지 않을 그런 얼룩들로 지탱되는 곳이었다. 나는 광식이를 불렀다.

"광식아."

대답이 없었다. 나는 다시 광식이를 불렀다. 한 번, 그리고 두 번. 그러나 광식이가 닫고 들어간 방문은 좀처럼 열리지 않았다. 나는 문 앞에 서서 똑똑 두드렸다. 어디선가 똑똑 물 떨어지는 소리가 들릴 뿐 사방은 조용했다. 나는 닫힌 문에 이마를 기댔다. 뭔가 할 말이 남은 것 같았지만 불행히도 그 말이 떠오르지 않았다. 내가 가진 말이 너무 부족했다. 그래서 다시 광식이를 불렀다.

"광식아."

"……."

"광식아, 영화라도 볼까?"

"……."

"영화 보러, 가자."

문이 열렸다. 문고리를 쥔 광식이가 서 있었다. 있다, 라는 말이 주는 안도감에 대해 생각했다. 무릎이 떨렸다. 그럼에도 불구하고 눈앞에 있는 광식이가 사라져버릴까 봐 나는 다시 광식이를 불렀다. 이름을 부르는 것 외에는 달리 할 수 있는 말이 없었다.

"광식아."

이름을 불러주는 것. 그것이 내게 남은 유일한 선의일 거라고 생각했다. 입을 열고 혀를 달싹거려 내가 여기 있음을 알리는 것이 누군가를 위로하는 최선이기를 바랐다.

"여자도 나오는 영화여야 해."

"……그래."

"이왕이면 젖도 컸으면 좋겠어."

"……알았다."

"그리고…… 아무도 죽지 않는 영화였으면 좋겠어."

"……오냐, 그래. 알았다."

우리는 비 내리는 동네를 가로질러 다시 버스 정류장으로 갔다. 언제나 거기가 우리의 출발점이자 도착점이었다. 나는 많고 많은 담 중 왜 하필 그 담을 넘었느냐고 묻지 않았고, 광식이는 처음 그랬던 것처럼 히히, 두 번 웃었다. 버스를 기다리며 눈앞의 수많은 창문들을 물끄러미 바라봤다. 그들이 어떻게 사는지 알 길은 없었다. 그들 또한 우리가 어떻게 살았는지, 어떻게 살고 있는지 알지 못했다. 다들 그렇게 살아간다. 담장 너머는 어떤 곳인지, 누가 살고 있는지, 아무것도 모르지만 안다고 생각하며 사는 게 인생이었다.

"어디 있든 죽은 게 아니면 똑똑, 두드려라. 계속 두드려야 해."

"뭔 말이야."

광식이가 한 손을 둥글게 말아 쥐고 허공을 두드리는 시늉을 했다.

"이렇게, 이렇게 문을 두드리라고. 계속, 계속."

"왜?"

"문을 열려면 그렇게 하는 거다. 넌 국민학교도 안 다녔냐."

나도 광식이를 따라 둥글게 말아 쥔 손으로 똑똑, 허공을 두드렸다. 멀리서 물보라를 일으키며 버스가 달려왔다. 우리는 아무도 죽지 않고, 젖이 큰 여자가 나오는 영화를 보러 가기 위해 버스에 탔다. 의자에 앉은 광식이가 유리창 바깥을 향해 손을 흔들었다. 대답하듯 길가의 가로등이 일제히 불을 켰다. 아름다웠다.

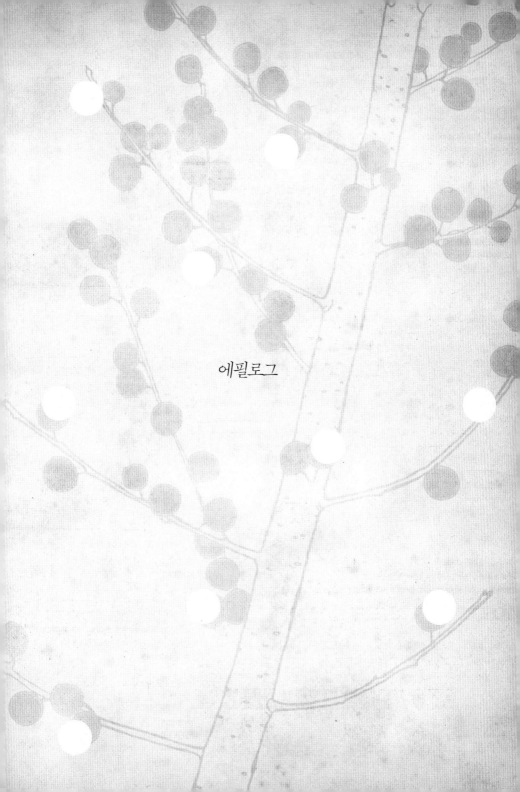

에필로그

첫 단어

허공에서 먼지가 반짝였다. 아니, 날개가 달린 작은 음표 같기도 했다. 그걸 처음 본 건 말을 배우기 전이었다. 잡으려고 손을 뻗으면 쌩하니 귓가를 지나 높이 날아오르거나 곧장 곤두박질쳐 물방울처럼 바다에서 부서지는 그 소리를 옹알거리는 게 그때 내 일이었다. 내 입을 통해 흘러나오던 옹알이는 지상의 어떤 것과도 닮지 않았지만, 내게 보이는 모든 것의 소리이기도 했다. 그러던 어느 날, 당신은 내게 말했다.

이게 햇볕이야.

나는 손가락을 꼼지락거리며 더듬더듬 당신을 따라 햇, 볕, 이라고 소리 냈다. 그러자 떠다니던 음표들 중 일부가 내 손바닥 위에 내려앉았다. 막 지상에 닿은 그 빛처럼 당신이 웃었다. 나는 이제 막 돋아난 앞니에 혀끝을 대고 햇, 볕, 이라고 다시 말했다. 그 소리가 바람처럼 심장을 흔들었다. 바닥에 쏟아지던 햇볕도 흔들렸다. 햇볕을 등지고 앉은 당신의 그림자가 길게 자라나고 있었다. 크고 단단한 그 그늘 안에서 나는 당신을 바라보았다. 엄, 마, 라고 입술을 달싹거렸다. 나와 눈이 마주친 당신은 아주 잠깐 망설였다. 그리고 다짐하듯 고개를 흔들었다. 한 번, 두 번, 세 번, 네 번. 풀 죽은 나는 고개를 숙이고 내 손바닥을 들여다보며 엄, 마, 라고 소리 없이 입술을 달싹거렸다. 모든 것을 뜻하는, 생채기처럼 붉고 선명한 단어, 아니 그 바깥의 단어. 그건 이제 막 말을 배우기 시작한 내 입속에 나도 모르게 숨긴 말이었다.

이건 뭐야?

당신은 내가 그린 그림을 가리키며 물었다. 동그라미였다. 나는 아직 그걸 설명할 말을 알지 못했다. 그래서 좀 더 큰 동그라미를 그렸고 조금 더 큰 동그라미를 그렸다. 예쁜 동그라미로구나. 당신이 나를 번쩍 들어 올리며 말했다. 세상이 조금 멀어지는 대신 허공을 떠다니던 소리들이 가깝게 들렸다. 내가 만든 그늘 밑에서 당신이, 이를 드러내며 웃었다. 고마워. 당신은 웃으며 말했다. 고, 마, 워. 나는 당신이 내는 소리를 다시 흉내 냈다. 그 소리의 의미는 알 수 없었다. 다만, 내가 고맙다고 말하자 당신의 얼굴이 더 환해지는 게 좋았다. 마치 동그란 태양처럼, 태양의 흑점처럼, 당신은 눈을 빛내며 내게 말했다.

사랑해.

사랑해, 라고 내가 따라 말했다.

사랑해요, 아빠. 나는 아침이 되도록 일어나지 않는 당신에게 다시 말한다. 들이치는 햇빛이 당신의 발치에 말려 내려간 이불 위에, 누렇게 바랜 벽지 위에, 늙어가는 사물 위에 새로운 무늬를 새긴다. 그 무늬들을 바라보며 나는 중얼거린다. 고마워요……. 그리고 모든 것을 뜻하는 단어, 아니 그 바깥의 단어, 그러니까 내 삶의 가장 마지막 비밀이었던 엄마에게도 이 말이 닿길 바란다.

어디선가 내 이름을 부르는 소리가 들린다. 이제야 내 이름이 진심으로 좋아진다. 사랑해, 라고 말하면 사랑해, 라고 대답하는 이 세상의 대화법을 잊지 않을 거다. 비밀처럼, 때때로 지나가는 바람처럼, 바람이 남긴 흔적처럼 누군가의 귓가에 속삭일 것이다. 사랑해, 라고. 그게 이 세상의 햇볕이, 바람이, 날리는 꽃잎이 우리에게 전하는 비밀이다.

"술래야…… 술래야."

문밖에서 영복이가 나를 부른다. 내가 만났던 사람들, 나를 지나갔던 바람들, 나를 끌고 왔던 말들이 문밖에서 나를 부른다. 잠든 당신이 웃는다. 내내 당신의 잠이 행복하기를 바라며 나는 현관문을 연다.

"지금 가…… 지금 갈게."

마지막 단어

고요한 숲이다. 생각 없이도 나무가 자라듯, 나는 그저 숨 쉬고 있다. 할 일이나 가야 할 곳이 생각나지 않는다. 뭔가가 내 등을 두드린다. 나무 열맨가. 나는 숨을 멈춘다. 젖은 등허리가 서늘하다. 심장이 빠르게 뛰는 걸 느낀다. 어디선가 바스락거리는 소리가 들린다. 그 소리는 작고 가볍다. 풀숲을 지나가는 개미의 행렬을 바라보며, 나뭇가지를 떨치고 하늘로 날아가는 새가 떨어뜨린 잎사귀들을 바라보며, 작고 가벼운 소리의 여운에 귀 기울인다. 그러나 그 또한 이 세상을 지나가는 그림자일 뿐, 나는 그 소리에 개입할 수 없다. 아무것도 개입할 수 없는 이 숲에 나는 왜 돌아온 것일까.

다시 누군가 내 등을 두드린다. 돌아보지 마. 내 심장이 말한다. 돌아보지 마. 내가 지나온 길들이 말한다. 나는 천천히 몸을 틀어 뒤를 돌아본다. 더 이상 도망칠 곳도, 숨고 싶은 마음도 없다. 시간이 얼마 남지 않았기 때문이다.

내 등 뒤에 서 있는 아이는 누굴까. 이 숲에서 내 등을 두드린 이 아이는. 나는 아이의 얼굴을 찬찬히 살핀다. 바람도 없는데 땀에 젖은 아이의 머리카락이 흔들린다. 검은 눈이 나를 바라본다. 너였구나. 나는 혼잣말처럼 중얼거린다. 얼마 전, 온종일 비가 내리던 날 처음 만난 술래라는 아이. 혹은 평생 가슴에 숨기고 살았던 아이, 아이들. 나는 오래 참았던 숨을 내쉬듯 한숨을 내쉰다. 늙지도, 희미해지지도 않는 아이 앞에 이제는 늙은 내가 앉는다. 오랜만이구나. 나는 말하고 아이는 묻는다.

혹시 여기가 어딘지 아세요?
여기는 내가 숨어 있던 곳이란다.

빽빽한 숲 너머 먼 지평선 끝에서 연기가 피어오른다. 낯선 새들이 꽥꽥거리며 사방에서 날아오른다. 숲 속에서 누군가 울부짖는 소리가 들린다. 총소리가 사방으로 흩어진다. 숨이 막힌다. 숲에 가린 하늘에서 시뻘건 비가 쏟아진다. 검은 나무들이 중얼거리기 시작한다. 그건 몇 번이나 되풀이한 꿈이다. 몇 번이나 꿈이라고 믿고 싶었던 현실이다. 나는 아이를 품에 숨긴다. 죽어서도 가슴에 품을 아이, 아이들. 나는 가능하면 몸을 낮추고 물가를 피해, 누구의 눈에도 띄지 말아야 한다고 품속의 아이에게 속삭인다. 내 가슴에 얼굴을 묻었던 아이가 고개를 들고 나를 바라본다.

어디로요? 우리는 어디로 가야 하죠?

어디로, 가야 하는 걸까. 사방을 돌아본다. 여기가 어딘지 알 수 없다. 나는 아이를 구할 수 없다. 그러나 아이를 놓지 않을 거다. 이제 더는 미안하다고 중얼거리지도 않을 거다. 평생 미안하다고 중얼거리며 한곳에서 꼼짝 않고 늙어가는 나무처럼 살았으니까. 똑바로 바라보지도 못하면서 용서받고 싶어 했다. 그게 내가 저지른 가장 큰 죄였다. 어디로든, 어떻게든 같이 갈 거야. 나는 말한다. 같이 갈 거야.

"……알았다. 다 알았으니까 그만 깨라, 깨라고."
광식이가 나를 흔든다. 언제나 내 잠을 깨우는 건 광식이다. 눈을 떴지만 아무것도 보이지 않는다. 아직 아침이 오려면 한참 남은 모양이다. 어둠 속에서 늙은 주제에 아직도 꿈을 꾼다고 구시렁대는 광식이의 타박을 듣고만 있다. 죽는 날까지 이런 밤이 이어질 거란 예감이 든다.

거기 있어? 아직, 거기 있지?

그럼, 여기 있다.

죽을 땐 꼭 얘기해야 한다.

타자기는 한번 써보고 죽을 거야. 걱정 마라.

쓰면 좀 낫냐? 나아?

다 쓰면 말해줄게.

……솔직하게 써라. 그래야 한다.

응.

아마 아름다울 거야.

그럴까?

그럴걸? 아름다운 건 그런 거니까. 인생에서 가장 나중에 알게 되는…… 그런 거.

나는 광식이에게 잘 자, 라고 인사한다. 거짓말처럼 다시 잠이 온다. 첫잠처럼, 마지막 잠처럼 밤이, 지나간다.

해설

기적으로 만드는 기척들

김나영(문학평론가)

술래-잡기

알고 있다시피 술래는 술래잡기 놀이의 벌칙자를 뜻하는 보통명사
다. 술래는 잡히지 않기 위해 보이지 않게 숨어 있는 다른 사람들을
찾아내야 하는 임무를 갖고, 술래에게 들킨 사람은 다음 차례에 술래
가 된다. 술래는 또 다른 술래를 찾아내야 술래의 자리에서 벗어날 수
있으므로, 술래라는 이름을 내건 이 놀이의 목적은 계속해서 새로운
술래를 만들어내는 데 있다고도 하겠다. 모두가 자신이 안전하다고
믿는 곳에 자취를 감출 때까지 술래는 눈을 감고 주어진 시간 동안 부
동자세로 기다려야만 하고, 기다리도록 정해진 시간이 지나면 아무도
없는 자리에 홀로 남겨진 채, 이제 막 눈을 뜨고 주위를 둘러보게 된

323

다. 아마도 술래로서의 임무를 시작하는 바로 이때, 모든 술래는 술래 잡기라는 놀이가 갖는 기이한 생경함을 경험하게 될 것이다. 우주에 홀로 남겨진 듯한 고독감, 낯익은 공간에 고인 낯설고 두려운 느낌이 이제 막 눈을 뜬 술래의 전신을 지배한다. 술래는 단순히 놀이의 규칙에 충실하기 위해서라기보다, 감고 있던 눈을 뜬 그 순간 자신을 압도하는 고독감과 두려움으로부터 벗어나기 위해서, 즉 살기 위해서 숨은 사람들을, 미지의 술래를 찾아낸다.

> 낮게 흐느끼는 빗소리와 아빠의 발소리가 내 몸속으로 흘러든다. 슬프지만 따뜻하다. 그게 내가 찾아야 했던 세상의 비밀인 거 같다. 슬프지만 따뜻한 순간이 나를 돌아오게 했고, 다시 새로운 이야기를 만들어갈 수 있게 했다. 내가 만났던 사람들을 떠올린다. 나를 기다려준 모든 사람들. 내 앞에서 단 한 번도 죽음이라는 말을 꺼내지 않았던 사람들.(301쪽)

그런데 술래가 누군가를 찾아내기 위해서는 놀이에 참여하는, 술래를 술래로서 인정해주는 사람들의 '기다림'이 필요하다. 모두가 집으로 돌아간 공터에서 홀로 술래잡기를 할 수 없는 노릇이듯, 이 소설의 "술래" 역시 "나를 기다려준 모든 사람들"을 통해서만 자신의 목적을 이루는 듯 보인다. 소설의 거의 마지막 장면 격에 해당하는 인용 부분에서 술래는 자신이 이미 항상 죽은 아이였다는 것을 알면서도 살아 있을 때처럼 자기를 대해준 아빠와 "내가 만났던 사람들"을 떠올리며 "세상의 비밀"을 알아버린 듯한 기이한 만족감에 사로잡힌다. 죽음을 목전에 두고 삶에 여한이 없다고 말하는 순간이 이런 것일까.

술래를 알아봐주고 스스로 술래의 임무를 다할 때까지 기다려준 다른 생들을 통해서 한 죽음은 죽음이 만족하는 애도에 이른다. 역설적이지만 죽음이 만족하는 애도, 이것이야말로 놀이가 흥미롭게 지속될 수 있는 이유다. 술래에게 발각된 생들은 저마다 '보이고 보여지는 것' 이면의 것들에 예민하게 반응한다. 술래의 기미, 죽은 것의 기척은 삶과 죽음이 애초에 분리되어 있지만은 않다는 것을 알게 한다. 삶과 죽음을 매개하는 실감이 그렇다.

평생을 죽은 듯이 살았던, 하고 싶은 말들을 속내에 담아두고 살았던 박필순 할아버지. 그의 시간은 누군가와 함께 있다는 느낌을 통해 특별한 실감을 감지하는 쪽으로 열린다. 이 실감은 막혀 있던 혈관에 다시 핏방울이 도는 것을 느끼듯, 죽음과 생을 동시에 느끼는 일이다. 소설의 후반부에서 유령 같은 광식이와 함께 영화를 보러 나선 박 할아버지는 가늘게 내리는 비 한 자락에도 "실감이었다"고 느낀다. 그가 여전히 살아 있음을 자각하는 방식은 광식이라는 대비된 시간 내지는 죽음의 기미로부터 전해 받는 듯하다. 가령 처음 둘이서 외출을 했을 때, 앞서 가는 박 할아버지와 뒤따라오는 광식이가 함께 걷는 방식은 별스럽지 않아 보여도 특별하다. 느린 걸음에 보폭을 맞춰 같이 천천히 걷는 게 아니라, 걸음이 더 빠른 박 할아버지가 앞서 걷다가 가끔 멈춰 서서 자기가 있는 곳에 광식이가 도달할 때까지 묵묵히 기다려준다. 위험한 줄 알면서도 광식이의 마지막 줄타기를 기다려주었듯이 그는 다른 시간이 제 방식으로 흐르기를 증인처럼 그저 지켜봐준다. 아무것도 강요하거나 침해하지 않는 그 기다림으로 인해 술래로서의 광식이에게도 말 그대로 평안이 찾아온다〔"이렇게 편한 시절은 처음이다"(64쪽)〕. 살아 있는 자의 기다림, 죽음이 저절로 올 때까지 재촉하지 않고 숨죽여 기다려주는 일에 이 소설이 말하는 이른바 애도로서의 윤리가 있다.

말하지 않는 것

술래가 벌칙자의 다른 이름이기도 하다는 것을 이 소설은 굳이 말하지 않는다. 술래라는 보통명사가 갖는 의미보다는, 소설의 두 초점화자 중 하나인 고유명사 "술래"에 담긴 의미에 대해서만 간단히 언급할 뿐이다. 술래가 자기의 이름이 왜 하필 술래냐고 아빠에게 묻자, 아빠는 그 이름은 놀이에서 '유일한 것'이고, 보이지 않는 것을 찾아내는 사람, 보이지 않는 것과 그것을 찾아내는 일이 중요하다는 것을 알고 있는 사람의 것이라고 이야기해준다. 술래에게 있어서 아빠는 자신의 말(言)이다. 세상 모든 자식이 그러하듯, 술래는 아빠의 말을 통해서 가치관이나 정체성을 부여받는다.

사랑한다거나 고맙다, 예쁘다, 좋다 같은 말들은 꼭 하지 않아도 되는 말이지만 해도 좋은 말이었다. 아빠는 그런 말들을 많이 아는 사람이었다.(72쪽)

하물며 술래에게 아빠의 말은 "꼭 하지 않아도 되는 말"이지만 "해도 좋은 말"에 해당한다. 이는 분명하게 보이지 않지만 존재하는 것들을 발견해내는 역할을 맡은, 술래라는 이름에도 연관한다. 아빠는 날 때부터 엄마를 불러볼 수 없게 된 딸에게 술래라는 이름을 지어주면서, 벌칙을 받듯 외롭고 두려운 삶이라도 그 이름만이 유일하게 해낼수 있고 해내야만 하는 중요한 임무가 있다는 것을 그 이름 속에 다짐받듯 새겨 넣었을 것이다. 열 살짜리 술래가 더욱더 가련해 보이는 이유가 여기에 있다. 있어서는 안 될 자리에 생겨난 형벌처럼 그 존재에게 선천적으로 주어진 듯한 고립감은 괄호 속에 넣은 채로 그저 술래라는 낯선 이름만을 거듭 호명할 때가 그렇다. 어쩌면 이 소설은 이 불편함에 관해 일부러 말하지 않음으로써 술래는 왜 술래여야만 하는가를 각자가 따져 물어보아야 한다고 요구하는지도 모르겠다. 그것은 소설 속 인물의 특수한 정체성이나 인물들 간의 특이한 관계 양상에 관한 암시이기도 하겠지만, 한 존재가 태어나서 죽을 때까지의, 이른바 삶이라는 보통명사가 갖는 보편적인 속성에 '술래 되기'를 포함시키려는 시도로도 보인다.

술래잡기가 한 인간의 개별성을 지칭하는 말이 아니라 모든 인간의 보편적인 특성에 대한 은유라는 이해는 상상과 믿음과 경험이라는 인간의 인식 조건 대개를 아우르는 문제이기도 하다. 다시 말해 누구나 보이지 않는 대상을 향해 고독한 정신을 쏟아부어야만 하는 술래일 수 있다는 상상, 그러다 보면 언젠가는 '기적처럼' 희망이나 꿈이라는 말로 표현되었던 그 대상을 거머쥐게 되고 그로써 술래의 자리를 누군가에게 물려줄 수 있을 것이라는 믿음, 그러나 한번 술래였던 사람이 '우연히' 또다시 술래가 되기도 하듯, 인간은 아무것도 예측할 수가 없고 술래잡기는 살아 있는 한 끝나지 않는 삶과 같다는 경험의 감각 등이 그렇다. 술래잡기에는 유일한 술래가 잡아채는 자가 또 다른 유일한 술래가 되고, 이 술래-되기의 방식이 거듭 반복됨으로써 놀이에 참여하는 모두가 잠재적인 술래라는 사실 외에는 아무런 규칙이 없다. 술래잡기는 놀이에 참여하는 모두가 술래라는 기묘한 진실을 환기하는 현실의 축소판이자, 확고하다고 여겨지는 현실의 조건들이 임시적이거나 가설적인 것에 불과하다는 점을 연기하는 역할놀이다.

어떤 이야기는 마음과 달리 흘러간다. 믿고 싶지 않지만 그게 사실이었다. 나는, 죽었다. 인정하지 않기 위해 오랫동안 애썼지만 이제 더 이상 모른 척할 수 없는 이야기였다. 어떻게든 끝이 날 이야기였다. 이야기가 다시 시작되려면, 그 수밖에 없었다.(273쪽)

그 역할놀이를 말로 풀어내면 어떤 이야기가 된다. 예상할 수 없는 방식으로 진행되는 놀이처럼 이야기 역시 예측할 수 없는 쪽으로 흘러간다. 주위 사람들에게 끊임없이 질문을 하고 말을 겪으로써 끝내 자신이 죽은 자라는 것을 스스로 깨닫는 데에 이른 술래의 시간처럼, 이야기는 완결하려 할수록 새로운 쪽으로 열리고 이어가려 하면 문득 끝나버리기도 하는 시간이다. 이 소설에서 술래가 말에 예민하고 죽은 줄 모르는 삶을 대변한다면 말을 오래 잊고 살아 그것에 둔감하고 살아 있지만 죽은 듯한 박 할아버지는 그 이면에 놓인 인물처럼 보이는데, 이 두 인물 모두 하나의 이야기를 만들려는 욕망을 보인다는 점이 흥미롭다. 술래가 되어 숨은 것들을 찾고 말이 되지 못한 것들을 말해보려 애를 쓰는 시간을 견디는 것은 비단 이 인물들만의 소임이 아니다. 이야기를 만드는, 글을 쓰는 자는 술래와 박 할아버지를 동시에 연기해야만 한다. 이 소설은 사회적인 문제들을 건드리고 그로써 거의 무시되는 약자들의 목소리를 되살려보려는 기획을 표면에 갖고 있지만, 그 심부에는 이 같은 시간을 통과하며 글을 쓰는 일에 대해 질문해보려는 의도를 품고 있기도 하다.

호명-하기

무생물처럼, 사물처럼 살아가던 할아버지가 박필순이라는 고유명사를 되찾고 마음에 담아두었던 말들을 한 글자씩 적어나가게 된 변화에도 역시 술래잡기 놀이의 방식이 통한다. 단순한 비유로서 글쓰기는 자기 자신의 마음이라는 가장 친숙하고도 낯선 공간에 감춰두고 숨긴 말들을 발견하는 일이라고 할 수 있다. 박 할아버지의 경우에서 보듯, 중요한 것은 그 탐색의 시도가 자발적으로는 쉽게 일어나지 않으며, 또 다른 술래로부터 호명되어 술래로 임명되듯이 외부의 자극이 전제되어야 한다는 데 있다.

> 온갖 소리들이 한꺼번에 뒤섞여 들썩이는 저녁에 나는 사람이 사람을 부르는, 그 사소한 목소리에 오래 귀 기울였다. (중략) 아무도 없다는 건, 그런 것이다. 불러줄 사람도 없고 부를 사람도 없다는 것. 물론 사는 데에는 지장이 없고, 살 수 있고, 살아 있다. 그러나 그게 무슨 의미가 있을까. 누군가 나에게, 그럼에도 불구하고 왜 사느냐고 물어본 적은 없지만 나는 늘 그런 질문을 받을까 봐 두려웠다. 평생 그 질문에 대답하기 위해 노력했지만 끝내 할 말을 찾지 못했다. 그 사실을 깨달을 때마다 나는 살아 있는 게 부끄러웠다.(140~141쪽)

이야기 속에서 이야기꾼으로 호명되는 것, 어떤 시간에 책임을 지는 일은 누군가에게는 전생(全生)을 걸어야만 할지도 모를 절박함과 닿아 있다. 자신의 이름조차 잊고 고립된 채 살았던 자가 문득 "왜 사느냐"는 물음을 자기에게 되돌릴 때가 그렇다. 그 당혹감에는 자기의 이름을 잊을 수밖에 없었던 이유, 세상의 호명을 받지 못하고 소외된 채 살아온 시간, 그 연유들을 곱씹어보면서도 끝내 아무런 답이나 해결책을 찾을 수 없었던 맹목이 뒤섞여 있을 것이다. 그리고 무엇보다도 '그럼에도 불구하고'의 절박함을 스스로도 어찌지 못하는 자신의 삶에 써왔다는 수치심이 무명의 실존을 육박해올 것이다. 그리하여 더는 도망치기 어려운 그 한순간에 무명의 실존은 자기의 있음, 그 삶에 관해 글을 쓰고, 이야기를 하려는 건지도 모른다.

그곳에 얼마나 오래 앉아 있었는지는 정확히 알 수 없다. 다만, 내가 그 자리에서 일어선 건 눈앞의 타자기 때문이었다. 매끈한 몸체가 실낱 같은 가을 햇빛에 반짝거렸다. 그것의 용도에 대해서는 알고 있었지만 실체를 본 건 그때가 처음이었다. 나는 다가갔다. 검은 자판에 선명하게 박힌 자음과 모음들이, 어쩌면 나를 구원할 수 있을 것만 같았다. 내 머릿속을 떠도는 무시무시한 말들을 입 밖으로 꺼낼 수 있다면, 내가 느끼는 두려움과 답답함을 기록할 수 있다면, 어쩌면 무리 속으로 돌아갈 수 있을 거라는 생각이 들었다. 처음부터 훔칠 생각이었던 건 아니지만, 정신을 차렸을 때는 이미 타자기를 어깨에 짊어진 채 뛰고 있었다.(164쪽)

박 할아버지의 경우 그 욕망은 타자기를 훔치는 일로 드러난다. 하지만 타자기 자체가 이야기를 의미하는 것이 아니듯 그 빛나는 "매끈한 몸체"는 구원에 대한 일종의 환상으로만 기능할 뿐이다. 이 소설에서 그렇듯, 환상의 실체를 가진 자의 일상은 더욱더 고립될 뿐이다. 그것으로 인해 "어쩌면 무리 속으로 돌아갈 수 있을 거라는 생각"을 하게 되었기 때문이다. 이 근거 없는 기대감을 야기한 타자기는 박 할아버지의 무용한 사물들 사이에 합류하여 오랜 시간 방치된다. 환상과 일상의 상보적인 관계에 무심한 채 그는 환상 쪽에 기울어 과거의 "무시무시"함과 "두려움과 답답함"에 매몰되어 있었기 때문이다. 무엇보다 거기에 일상을 매개하는 "말"이 필요하다는 자각은 뒤늦게나마 다른 존재의 자극으로부터 온다.

　다소 도식적인 설정으로 보이긴 하지만, 재개발된 동네에서 유일하게 담을 허물지 않은 채로 살고 있는 박 할아버지의 삶은 그의 심리 상황과도 유사하다. 오랜 세월 동안 자기 안에서 일어나는 감정의 소요들, 기억과 망각에만 관심을 갖고 살아왔던 그는 마치 외부적이고 고의적인 충격이 없다면 큰 변화 없이 서서히 낡아갈 뿐인 마당의 고물들과 다르지 않아 보인다. 뒤집어 말하면 담장 안에서 눈에 띄지 않고 그저 빛바래가는 사물은 이 세계의 변화에는 무관한 채 시간이 흘러서 자연히 죽음에 이르게 되기만을 바라는 박 할아버지의 반영이다. 그는 자신만이 관리할 수 있는 집 안 마당에 쌓인 사물의 하나가 되어 침묵 속에 자신을 방치함으로써 자기 내면의 감정을 애써 무시하려 한다〔"빠르게 변하는 세상에서 변하지 않는 건 고물뿐이었다. 어디에라도 숨고 싶었다"(142쪽)〕.

　"너는 어쩌자고, 저 담을 넘어왔을까."(167쪽)

그처럼 더할 나위 없이 굳어 있던 박 할아버지의 삶을 유동적인 것으로 변화시키는 일이 생기는데, 이는 그의 마당에 '광식'이라는 노인이 등장한 일이다. 당겨 말하면 광식이는 할아버지의 고인 시간의 벽을 넘어 흘러든 시간이자 이야기다. 대낮에 담을 넘어와 마당에서 태연히 똥을 누던 광식이의 등장은 담장 안에서도 고물들로 계속해서 담을 쌓고 있었던 박 할아버지의 폐쇄적인 일상에 일종의 사건이 된다. 똥을 누며 순진무구하게 인사를 건네는 광식이는 아무것도 강요하지 않고, 무엇도 침해하지 않으며 박 할아버지가 평생을 바쳐 이룩한 듯한 그 견고한 경계를 일순간에 허물어뜨린다. 망치나 포클레인이 아니라 은근한 냄새와 처음 말을 배우듯 여러 번 반복하는 말버릇으로 광식이는 박 할아버지의 공간에 틈입한다.

이 존재, 이 바깥의 시간이 할아버지에게 스며들면서 죽음으로, 내면으로만 치닫던 그의 시간은 생의 방향으로, 타인이라는 바깥의 사정으로 살짝 움직인다. 그것은 죽고 싶었는데 살고 싶어졌다는 식의 교체가 아니라 잘 죽고 싶어졌다는 식의 수정에 가까운, 작지만 중요한 변화다. 자칫하면 죽음에 이를 뻔했던 일에서 겨우 살아난 이후 어린아이의 지능으로 재생하게 된 광식이는 이 소설에서 이전과는 다른 삶을 사는 인물의 전형이다. 그러한 삶의 태도를 가진 인물이 할아버지의 삶에 스며들어서 마치 우정을 쌓듯 조화를 만들며 지내는 모습은 두 번이나 죽을 고비를 넘긴 할아버지에게 찾아온 또 다른 삶의 형상처럼, 한끝에서 다른 처음으로 거듭 시작되는 이야기의 생리처럼 보인다. 광식이는 철옹성을 두르고 숨어 있던 한 생을 찾아내어 그의 이야기가 세상 속으로 흘러들게 하여 인간으로서의 죽음에 이르도록 도와준다.

이야기-하기

그러고 보니 놀이에서 술래가 다음 술래를 찾아내면 새로운 술래가 되는 사람은 일단 '죽은 것'이라는 불문율이 있다. 술래가 찾아내는 것들, 사람들과 사물들과 그들을 이어주는 기억과 같이 감춰져 있던 것들은 이 소설을 읽는 동안에 하나씩 밝혀진 존재가 되어 거꾸로 술래를 술래로서 인준하는 역할을 한다. 그리하여 술래라는 이름이 이 소설을 관통하면서 감춰진 것과 드러나는 것들, 살아 있는 것과 죽은 것 사이에 가로놓인 은밀한 이야기들을 새롭게 배치하고 다시 엮어낸다.

길 위에서 비가 내릴 때마다 중얼거렸다. 바짝 마른 수건, 수건에서 나는 햇빛 냄새, 우산 위를 구르는 빗방울, 첨벙거리는 노란 장화, 장화로 만든 이야기, 이야기 속의 이야기. 그건 집으로 돌아오기 위해 외우던 주문 같은 거였다. 단정한 말로 만들어 누군가에게 들려줄 수는 없지만, 거기 있는 것들. 나를 돌아올 수 있게 한 것들.(45~46쪽)

술래를 통해 보건대 이야기는 죽음과 삶을 잇대어놓는 일이다. 금방 사라지는 것들을 영원으로, 보이지 않는 것을 보일 것만 같은 차원으로 이끌어주는 것이 이야기다. 죽은 술래가 자신의 이야기를 이어나가기 위해서 집으로 돌아와 되살아난 듯 보이는 것은 가장 멀리 가는 이야기도 그 원동력은 이야기하는 사람이라는 기원에 있다는 명제를 떠올리게 한다. 모든 이야기에는 이야기를 하는 "나"의 흔적이 있다. "이야기 속의 이야기"처럼, 죽은 시간 속에 깃든 산 시간처럼, 혹은 그 반대처럼 있는 그것은 이야기를 다른 이야기와 만나게 하는 조건이 된다. 가령 삶을 생각하는 자라면 누구나 집을 그리고 그 속에 살고 있는 사람을 떠올려보듯이, 저마다의 이야기 속에 다른 이야기로 통하는 통로가 있다. 이것은 사람과 사람이 만나는 일, 한 시간과 다른 한 시간이 겹쳐지는 일, 누군가의 이야기를 다른 누군가가 들어주는 일과 같다.

문화센터에서 진행하는 글쓰기 수업에 나가서 사람들의 이야기를 듣고, 자신이 살아온 시간을 반추하고, 어렵게 한 문장씩 적어보는 할아버지의 모습에서 보듯, 분절된 자신의 기억과 아버지의 상자에 담긴 기록들로 자기의 짧은 일생을 역추적하여 하나의 이야기로 완성해보려는 술래의 여정에서 보듯 '술래'는 메타 소설적인 관점에서도 의미심장한 이름이다. 소설의 초점화자로서 서사를 주도하는 술래들은 결과적으로 소설이라는 완결된 형식이 어떤 방식으로 쓰이는지를 보여주는 역할을 하기도 한다. 이 소설에서 죽은 자, 혹은 죽은 듯이 사는 자로서 유령처럼 등장하는 술래들은 현실에 가로놓인 문제들을 통과하며 그 안팎을 두루 증언한다. 흔히 소설의 주된 갈등의 원인으로 제시되는 현실의 문제들을 고스란히 떠맡아 어떻게 이것에 대항하는 가를 보여주는 데에는, 이 소설의 '술래'와 '박필순 할아버지'가 그렇듯 비현실적이고 반사회적인 인물이 적당할 것이다. 하지만 이 소설에서는 그들의 특이한 성격이나 정체성만을 단순하게 제시하여 당면한 문제를 새로운 입장에서 바라보게 하는 데 그치지 않는다. 죽었지만 살아 있는 듯한 술래와 살아 있지만 죽은 것과 마찬가지였던 박 할아버지는 산-죽음이라는 공통점을 갖는데, 그들이 또 하나 공유하는 욕망은 사회적인 문제들로 인해 침해당한 개인의 역사를 스스로 복구하려는 것이고 그 방법으로서 이야기를 채택했다는 데 있다.

흥미로운 점은 이 두 인물의 서사가 번갈아 서술되다가 어느 한 시점에서 만나게 되는 것이다. 이러한 서술 방식은 현실의 문제들을 허구적으로나마 재현하는 가운데 우연히 발화할 법한 진실의 불씨를 기대하게 한다. 다시 말해 이 소설은 유괴 살해나 독거사나 전쟁 후유증에 의한 사회 부적응자 문제와 같은 사회적 약자들의 목소리를 당사자의 목소리와 시선으로 전달하는 데 그치지 않는다. 소설이라는 형식이 현실에 개입하는 방식이 그러하듯, 각자의 이야기를 하던 인물들이 만나고 그들이 사연이 뒤섞여 서로의 삶에 소극적으로나마 개입하고 사소하게나마 영향을 미침으로써 하나의 이야기가 될 때 현실적인 대안이나 소설적인 개연성을 초과하는 일종의 진실이 발휘될 수 있다. 애매모호하고 허약한 말이긴 하지만 이 진실이라는 것은 허구와 사실을 초과하는 지점을, 우연과 필연의 구분이 무용해 보이는 자리를 소설을 읽는 자의 눈앞에 잠시 보여준다.

만약 그때 내가 정말 뭔가를 본 게 맞다면, 그건 내 죄의식이 만든 환영일 거라 생각했다. 생생하고 슬프고 고통스러웠던 기억이 더 이상 오래된 육체를 감당하지 못하고 몸 밖으로 튀어나와 허상을 만든 거라고 믿었다. 그럴 만도 했다. 나 자신도 견딜 수 없던 나를 오랫동안 끌고 살았으니까, 이제 그런 일이 생길 때도 됐다고 생각했던 것이다. 그런데 난데없이 내 눈앞에 나타난 아이가 그날 내가 보았던 일을 다시 새로운 이야기로 만들고 있었다. 나는 점점 내가 그날 본 아이가 어쩌면 술래라는 아이일지도 모른다고 생각하기 시작했다. 비겁한 일이었지만, 또다시 새로운 비겁을 저지르고 있었지만, 나는 이 나이에도 또 나로부터 도망치고 싶은 모양이었다.(260쪽)

일상과 환상, 언어와 상상은 구분할 수 없이 뒤섞여 있겠지만 박 할아버지는 그것을 "난데없이" 보아버린다. 믿음을 초과하는 그 '나타남'을 자신의 기억이 몸을 찢고 나와 어떤 이야기가 되어버린 것을 목격한 자의 실감으로 바꿔 말할 수 있을까. 누군가의 입을 빌려서라도 자신의 이야기를 하려는 술래는 박 할아버지에게 "그날 내가 보았던 일", 일상과 환상의 경계를 넘나들면서 자신의 내면에 거듭 "새로운 비겁"으로 누적되는 것들을 환기하는 존재이기도 하다. 다시 말해 술래와 박 할아버지는 거듭 몸을 바꾸면서 말해야만 하는 어떤 이야기의 조건들처럼 보인다. 짝패처럼 보이지만, 제 목소리를 낼 수 없거나 감추기만 해왔던 존재라는 점에서 이 두 인물의 고발은 특별한 방식으로 이뤄진다. 어떤 문제를 큰 목소리로 단호하게 말하는 대신, 이들은 타인의 시간으로 스며들어 그가 원하는 것을 몸소 행한다. 술래가 박 할아버지의 마당으로 들어가 그의 외롭고 두려운 시간을 함께 보내주었듯이, 박 할아버지는 술래의 잃어버린 고향과 엄마를 찾기 위해 처음이자 마지막일 여행을 떠난다. 타인의 시간으로 자신을 투신하는 것만큼 각자의 "슬프고 고통스러웠던 기억"에 위안이 되는 일이 또 있을까. 두 개의 시간이 만나는 일은 과거와 현재를 기억으로 이어놓는 글쓰기의 은유이기도 하지만, 이 소설에서처럼 다른 시간의 공감 없이 혼자서는 해결할 수 없는 문제에 대응할 만한 한 방법의 예시이기도 하다.

망각-하기

지나칠 수 없는 것은 이 소설에서 갈등의 주된 원인이라고 할 만한 부분을 간단하게 처리하고 있다는 점이다. 여덟 살짜리 여자아이가 유괴되어 잔혹하게 살해당한 사건, 자기가 살기 위해서 어린 남매를 총살했던 참혹한 전쟁의 경험은 부분적으로 훼손되어 단절된 기억이거나 어디서 보고 들은 듯한 추상적인 후일담의 형식으로만 알려질

뿐이다. 대신 이 소설은 그 특별한 사건들 이후의 시간을 다룸으로써 각자에게 개별적인 삶을 부여하는 것은 충격적인 사건 그 자체가 아니라 그것에 관한 자신의 기억과 감각을 자기의 말로써 풀어내는 이후의 시간에 있음을 일러준다.

술래가 집으로 돌아와서 자신의 기원에 닿은 여덟 해를 추적하고 박 할아버지가 속으로만 곱씹었던 굴욕과 참회의 기억을 고백하면서 죽음에 '잘' 이르듯, 개별적인 삶의 보존은 자기 자신의 이야기로만 가능하다는 것일까. 이것은 소설의 주제와도 밀접하게 연관된 물음인 듯하다. 객관적이고 구체적인 말로는 표현하기 어려운, 그러나 분명하게 존재하는 어떤 것을 실감 있게 지시하는 일의 원천적인 불가능성은 고통이란 고유명사와 같아서 그 당사자만이 겨우 이야기할 수 있는 것이라는 짐작과 더불어 이해할 만하다. 당사자의 이야기에는 고통에 대한 실감뿐만 아니라 고유한 망각의 흔적이 있다.

살아 돌아온 사람에게 관심을 갖는 사람은 거의 없었다. 그건 죽어서 돌아온 사람에게도 마찬가지였다. 처음에 우리는 우리끼리 기억하고 슬퍼하고 미안해서 울었다. 그러다가 기억하고 슬퍼하고 미안해하는 일이 괴로워서, 잊기 위해 노력했다. 그걸 처음부터 설명할 말을 찾는 건 불가능했으므로 잊는 게 상책이라고, 다들 그렇게 말했다. 나 또한 어디서부터 어떻게 말을 해야 할지 알지 못했으므로 달리 방법이 없었다. 입을 다무는 것이 내가 할 수 있는 최선의 말이었다. 나에게 부끄러운 게 있

다면 그것이었다.(97쪽)

베트남전에 참전했던 박 할아버지에게 망각이란 또 다른 기억이다. 그는 기억을 기억하기 위해, 기억을 훼손 없이 보존하기 위해 망각이라는 방법을 택했을 뿐이다. 망각은 온전히 말할 수 없는 것에 대해서 침묵하는 방식으로도 나타난다. "설명할 말을 찾는 건 불가능"한 대상에 관한 기억이라면 그것을 다시 말로 풀어내는 것 역시 불가능하다. 때문에 무엇에 대한 고유한 기억은 당사자의 침묵과 망각으로만 존재한다.

우리는 왜 자꾸 곁에 있던 것들을 잊어버리는 걸까.

영복이는 자신의 동생이 예뻤는지, 눈이 컸는지 기억나지 않는다고 한다. 나는 영복이가 잊어버린 것들을 조금이라도 되돌리길 바라며 묻는다. 자꾸 물으면 멀리 간 기억을 떠올릴 수 있을지도 모르니까.(116쪽)

영복이는 자신의 여동생을 잃어버리고 싶지 않았기에 잊어버렸을 것이다. 이렇게 버리면서 간직하는 일의 삶의 역설은 누구에게나 있다. 그렇기에 사람들은 질문을 하는 게 아닐까. 타인이나 자기 자신에게 질문을 한다는 것은 제가 가진 무엇을 던져서 더 온건하게 그것을 가지려는 시도이기도 하다. 술래가 영복이에게 동생에 관해 자꾸 묻

는 이유는 영복이의 기억을 되살리기 위해서이기도 하겠지만, 그보다
는 영복이가 잊어버린 시간을 통하여 자신을 유일하게 알아봐주고 곁
에 있어주는 영복이의 현재를 확인하려는 것처럼 보이기도 한다.

그러니까 망각은 과거에 관한 기억의 부재로서 지금을 좀 더 실감
하게 한다. 이 소설에 등장하는 수많은 망각들의 목록을 보라. 아동 유
괴, 탈북, 재개발, 외국인 노동자 차별대우, 상이군인, 독거노인, 성소
수자 문제 등. 심지어 과거가 아니라 현재에도 빈번히 일어나는 이 문
제들에 대해서 매 순간 망각하는 것은 삶 자체를 잊어버리는 일이다.
중요한 줄 알면서도 더 쉽게 잊어버리는 이유는 그것이 아마도 표현
해낼 적당한 말을 찾지 못할 정도로 현실적인 감각과 거리가 먼 것이
기 때문이기도 하다. 비현실적이라고밖에는 달리 표현할 수 없는 잔
인하고 허망한 현실의 장면들이 사람들로 하여금 거듭 현실의 뒤편으
로 눈을 돌리게 하고, 끝내 자신이 외면한 사실조차 잊어버리게 한다.
그런 상황이라면 엄연한 사회문제들을 제 몸으로 살아내고 더듬거리
더라도 증언해보려 하는 존재들은 현실에서도 이 소설에서처럼 유령
으로서만 등장할 수 있을 것인가.

끝나지 않는 이야기

그러나 나는 안다. 알지만 아직 인정할 수 없는 어떤 이야기. 그게 나
를 끊임없이 걷고 생각하고 얘기하고 달리게 하는 힘이다. 걷고 생각하

고 얘기하고 달리는 동안에는, 나는 이 세상에서 살 수 있다. 나는 손바닥 속에 숨어 나를 위로한다. 그래도 나는 기적이잖아.(245쪽)

작가 김선재는 이 첫 장편소설에서 무엇보다도 특별한 인물들에 대해서 이야기한다. 유령같이 존재하는 인물들의 그 특별한 시간에 관해서 말한다. 죽었지만 살아 있고, 살아 있지만 죽은 것 같은 사람들은 실감에 대한 기척이자 기적이다. 한 이야기에 등장하는 여러 인물들은 각자 다른 존재이기도 하고 한 존재의 내면을 이루는 서로 다른 특성의 형상들이기도 하다. 이 소설의 프롤로그를 이루는 두 장의 소제목은 각각 '세상의 처음'과 '세상의 마지막'인데, 이 둘은 서로 다른 존재의 고백이지만 처음과 마지막으로서 하나의 이야기를 이룬다. 작가는 인물들이 각자 존재하고 서로 만나는 방식을 통해, 어렵게 자신을 고백하고 타인을 이해하는 시도를 통해 이야기하기, 즉 글쓰기라는 행위의 가능성에 관해 질문하고 답하는 과정을 보여준다.

조로한 영복이와 다시 아이가 된 광식이처럼 선형적인 시간을 살지 않는 인물들의 삶이 유도하는 것은 다른 시간을 살아보는 일이다. 온종일 지하철에서 물건을 팔다가 집으로 돌아와서는 방바닥을 닦고 발바닥의 각질을 떼며 외로움을 견디는 남자와 한때 그 남자의 아이를 낳았지만 지금은 그녀가 아닌 그의 삶을 되새기고 이해해보는 일이다. 남자가 그가 된 그녀와 그녀였던 그의 사진을 한 봉투에 담아, 술래의 시간들과 함께 상자에 넣어두었듯이 누군가의 삶은 그처럼 간단히 분류하고 이름 붙일 수 없는 것들을 한데 이르는 이름이다.

이 소설 역시도 다양한 인물들의 특수한 시간들을 한데 모아서, 유골함처럼 침묵하는 그 상자처럼, 그러나 그 속에 담긴 것들이 엄연히 제 실재로써 그러하듯 말보다 더 많은 이야기를 보여준다. 과연 이것이 인간의 존엄성에 대한 이야기가 아닐까. 자신이 낳은 아이를 제 손으로 만져 기르기보다 행복을 추구하기 위해 떠난 누군가. 아파트 한 칸을 얻기 위해 멀쩡히 살아 있는 자식의 사망신고를 한 누군가. 그 누군가들의 선택을 이해하고 존중할 수 있는 인물들의 목소리를 통해서 이 소설은 개인과 사회가 망각한 것들을 대신 말해준다.

작가의 말

결국 남는 자는 없다. 모두들 각자의 길을 떠날 뿐. 그걸 알기까지 오랜 시간이 걸렸다.

이 소설을 쓰는 동안 바람이 불어 꽃잎이 떨어졌고 비가 왔으며 잎들이 천천히 물들었다. 나는 점점 아무 생각도 하지 않으려 노력했다. 아무것도 위로하고 싶지 않았다. 겸손해지고 싶었다. 누군가를 위로하겠다는 마음이 오만이었다는 걸 안 뒤였다. 그저 새로 언어를 익히듯 더듬더듬 쓰는 것만이 내가 할 수 있는 일이었다. 매번 다른 일출과 일몰이 내 책상 위를 지나갔다. 내내 깨어 있었고 가끔 잠들었다. 그리고 여전히 아무도 울지 않는 꿈에서 깨어난 오늘은, 눈이 내린다. 어떤 이야기가 드디어 끝났다. 오래 기다리는 사람이 되고 싶다. 이 이야기가 부디 당신의 이야기가 아니길 바란다.

연재했던 원고가 책이 되기까지 애써주신 한겨레출판 편집부 분들과 흔쾌히 해설을 맡아주신 김나영 평론가, 멀리서 추천사를 보내주신 허수경 선생님께 깊은 감사를 전한다. 이 책이 조금이라도 빛날 수 있다면 그건 모두 그분들 덕이다.

2014년 2월
눈 내리는 밤
김선재

내 이름은 술래

ⓒ 김선재 2014

초판 1쇄 발행 2014년 2월 21일
초판 2쇄 발행 2014년 12월 12일

지은이 김선재
펴낸이 이기섭
편집인 김수영
책임편집 이지은
기획편집 김윤정 김준섭
마케팅 조재성 정윤성 한성진 정영은 박신영
관리 김미란 장혜정

펴낸곳 한겨레출판(주) www.hanibook.co.kr
등록 2006년 1월 4일 제313-2006-00003호
주소 121-750 서울시 마포구 효창목길6 (공덕동) 한겨레신문사 4층
전화 02) 6383-1602~1603 **팩스** 02) 6383-1610
대표메일 munhak@hanibook.co.kr

ISBN 978-89-8431-789-5   03810